Giorgia Surina

In due sarà più facile restare svegli

GIUNTI

Questa è un'opera di fantasia. Ogni riferimento a fatti accaduti e a persone esistenti o realmente esistite è puramente casuale.

www.giunti.it

Via Bolognese 165 – 50139 Firenze – Italia
Via G. B. Pirelli 30 – 20124 Milano – Italia

Prima edizione: maggio 2022

Pubblicato in accordo con Lorem Ipsum | Agenzia Editoriale, Milano

Ai miei genitori, le mie stelle preferite.
Devo a loro tutti i sogni,
il coraggio e i sorrisi senza tempo.

E non pensare che poi tutto capiti a noi
È solo un piatto di spine
Ma tu sai cos'è, tu sai come
avvicinarsi al confine
Sarà più facile in due rimanere svegli…

Una mano sugli occhi
Niccolò Fabi

Il camice azzurro

La stanza è fredda. Di un azzurro così gelido che non mi stupirei se dei piccoli ghiaccioli scivolassero giù dalle pareti. Agli altri tre angoli, tre donne di età diverse aspettano con ansia come se fossero lì in attesa da tutta la vita. Che arrivi il momento giusto, quello in cui sta per succedere qualcosa. Ognuna carica di paure e domande, dubbi e frustrazioni per ciò che dipenderà da tutto tranne che dalla loro volontà.

«È la tua prima volta?» mi chiede la donna alla mia sinistra.

«Sì» rispondo io, e capisco in quell'istante che invece no, per lei e le altre, come per un non detto di cui erano tutte a conoscenza, era solo l'ultima delle tante volte che ci avevano provato.

«Ne ho già fatte tre. Questa è la quarta in tre anni. E niente… se non funziona a questo giro io e mio marito lasciamo perdere.»

«Signora Ferri?» L'infermiera entra rompendo la bolla di silenzio in cui siamo immerse.

La nebulosa di pensieri che si era accesa qualche minuto prima sulla mia vicina e suo marito e sulla loro costanza svanisce in un istante. Comunione d'intenti e un unico obiettivo: quello sì che poteva essere considerato il loro primogenito.

«Per caso lei e suo marito avete avuto rapporti sessuali negli ultimi quattro giorni?» l'infermiera inchioda la ragazza alla mia destra con domande piuttosto imbarazzanti.

Le parole che escono dalla sua bocca mi sfiorano come gelide lame affilate, nello stesso modo in cui un lanciatore di coltelli sfida gli oggetti che si trovano attorno alla sua assistente. *C'è qualcosa che non va*, penso, stretta stretta ai braccioli della sedia su cui mi hanno messa a sedere, attenta a non muovermi di un millimetro per non intercettare la traiettoria di quei lanci, per non esserne colpita. Con le labbra serrate per non lasciarmi sfuggire una qualsiasi parola, la mia mente cerca incalzante una ragione per quelle domande.

Forse qualcosa non va bene nelle analisi? Forse si sono accorti di una misteriosa malattia terminale proprio in questo momento?

Sarebbe una bella beffa del destino. Ma si sa, in una situazione come questa tutte noi qui dentro siamo consapevoli che non c'è fine al peggio. I miei pensieri cominciano a rincorrersi vorticosamente e mi risucchiano in una zona buia dove so di non dover andare.

«Sì,» risponde la ragazza timidamente «tre giorni fa e… ieri sera.»

«Ma come?!» sbotta l'infermiera che, improvvisamente, ai miei occhi ha assunto le sembianze della signorina Rottenmeier. «Lo sapevate che viene richiesta al soggetto donante un'astinenza sessuale di almeno quattro giorni per la qualità e la concentrazione del liquido seminale!»

L'infermiera, con le braccia conserte, strizzata in un camice bianchissimo e perfettamente stirato, come appena uscito dalla tintoria, sembra quasi volersi trattenere dalla reazione scomposta di prima. Anche il suo volto pare stirato, come se nessuna emozione riuscisse ad arrivare dal cuore fin lassù.

«Abbiamo pensato che potesse aiutare farlo qualche volta in più, magari potevo rimanere incinta da sola...» aggiunge la ragazza, come a cercare conforto nell'illusione di quella magia che è il concepimento e in cui, nonostante la realtà dei fatti, voleva continuare a credere. Si fa piccola piccola, si annichilisce quasi a voler scomparire, con il suo pallore, tra le pareti azzurre.

«Ma avete avuto dei rapporti completi? Più di uno nella stessa giornata?» Incalza la Rottenmeier.

Lo sguardo dell'infermiera non mostra una virgola di emozione. Ne deve aver viste tante, immagino, ma come può essere così impassibile? Nonostante sia una donna e lavori in un Fertility Center, non percepisco da parte sua la benché minima empatia nei nostri confronti. Sarà mamma? Non avrà voluto diventarlo? In un posto come questo ti aspetti di trovare qualcuno che ti accudisca, proprio come solo una madre sa fare. Nei suoi occhi di donna di mezza età si legge invece che è una di quelle persone che svolgono il proprio lavoro come si deve ma senza regalare nulla di sé. Come avesse fatto un patto con se stessa. Come se anche lei sapesse cosa significhi aver amato, sperato e provato invano.

La donna non risponde, tiene lo sguardo fisso sulle sue mani composte, appoggiate alle ginocchia, evidentemente turbata da quella mitragliata inattesa di colpi al cuore.

Siamo tutte vulnerabili qui dentro e come noi, da quando abbiamo cominciato la procedura, si è sicuramente informata nei minimi dettagli su dove sarebbe dovuta andare, quali documenti sarebbero serviti, le scadenze da rispettare; ha ascoltato attentamente i dottori nonostante spesso parlassero una lingua incomprensibile, cercando di memorizzare tutto alla perfezione. Ma le emozioni che il tuo cuore dovrà affrontare per sopravvivere a questa esperienza non te le racconta nessuno. E non si possono neanche immaginare.

«Riferisco al dottore, le faccio sapere.» È l'unica cosa che riesce a venir fuori dalla bocca della Rottenmeier dopo qualche attimo di esitazione.

La ragazza rimane di sasso, inchiodata a quella sedia di plastica troppo piccola per accogliere tutto il suo imbarazzo e la sua delusione. Nei suoi occhi scorrono come un film le settimane passate a bombardarsi di siringhe di ormoni, le ecografie quasi quotidiane per intercettare il giorno giusto dell'ovulazione e le speranze chiuse nei suoi cassetti di donna non mamma.

Dopo quindici interminabili minuti la voce della signorina Rottenmeier ci scuote dal vibrante torpore in cui eravamo di nuovo cadute.

«Va bene, ci proveremo lo stesso, ma sa benissimo che potrebbe non funzionare. Procediamo subito. Venga con me.»

La frase arriva alla signora Ferri come uno schiaffo. Per lei è la seconda volta, una seconda volta che però sa di ingenuità, di confusione, di stordimento. La prima era stata quella dell'eccitazione, del coraggio.

Si alza di fretta, quasi a voler compensare con la solerzia di ora l'errore fatto i giorni precedenti, raccogliendo quello che rimane di sé e di quel camice tutto accartocciato tra le dita.

Indossiamo tutte un ridicolo camice azzurrino. Spogliate di tutto ciò con cui siamo entrate in questo ospedale, svestite delle certezze, della nostra identità, denudate degli abiti e delle speranze dentro cui ci sentivamo sicure e protette.

Un ridicolo, leggerissimo camice di simil-carta, dello stesso colore delle pareti, che si lega sul retro con degli esili laccetti, che alla fine non si chiude mai come dovrebbe. Sai bene che le spalle e il fondoschiena rimarranno lì, in bella vista, che quegli stupidi laccetti cederanno presto. E poi, vuoi mettere lo smacco di essere vestita con un francobollo di carta sbilenco nel momento più importante della tua vita?

Ovvio che ti vengano in mente quei meravigliosi completini intimi di pizzo di cui ti sei rifornita per essere più sexy che mai, bella e desiderata nel momento in cui tu e il tuo uomo avreste concepito il vostro bebè.

«La signora Gaia Tessa chi è?»

«Sono io» rispondo ferma alla signorina Rottenmeier, quasi sentendomi in colpa di esserne così sicura.

Nella mia vita ho sempre tenuto a mente l'insegnamento dei miei genitori, che mi hanno trasmesso tanta modestia quanta insicurezza: in tutto. Essere sicuri di qualcosa è quasi una colpa, secondo quella specie di oracolo. Non puoi mai essere certo di nulla in una vita in cui la scelta, il libero arbitrio sono comunque viziati da capricciosi fattori esterni a te.

La sicurezza, quindi, che sia davvero io a essere qui, in una stanza asettica, ad aspettare il compiersi del mio futuro insieme a tre sconosciute vestite con un mezzo gonnellino di carta... mi spiazza. Ecco, non l'avrei mai detto. E pensare che ero certa che non sarebbe mai potuto capitare a me.

È il mio turno e la Rottenmeier mi fa cenno di seguirla, manco dovessimo andare dal preside ai tempi della scuola.

So che cosa mi aspetta. Almeno credo di saperlo. Me lo

aveva spiegato il primario dopo che gli avevo fatto il terzo grado, pregandolo di non risparmiare sui dettagli della procedura.

Mi faranno sdraiare su una barella, mi faranno indossare una simpatica cuffietta igienica per i capelli, mi porteranno nella sala operatoria dove attraverso una flebo la sedazione mi farà addormentare piano piano. E poi via. Dentro un buco nero che ti intontisce di vertigini e nessun ricordo.

Mi sono immaginata questa liturgia dei movimenti così tante volte che il mio corpo la sa replicare a memoria, nemmeno fosse stato un mio rituale quotidiano. L'ultimo ricordo nitido è quello dell'ago che si infila sotto la pelle, nel braccio, cercando una vena dispettosa che non ne vuole sapere di farsi bucare. Sfugge, scansa l'ago come una ballerina silenziosa, gioca a non farsi prendere.

Decido di collaborare un po' più attivamente e mi continuo a ripetere di stare calma che se sono così tesa il corpo si irrigidirà sempre di più e non si riuscirà a fare nulla. Alzo gli occhi al soffitto per ingannare l'ansia, penso *siamo al terzo buco ormai* quando… in meno di dieci secondi la visuale che ho è sempre più sfuocata e non mi rendo neanche conto di essere partita per il più breve e sconvolgente viaggio della mia vita.

Mi sveglio da un sonno profondissimo. Mi sento come se avessi dormito per cento anni in pochi minuti. Apro lentamente gli occhi e vedo sopra di me lo stesso soffitto biancastro di prima con le luci al neon che vibrano a intermittenza. La cuffietta ce l'ho ancora in testa. Molto bene. Sono coperta da un lenzuolo ruvido e ho freddo. Man mano che le pupille si adattano alla luce comincio a mettere a fuoco anche con i pensieri.

Sono ancora qui, nella stessa identica posizione, dove tutto si è interrotto. Dove sono stata però nel frattempo? Quanto tempo è passato? Mi sarò solo appisolata un attimo, anzi sì! Ora ricordo… l'infermiera mi stava per fare l'anestesia, ma aveva detto che ci avrebbe messo un po' per fare effetto.

Da una delle porte che si affacciano sulla mia barella vedo arrivare al rallentatore la signorina Rottenmeier, ormai la persona alla quale sono più legata qui dentro.

Cerco un delicato sorriso da offrirle, che scaldi l'atmosfera di freddo stagnante in cui sono immersa, e questa volta lei mi risponde stiracchiando gli angoli della bocca.

«Come va?» chiede.

«Bene, direi» rispondo io. «Ci vuole ancora tanto? Credo di essermi addormentata nell'attesa.»

«Guardi che abbiamo già fatto.»

Ogni cellula del mio corpo si paralizza, è un istante che dura una vita. Mi gira la testa all'idea che mentre dormivo ed ero incosciente abbiano fatto tutto, senza di me.

«La riportiamo in sala d'attesa, deve mangiare qualcosa. Dopo la procedura occorre aspettare una mezz'ora, poi può andarsene a casa.»

La barella scivola di nuovo nel silenzio della stanza azzurra e noto che delle mie compagne di avventura ne è rimasta solo una. Mi guarda come appena prima di lanciarsi in un bungee jumping, cercando nei miei occhi la conferma che stia facendo la cosa giusta e che tutto andrà bene.

Prendo posto sulla stessa sedia dove ritrovo, accomodati ad aspettarmi, tutti i pensieri che avevo lasciato lì. Al mio fianco un tavolino con due panini dall'aspetto davvero poco invitante, ma ho fame e non è il momento di fare la schizzinosa.

Ora dovrò mangiare per due, comincerò a ingrassare come la maggior parte delle donne incinte, mi gonfierò e diventerò una buona culla per la vita che da questo istante, forse, sta già crescendo dentro di me. La mia mente è affollata da questi banali e prevedibili luoghi comuni che però trovo rassicuranti. Non c'è niente di più rassicurante di un luogo comune in una situazione tanto assurda come quella che sto vivendo.

La mezz'ora successiva vola via e le chiacchiere con la compagna di PMA smuovono in me la voglia irresistibile di un abbraccio. Mai come in questo momento mi sento sola.

La signorina Rottenmeier si tuffa di nuovo nella penombra della stanza azzurra:

«Signora Tessa? C'è suo marito qui fuori. Quando vuole può andare».

«Mio marito?!» chiedo io.

«Sì, il signor Tessa. Non è suo marito?»

«No, non ho un marito. Non ho neanche un compagno.»

Mi hanno regalato un sogno

Ci ho messo qualche minuto per capire che mio fratello è venuto a prendermi per farmi una sorpresa. E per darmi l'abbraccio che stavo aspettando.

Esco dalle porte scorrevoli dell'ospedale con le gambe ancora tremanti e in un lampo la luce del giorno mi acceca. L'aria è fresca, sa di primavera in anticipo e mi accarezza le guance come a dirmi bentornata. Mentre per me il tempo si è fermato su quella barella, qui fuori tutto ha continuato ad andare avanti e il pensiero mi stordisce un po'.

Salgo in macchina al rallentatore. Sarà la sedazione che mi fa muovere come un bradipo, ma è anche una sorta di eccessivo autocontrollo dei movimenti che il mio corpo decide di mettere in atto per proteggere la piccola nuova vita dal primo impatto con ciò che sta fuori. Vedo un nuovo mondo, sono una donna nuova, tutto ricomincia da qui. Mi sento come se fossi nata oggi.

C'è un prima e un dopo in questo genere di situazioni; tutto è concentrato laggiù, nel mio ventre, dove qualcosa sta nascendo, e le energie si stanno dirigendo lì dove la priorità è sopravvivere. Percepisco che ogni mia cellula è intenta a lavorare affinché ciò che porto in grembo possa nutrirsi di tutte le forze necessarie per crescere e diventare forte.

Filippo è divertito e premuroso per lo stato di intontimento in cui mi trovo. Sorride, guida veloce e mi lancia domande a cui non riesco a rispondere.

«Com'è andata?»

«Com'è andata… bene, spero. Lo scopriremo solo vivendo.»

Gli sfodero un sorriso stupido di quelli che tra fratelli ti fanno scoppiare a ridere senza un vero motivo, di quelli che ci facevamo anche da bambini quando raccontava una barzelletta che non faceva ridere nessuno. Ma io sì, dovevo ridere. Era mio fratello e sentivo il dovere di supportarlo, soprattutto nei suoi rari slanci di allegria.

Filippo ha quattro anni più di me ma io ho sempre avuto un innato istinto di protezione nei suoi confronti. Non appena vedevo che i suoi amichetti più attaccabrighe si prendevano gioco di lui partivo a razzo in sua difesa e come una scimmia mi aggrappavo alla testa dei bulletti per fare a botte. Mi sentivo un maschiaccio come loro, mi sentivo forte nonostante il mio fisico esile, in dovere di difenderlo, lui che ha sempre manifestato una dote di generosità e ingenuità di cui molti erano pronti ad approfittarsi.

Questo senso di giustizia me lo deve aver trasmesso papà, con la sua professione di giudice integerrimo e intransigente. Un padre burbero, magro e slanciato, con la fronte alta dei nobili e gli occhi trasparenti della sincerità. E un autocontrollo disarmante. Ecco quello no, non l'ho proprio preso da lui.

«Hai aspettato tanto?» chiedo a Filippo, sicura di non aver percepito lo scorrere del tempo lì dentro.

«Quanto basta.» Come al solito è di poche parole. «Ma

che cosa ti hanno fatto?» Mi squadra con un'occhiata svelta, le mani ferme, saldamente aggrappate al volante a mantenere la giusta traiettoria e farmi sentire al sicuro. La sua voce è morbida ma trattenuta, nella sua fermezza lascia spazio a quella sensibilità, appena percettibile, che un uomo può avere in una situazione come questa. Un misto tra curiosità e imbarazzo per essere entrato in una zona fino ad ora off limits.

Mi hanno regalato un sogno. Se tutto va bene fra nove mesi diventi zio. Questo avrei voluto rispondergli. Ma le parole mi sono rimaste incastrate in gola.

Non ho detto la verità a Filippo. Già dall'inizio, da quando questa idea assurda era solo un embrione di quella che poi sarebbe stata la mia decisione, avevo preferito non parlarne troppo con gli uomini di famiglia. Non so davvero se, non farmi influenzare da mio padre e mio fratello, non cercare confronto né conforto o approvazione, sia stata la scelta giusta. Ma l'intimità e la profondità che questa scelta, tutta femminile, arriva a toccare, sono a un livello troppo viscerale per poterne parlare come di trasferirsi a vivere a New York o a Singapore.

La scelta, mi sono sempre detta, sarebbe stata solo mia. Come mia e solo mia sarà questa bambina. Perché lo so che sarà una femmina. L'ho sempre saputo e voluto.

Con mamma invece ne avevamo parlato a lungo. Lei è la mia prima vera confidente, pronta a far sciogliere nel suo abbraccio le mie paure più nascoste, ad accogliere e coccolare tutte le mie domande.

Lei sa. Lei ha sempre saputo che il mio temperamento non avrebbe aspettato l'uomo giusto, non avrebbe permesso allo scorrere del tempo di poter perdere un'opportunità tanto speciale nella vita di una donna, come quella di avere un bambino.

Era stata lei dopo l'ultima delusione d'amore a spingermi laggiù, in quell'angolo del cuore dove sta la verità che solo una madre può conoscere, dove non sai neanche tu che ci possa essere una risposta. Là dove vale tutto o quasi, dove la prima regola è: sii felice.

Una donna moderna di settantadue anni che vede la vita come un dono e che, se il dono non arriva come lei vorrebbe o come si sarebbe aspettata, se lo va a prendere.

«Ho fatto un controllo, alcuni esami per vedere che sia tutto a posto.»

Filippo incassa la mia risposta con un piccolo cenno della testa, gli occhi incollati alla strada davanti a noi, in una sorta di approvazione silente di qualcosa che non capisce fino in fondo ma che in fondo non importa. Si fa bastare quelle poche parole.

Preferisco non raccontargli cosa ho fatto questa mattina, non ancora. Almeno fino a quando non mi diranno che è andato tutto bene e che effettivamente la gravidanza ha avuto inizio. Come piccoli flash back mi risuonano nella mente le parole delle mie compagne nella stanza azzurra: «È la seconda, terza volta che ci proviamo...» no, non me la sento ancora di annunciare che, forse, sarò mamma.

Le immagini dal finestrino dell'auto scorrono veloci e io cerco di agganciare con lo sguardo gli oggetti che mi sfilano sotto gli occhi per tornare alla realtà. Lì dentro è stato come fare un lungo sogno, un'ampia nuotata notturna in apnea e ora per risvegliarmi trovo nei cartelli stradali, nei passanti, negli alberi, delle boe a cui aggrapparmi per ricominciare a respirare e vedere il mio nuovo mondo.

Arriviamo sotto casa mia, Filippo mi fa scendere con un bacio veloce e riparte per andare al lavoro. Le vertigini mi accompagnano fino all'ingresso. Come ogni volta, appena infilo le chiavi nella toppa mi accarezza una sensazione di serenità. Il mio sguardo si tuffa immediatamente a cercare i quadri, i cuscini giallo ocra, il tappeto a forma di mucca, la mia tazza rossa preferita e il computer pieno di e-mail che aspettano di essere aperte. Pochi oggetti qui sono davvero miei ma sono delle piccole ancore che mi fanno sempre sentire a casa.

Tutto ciò che ho lasciato stamattina all'alba mi accoglie con immobile e silenziosa pazienza.

Da quando sono uscita dall'ospedale Bea mi ha scritto già tre messaggi, ma ho voluto aspettare di accoccolarmi sul divano per poterle rispondere in tranquillità.

Nel frattempo attendo notizie da mamma, anche lei per una sfortunata coincidenza, ostaggio di un esame di controllo improrogabile. È proprio vero che le cose o succedono tutte insieme o non succede nulla.

Era nervosa per me, dispiaciuta di non potermi stare vicino in un momento così importante, ma non avrei mai permesso che perdesse la sua visita, prenotata mesi fa. E io non potevo immaginare che oggi sarebbe stato il giorno in cui le mie ovaie avrebbero deciso di ovulare.

Tlin!

Mamma:

Uscita ora dal tubo della TAC. Che viaggio!

Ora dobbiamo aspettare il colloquio col dottore.

Come ti senti?

La chiamo.

«Pupaaa!» È così che mi chiama mia mamma. E nessun suono sarebbe stato più dolce in questo momento.

«Com'è andata? Stai bene? Hai mangiato? Sei arrivata a casa?»

Mamma è un fiume in piena, uno tsunami d'amore e apprensione, il suo incontenibile entusiasmo mi avvolge insieme al plaid in cui mi sono arrotolata sdraiandomi sul divano.

«Sì, mamma, sto bene, e… è andata.»

«Ohhh, bene. E ora… aspettiamo!»

Mamma ride di gusto per la metaforica battuta azzeccata sull'attesa.

«Già, aspettiamo tutti…» rispondo ridendo anch'io.

Mi scoppia il cuore a sentire la sua gioia contagiosa che corre lungo i fili virtuali del telefono e mi sento fortunata.

Non sono sola, mi dice una vocina dentro la mia testa. Questo è l'amore di una madre che vorrei vivere anche io. Grazie alla sua forza, alla sua determinazione, so che donna e che mamma voglio diventare.

Parliamo fitto fitto, ognuna cerca di portare l'altra dentro la propria esperienza e ci perdiamo nei dettagli tra domande e rassicurazioni reciproche. Conoscerà l'esito della sua visita tra qualche giorno ma lei è sempre molto positiva.

C'è ancora una cosa che devo fare, avvisare Bea. Starà impazzendo dalla curiosità e mi rimprovererà per non averla chiamata subito.

«Hey, Bea… Siamo in attesa» le dico, cercando di dissimulare ogni emozione.

«E certo, è da stamattina che aspetto di sentirti!»

La sua voce squillante riesce a riaccendere ogni volta quella magia che avevamo intravisto fin dall'inizio della nostra amicizia.

Bea è peggio di mia madre. Ansiosa, premurosa, estremamente sensibile. Una di quelle amiche che trova sempre il modo giusto per dirti qualcosa di brutto, attenta a scegliere le parole da non dire. Perché anche lei, a sua volta, è stata ferita a morte.

«Intendevo che stamattina ho fatto l'intervento… e ora devo aspettare le prossime settimane per capire se attecchisce…»

«E io sto morendo dall'ansia di sapere come è andata! Ti ha fatto male?»

«No, assolutamente, non mi sono accorta di nulla.»

Le dico tutti i particolari, le strane sensazioni vissute in quel limbo che ancora adesso faccio fatica a realizzare. Rivelando ciò che ho attraversato mi rendo conto che è un po' come se raccontassi tutto a me stessa, per convincermi ancora di più che è successo davvero.

Riattacco con Bea che promette di raggiungermi appena finisce di lavorare all'ambulatorio veterinario.

Giocando col tepore che esce dalla tazza di tè raccolgo, come coriandoli, i pensieri di questa giornata così importante. Quelli più timidi vengono fuori solo tra le ombre della sera, quando il silenzio riempie lo spazio attorno a me. Li percepisco, alcuni sono più leggeri e sembrano divertiti di accavallarsi l'uno con l'altro.

Come la chiamerò? Quale sarà il nome più giusto da dare a questa creatura così voluta, cercata, desiderata? Come sarà? Bionda? Mora? Sarà simpatica? Quale sarà la prima parola che dirà?

Poi altri pensieri mi riportano di botto sul divano, un tonfo e la testa si lascia cadere all'indietro sui cuscini arrendendosi alla stanchezza.

Sarò mai in grado di far fronte a questa promessa? Una promessa di vita non solo per me ma anche per chi con me sta affrontando questa assurda avventura, il mio piccolo complice inconsapevole, una creatura che non può decidere niente, non può dire la sua, non ha possibilità di scelta. E che io ho trascinato a forza in una situazione più grande di noi.

Il senso di colpa si fa sentire con tutta la sua pesantezza e una domanda comincia a rimbombarmi in testa: che diritto ho io di decidere per un altro essere umano? Se è vero che, per due persone che stanno insieme, la scelta di avere un bambino prima o poi sarà la naturale evoluzione del loro percorso di coppia verso la costruzione di una famiglia, io nel mio essere da sola ho lo stesso diritto di scegliere di costruirmi una non-famiglia? Verrà considerata solo una scelta egoista il fatto di privare questo bambino di una figura importante come quella di un padre? Sarà, questo lo so bene, una famiglia orfana già dalla nascita.

Mi sembra di affogare nei cliché, frasi fatte, sentite dire, facili considerazioni sulla bocca di molte persone e già assimilate dal mio inconscio come regole imposte dalla buona società, quella che non accetta un pensiero diverso dalla tradizione ormai diventata legge morale. Mi sembra di perdermi nella costruzione di castelli in aria, fatti di parole, pregiudizi e preconcetti. C'è un nuovo buco nero davanti a me, lo vedo che mi attira con un magnetismo a cui non riesco a resistere e in cui sto cadendo senza nulla, anzi, nessuno a cui aggrapparmi.

Il suono gracchiante del campanello della porta mi sveglia di soprassalto, mi sono addormentata come una bambina. Sono rannicchiata sul divano, ho lasciato che i pensieri cadessero giù come neve per poterli guardare da lontano una volta finita la tormenta. Mi alzo intontita, tra i residui di sedazione e lo stress non so che cosa sia ad avermi stordito di più ma, come mi ripete sempre mamma, il sonno è la miglior cura. E il mio corpo deve saperlo benissimo perché guardando l'orologio in cucina realizzo che ho dormito ben quattro ore.

Mi dirigo verso la porta, dove il campanello riprende a gracchiare impaziente. Bea si è attaccata al pulsante e non mollerà fino a che non aprirò e vedrà coi suoi occhi che sono sana e salva, lei che con l'ansia ci va a braccetto.

Non riesco neanche a dirle "ciao" che mi ritrovo le sue braccia attorno al collo in un abbraccio stritolatore dei nostri che però, questa volta, ha un sapore ancora più dolce. Stiamo in silenzio, la sua testa appoggiata sulla mia spalla, sento il battito del suo cuore rimbombare nella cassa toracica, deve aver fatto i tre piani di corsa, mangiandosi le scale per la fretta di arrivare. Nonostante non la veda ancora in viso, so che sta sorridendo. Lo fa sempre quando mi abbraccia. Rimaniamo a lungo così, sull'uscio di casa, noncuranti di ciò che può succedere sul pianerottolo, io e lei qui. Tutto il resto fuori.

Si allontana di qualche centimetro per guardarmi in volto e ancora una volta capisco che ci siamo già parlate, già dette tutto, in quel lunghissimo abbraccio. Con le dita mi sposta la frangia dagli occhi, come fa una mamma con la figlia, come una bimba premurosa con la sua Barbie.

«Hai già fatto le punture?» mi chiede sicura e ferma. Pianta i suoi occhi nei miei, quegli occhi azzurro cielo a cui non potrò mai rimanere indifferente, e già sa la risposta.

«Non ancora… cioè… aspettavo te!» non trovo che questo pessimo escamotage per evitare di dirle che me ne ero completamente dimenticata.

Temo sempre il giudizio di coloro che amo. Il suo sguardo mi fulmina di azzurro e in un attimo si alleggerisce di borsa e giacca e si dirige verso il frigorifero in cucina.

«Dove sono scritte le dosi?»

«È tutto nel faldone lì sul tavolo, guarda l'ultima prescrizione.»

Bea apparecchia la tavola con siringhe monouso, alcol, cotone idrofilo, flaconcini pieni di sostanze trasparenti che ai nostri occhi diventano piccole pozioni magiche. I dottori della clinica si sono tanto raccomandati di essere disciplinata nei giorni immediatamente successivi al transfer. Nessuno sforzo eccessivo, riposo se il fisico lo richiede e comunque vita molto regolare.

Ecco, tanto per cominciare non credo di aver pranzato, ma mentre ci penso il fantasma dei due tristi panini dell'ospedale si riaffaccia alla mente.

Le ampolline di vetro sono sistemate sul tavolo della cucina come per la migliore delle esposizioni da laboratorio, Bea mi fa cenno di abbassarmi i pantaloni e prima che io possa anche solo cominciare a lamentarmi, l'ago si infila nella mia chiappa sinistra togliendomi il respiro per qualche istante.

«Fai piano, per *favoooahiahia*! Ma sei matta?!» Faccio un balzo in avanti di una spanna per sfuggire alla sua presa, che però non molla.

«Ferma! Ferma! Non ti devi muovere sennò il liquido si sparge troppo e ti viene un livido enorme.»

Si chiama progesterone questo liquido magico che devo iniettarmi. E fa un male cane. È una sostanza imprescindibile in una gravidanza. Servirà, così hanno spiegato i medici, a rendere ricettivo l'utero materno e a far sì che l'embrione attecchisca al meglio, riducendo al minimo le minacce di aborto spontaneo.

Lancio un'occhiata al tavolo e conto mentalmente i flaconcini rimanenti. I dottori hanno detto che dovrò andare avanti a far punture per settimane affinché il mio corpo sia sano, forte e il piccolo embrione si impianti saldamente e cominci a crescere senza problemi.

Quello che però i medici non mi avevano esattamente specificato è che questa pozione magica è anche responsabile della maggior parte dei sintomi tipici dell'inizio della gravidanza, tra cui costipazione, stanchezza e... sonnolenza.

«Brava. Abbiamo fatto. Tutto a posto?» Bea è ancora lì, con il batuffolo di cotone imbevuto di alcol a premere sulla mia chiappa.

«Come no, ma mi sa che ci stai prendendo un po' troppo gusto.»

Ridiamo come due sceme, complici di ciò che all'inizio sembrava un'idea folle e coraggiosa, ora irrimediabilmente unite nei piccoli passi quotidiani che questa scelta richiede.

«Okay, la prima è andata» le dico trattenendo una smorfia di dolore. Il punto dove è entrato l'ago comincia a pizzicare, in pochi secondi diventa un bruciore sempre più intenso.

«Domani spunterà un altro bel livido» aggiungo.

Mi tiro su i pantaloni e, afferrando una delle siringhe, mi giro verso di lei.

«Ora tocca a te.»

Qualche mese prima

E se lo facessimo insieme?

«E se lo facessimo insieme?»

Ricordo ancora alla perfezione la sera in cui Bea mi si è piantata davanti con il suo sguardo azzurro e mi ha fatto questa proposta indecente. Nonostante la domanda fosse semplice, quasi disarmante, ho visto manifestarsi in lei un'urgenza più forte di ogni cosa, una spinta istintiva, primordiale verso un appuntamento con il futuro.

Era una fredda serata di novembre, di quelle in cui la nebbia è così spessa e densa che ti impedisce di intravedere ciò che sta fuori dalla finestra. E allora ti sembra di non poter vedere neanche al di là del tuo naso e invece lei, quegli occhi, li voleva buttare al di là dell'ostacolo. Al di là di tutti gli ostacoli che vedeva di fronte a sé.

«Voglio andare oltre. È arrivato il momento di capire cosa posso fare davvero. Superare i limiti che la vita mi ha messo davanti e cercare di abbattere anche i miei.»

Ci sono momenti nell'esistenza in cui sembra di vivere chiusi in una scatola preconfezionata da cui vorremmo scappare ma nella quale, la maggior parte delle volte, finiamo per sopravvivere. Situazioni in cui la vita ci ha messo, o in cui ci siamo infilati da soli, senza capire che non ci sarebbe stata una facile via di uscita e senza realizzare che, giorno dopo giorno, lo spazio vitale si sarebbe ridotto fino a schiacciarsi addosso a noi.

Se va bene, prima o poi quella scatolina si rompe. Proprio come un bambino nella pancia della mamma che, arrivato alla data esatta, vuole fortemente nascere. Ha bisogno di uscire dal ventre materno, da ciò che lo ha cresciuto, protetto e nutrito fino a quel momento.

E se va bene, allo stesso modo, a un certo punto percepiamo di aver bisogno di rinascere, di vedere una nuova luce.

Manca l'aria, ci dimeniamo, scalciamo, cerchiamo di far spazio alle nuove prospettive che ci aspettano oltre quelle mura che ormai ci stanno rendendo miopi. Vediamo bene ciò che ci sta vicino, vediamo le nostre mani che scivolano aggrappate ai muri, come fossero quelli di una prigione, i pensieri rannicchiati, le speranze di una vita migliore che si sbriciolano rinsecchite, percepiamo nitidamente che ci stiamo spegnendo all'interno di quel micro-mondo, ma non riusciamo a mettere a fuoco ciò che c'è oltre: quello che volevamo diventare da grandi.

Io e Bea ne avevamo parlato diverse volte, delle delusioni, dell'amarezza, dello sconforto per non aver raggiunto ciò che di norma sarebbe stato un traguardo più che auspicabile alla soglia dei quarant'anni.

Io li ho compiuti da poco, Bea ha tre anni meno di me. È davvero bella, occhi grandi, proprio come quelli di un manga, color del cielo d'estate, che hanno la capacità di accecare in un istante, come un flash. Lunghi capelli biondi, forti e robusti come il suo carattere. Tenace, coraggiosa ed entusiasta. Bea è la mia migliore amica.

Ci siamo conosciute sei anni fa, a una festa di amici comuni. Nulla di più banale. Ma la vita sa nascondere tra le situazioni più insignificanti delle rare perle preziose, sa sorprenderti soprattutto quando non te lo aspetti.

In quell'incontro tanto semplice quanto propizio, abbiamo intravisto e risiede tuttora – ora lo posso affermare al di là di ogni ragionevole dubbio – la scintilla di un affetto reciproco unico.

Un amore puro e limpido, incondizionato. Una di quelle amicizie che si autoalimentano attraverso piccoli gesti quotidiani, parole dette al momento giusto e silenzi pieni, di quelli che sanno ascoltare. La complicità di due donne che, insieme, possono sfidare il mondo. Queste siamo noi.

La vita sentimentale di Bea può essere riassunta come un bollettino di guerra: mille amori lampo, nessun uomo vero all'orizzonte, zero superstiti. Riesce a innamorarsi sempre dell'uomo sbagliato: quello sposato, non ancora separato e con figli, che non sa come esorcizzare la fine del suo matrimonio, quello di cui diventi l'amante inconsapevole e che fa bellamente il doppio gioco, quello che si dice innamorato ma poi non ti chiama mai, e le partite di calcetto e gli amici vengono comunque prima di te. Per non parlare dei casi umani, i cinquantenni in piena crisi di mezza età bisognosi di sostegno psicologico che cercano una spalla su cui piagnucolare.

L'amore per Bea è sempre stato uno yo-yo, un tira e molla, del quale non è mai riuscita a guidare il lancio. Buttava il suo cuore immancabilmente nella direzione sbagliata e 'sto povero yo-yo dopo poco si sfracellava a terra con un bel tonfo. La sua vera forza non l'ha mai messa in discussione. Non si è mai abbassata al livello a cui possono scendere i rapporti di coppia sbagliati, malati, ma se l'è giocata dimostrando altruismo, fiducia verso l'altro, bontà d'animo e resilienza. Nonostante tutto ha continuato a innamorarsi. E a non aver paura di sentirsi per questo vulnerabile. Con la medesima costanza di un atleta che vuole raggiungere la meta, Bea è sempre rimasta convinta che amare vuol dire crederci, con tutta se stessa, a dispetto dei fallimenti. E, proprio con identico piglio, Bea corre, una gazzella che sfida le lame dell'inverno gelido, i dolori muscolari lancinanti, i suoi turni sfiancanti all'ambulatorio veterinario, e la sua anemia. Corre per non pensare, sempre più veloce, come per seminare dietro di sé i brutti ricordi, per non affogare nelle sue ferite ormai troppo profonde. In movimento perpetuo. Non so neanche più quante maratone abbia fatto e a ogni medaglia, a ogni traguardo superato il suo sorriso rinasce.

Quella sera era venuta a casa mia dopo aver chiuso l'ultima fantastoria con l'imprenditore cinquantenne. Un pavone sempre incravattato, brillantina sui capelli e dopobarba dell'uomo-che-non-deve-chiedere-mai, che aveva fatto dell'abbronzatura uno dei suoi accessori intoccabili.

«Te l'avevo detto che non c'era storia. Non è ancora pronto» le avevo ribadito mentre preparavo una tazza del suo tè preferito.

«Non è pronto a cinquant'anni?» aveva sussurrato lei sfinita.

«No, non è pronto come uomo. Hai presente quando un frutto è maturo? Ecco quando arriva al punto giusto, *toc*! Cade dall'albero e abbandona la sicurezza del suo passato, il nutrimento della linfa che lo teneva attaccato al ramo, l'idea della solidità delle radici che lo proteggevano fino a poco prima. Se non sei maturo al punto giusto non ti lanci, non abbandoni ciò che sei stato fino ad allora per diventare qualcos'altro. Rimani aggrappato al tuo passato e persino alle tue insicurezze, ai tuoi errori pur di non rischiare di doverti mettere in discussione, per la paura di non piacere. Perché si sa, un frutto acerbo non piace a nessuno.»

Gli occhi spalancati di Bea sembravano ancora più grandi, lei aggrappata con entrambe le mani alla tazza, quasi in preghiera, da cui si alzava un profumo balsamico, caldo e avvolgente, e a cui sembrava chiedere di sciogliere i suoi pensieri.

Era rimasta così, assorta per diversi minuti, aspettando che una vocina dentro di sé le suggerisse come uscire da quell'impasse.

«La verità è che non si ha bisogno dell'amore per vivere.»

Bea era riuscita anche in questo: a spiazzarmi completamente. Quella frase gelida, affilata, non avrei mai pensato che potesse uscire dalle sue labbra.

«Ma cosa dici?» Mi ero girata di scatto per vedere se quella voce provenisse davvero da lei.

«Intendo che oggi la gente vive anche senza amore. Senza contare su questa forza universale che potrebbe muovere il mondo. Sopravvive, aggrappandosi a un altro genere di appagamento, più materiale, che prima o poi esaurisce il suo effetto placebo. E si trova a cinquant'anni sola e con il cuore pietrificato, senza più voglia di dare né di ricevere.»

Capii che qualcosa in lei si era rotto. Che nonostante la sua capacità di incassare delusioni, la corazza si era incrinata.

Si sentiva sbagliata, si sentiva difettosa, non in grado di chiudere un cerchio importante come quello di trovare il giusto compagno per la vita.

«Eppure in tante ci riescono» aveva mormorato lei, quasi a ripeterlo a se stessa. «Gaia, cosa c'è di sbagliato in me? Valgo così poco? O forse sono troppo? Troppo sensibile, troppo ambiziosa, troppo entusiasta?! Che male c'è a mettere tutta te stessa nella vita che vivi?»

«Forse è questo che spaventa gli uomini che incontri. Perché semplicemente sono loro a non essere abbastanza» le avevo detto io prendendo le sue mani tra le mie. Non potevo immaginare di poter sentire anche io, quasi sulla pelle, il suo stesso dolore.

Avrei voluto darle conforto, dirle che non era vero che tutti gli uomini sono uguali, che esiste là fuori l'uomo perfetto per lei e che la stava solo aspettando. Ma, purtroppo, io stessa non ci credevo più.

Un grande amore il mio, nato come amicizia tra i banchi dell'università, spentosi inesorabilmente e miseramente e senza neanche troppe spiegazioni. Quella era stata la mia sorte: quella che ti porta a credere che l'amore, alla fine, non esista.

Fidanzata da sempre, convinta di aver superato indenne la maledizione del nostro secolo, la solitudine, mi ero ritrovata, dopo una storia di dodici anni, sola e abbandonata alla mia nuova vita da single. Cara Gaia, puoi pure impacchettarti le tue cose, i tuoi sogni, le fotografie di tutti i momenti belli e togliere il disturbo perché è tutto finito. Un "ciao" e tante care cose.

Non riuscivo a nascondere le lacrime che, dopo sei mesi, ancora mi scivolavano sulle guance silenziosamente, quasi a non farsi vedere. Non riuscivo a togliermi dalla testa la vita che in quei lunghissimi dodici anni io e Luca avevamo trascorso insieme. Eravamo già una famiglia, prima ancora di saperlo.

Dodici anni su quaranta sono quasi un terzo dell'esistenza. Siamo cresciuti insieme, condividendo i nostri momenti più importanti; l'emozione della prima volta, l'ansia della discussione della tesi di laurea, la timida presentazione alle nostre famiglie, l'entusiasmo del primo viaggio a Barcellona da soli, il primo colloquio di lavoro superato e la consapevolezza di diventare grandi.

Tutte quelle immagini mi passavano davanti agli occhi come un film, di cui però non sentivo di essere la protagonista. Lo rivivevo come se fosse una vita non mia, che non mi apparteneva più. Ormai leggevo solo i titoli di coda.

Luca era cambiato negli ultimi due anni della nostra storia. Lo vedevo distratto, stanco e insofferente. Aveva sempre qualcosa di più importante da fare, cose in cui io ovviamente non rientravo. Anzi, cose per le quali mi sentivo quasi d'intralcio. Il lavoro cominciava a dargli delle impellenze e responsabilità che non poteva e non voleva demandare a nessuno. Come se la scommessa di vita fosse racchiusa solo lì dentro, nella realizzazione professionale. Poco importa se poi a casa non c'è nessuno che ti aspetta per festeggiare i tuoi traguardi. Se brindi da solo, se di notte poi ti inghiotte il silenzio della solitudine, quello nero.

Io e Luca non stavamo più costruendo la vita insieme, semplicemente tutto si era trasformato nell'essere, quasi per un tacito accordo, nello stesso posto e nello stesso tempo. Non eravamo più un Noi. Eravamo solamente due persone che condividevano la casa, come fanno due coinquilini senza troppe complicazioni. Ognuno con priorità diverse. Lui spesso all'estero per lavoro. Io in cerca di mille espedienti pur di riempire quei vuoti che si stavano creando attorno a me. Io con un desiderio sempre più invadente di diventare moglie, di appartenere a un progetto più grande, di costruire una vera famiglia, nella gioia e nel dolore, il bisogno di dare un senso più pieno e rotondo alla vita, quello di diventare madre. Lui ogni giorno emotivamente più lontano dal nostro nucleo e sfuggente nei confronti di un impegno "per sempre", io ormai esausta nel continuare a volerci credere.

Tutto era diventato piatto, bidimensionale, a sottolineare un'incapacità di continuare a scavare delle fondamenta abbastanza profonde per costruire qualcosa di davvero solido. Ci aggrappavamo a una girandola di escamotage con cui si disegnava una quotidianità sterile e ripetitiva. E quindi il lunedì sera il calcetto per lui, corso di yoga per me; il mercoledì le partite alla TV per lui, la cena dai miei per me, il venerdì serata con gli amici lui, cinema con le amiche io. Il sabato e la domenica trascorrevano riordinando le bollette, facendo il bucato e dietro la gestione della casa, poi la spesa al supermercato, la lettura di qualche pagina di un libro, un toast mangiato di fretta sul divano e un programma in televisione. Questa era la nostra scatolina, quella in cui ci stavamo rannicchiando sempre più stretti e schiacciati l'uno contro l'altra. Ma non ci guardavamo neanche più negli occhi.

Ed è stato allora che abbiamo cominciato a scalciare.

Non sapevo cosa avremmo potuto fare per salvarci, se non rompere quelle quattro mura, per ricominciare a respirare fuori da lì.

Non ho mai pensato, francamente, che la vita degli altri fosse davvero molto più vivace, interessante e divertente.

L'avevo imparato osservando attentamente quella della coppia a me più vicina. Quella in cui ero immersa dalla nascita. La storia dei miei genitori.

Vista da fuori sembrava perfetta, ma solo loro sapevano le molte tempeste che avevano dovuto affrontare dentro le mura di casa e dentro il loro cuore. Ci vuole tanta voglia di condividere un percorso restandosi accanto. Non si rincorre, non si aspetta, ma si cammina affiancati. Solo in quello starsi vicini, nonostante tutto, si crea quella magia magnetica che sviluppa una forza dalla lunga scia. Ma resta il fatto che quella magia si alimenta solo se si è in due a volerlo. La nostra carica, come un carillon scordato, ormai si era esaurita.

Gli avevo proposto di provare con la terapia di coppia. Non avevo la minima idea di che cosa potesse prevedere quel percorso, e trovavo davvero imbarazzante andare a parlare con un perfetto sconosciuto dei nostri problemi, ma per una sorta di istinto di sopravvivenza ero arrivata a pensare anche a quello. Se non altro immaginavo che potesse essere d'aiuto tentare di guardarsi dentro grazie a una guida esterna che sapesse indicarci come trovare una via d'uscita senza rompere tutto. Un esperto che ti prendesse per mano per farti vedere che lì, proprio davanti a te, c'erano dei segnali forti da interpretare per far luce su ciò che forse era già arrivato alla ragione ma non al cuore. Un disagio è il sintomo chiaro che qualcosa non va, ma non è così semplice rendersene conto, dargli un significato e soprattutto capirne la causa.

Ci vuole un grande coraggio ad affidare a un estraneo la soluzione dei tuoi problemi. Non è forse così che facciamo ogni volta che mettiamo la nostra salute nelle mani di un dottore? O la nostra contabilità a un commercialista? O ancora un figlio a un insegnante?

L'insegnante è la persona alla quale un genitore affida la cosa più preziosa che possiede: suo figlio. Glielo affida perché si prenda cura della sua intelligenza e lo trasformi in un soggetto pensante. Ma le emozioni? Nessuno ci insegna come gestirle.

A questo proposito sono sempre più convinta che dovremmo tutti frequentare una scuola dei sentimenti, che ci insegni, già da bambini, che cosa è l'amore, come si dimostra agli altri, la sua fragilità, qual è il suo valore e il suo peso nella vita di ogni essere umano. Insieme alle lezioni di educazione fisica, ci vorrebbero anche quelle di educazione civica e sentimentale.

E invece ci ritroviamo da grandi a non saper prenderci cura delle nostre emozioni, dei nostri sentimenti, a non sapere che fare con quel cuore che batte all'impazzata per qualcuno e improvvisamente va in frantumi.

Mi aveva quasi riso in faccia, sputando fuori maldestramente la sua verità, convinto di non aver bisogno di capire nulla di più di quanto non fosse già venuto a galla. Non ci amavamo più. Questa era la sua spiegazione. E l'amore finisce, si sa. E pazienza, non ci si può fare niente. Era andata così, dovevo farmene una ragione. Tanto non si muore per amore. Il suo era il chiaro atteggiamento di chi non ha nessuna intenzione di mettersi in discussione, di chi sa già tutto, di chi pensa di avere sempre ogni cosa sotto controllo e soprattutto di esserne assolutamente sicuro.

Questo mi aveva reso inerme. Ancora una volta, per ironia della sorte, avevo avuto la conferma della famosa teoria dei miei genitori. Mai essere sicuri di qualcosa. Ecco, avevo sbagliato io che fino a quel momento ero stata sicura che non sarebbe mai finita e stava sbagliando lui, che era sicuro che ormai non c'era più niente da fare.

Non volevo arrendermi davanti a questo rifiuto, impazzivo di fronte a una chiusura così definitiva, l'amore non finisce, pensavo io, si trasforma, diventa qualcosa che magari non riconosciamo perché diverso da ciò che era all'inizio e per questo non lo accettiamo più. Perché cambiare fa sempre paura. Non sai cosa ti aspetta, non sai se ti piacerà, non sai se sarai all'altezza e se lo sforzo di modificare te stesso ne varrà la pena.

Ma, come ho già detto, per me l'amore è un percorso in tandem. E io a quel punto della mia vita mi ero ritrovata da sola, naufraga e orfana d'amore dopo un lungo viaggio a due.

L'idea di ricominciare da zero a quarant'anni, conoscere un altro uomo, accettare nuovi appuntamenti, incrociare mani sconosciute, guardare dentro occhi diversi da quelli in cui avevo creduto e guardato per dodici anni… no. Non ce l'avrei fatta a fidarmi di nuovo.

Stavo piangendo, ancora. Me ne accorsi quando Bea mi passò dolcemente le mani sulle guance. Una carezza per portare via oltre alle lacrime tutti i pensieri che, in quei pochi minuti, mi avevano trasportato dentro ai sei mesi più brutti della mia vita.

«E se lo facessimo insieme?» Mi aveva ripetuto, e in questo secondo lancio la sua intenzione voleva essere presa sul serio.

"Insieme", una piccola parola che mi svegliò all'istante dall'incantesimo in cui ero caduta.

Mi asciugai gli occhi, sentivo l'aria scendere giù nei polmoni. Era come ricominciare a respirare dopo un'apnea durata una stagione intera.

Quella semplice parola mi fece rendere conto di quante altre persone avessero già attraversato il nostro stesso inferno. Ancora una volta sentii forte la sensazione di non essere sola.

Una distesa di fierezza

Non pensavo che avrei mai toccato il fondo in questa maniera. Illusa, stupida, sognatrice quale ero non mi sarei mai aspettata una beffa di tale portata.

«Vengo da te alle sette» mi aveva detto.

Erano passati ormai quattro mesi da quando ero andata via di casa. E sì, nonostante la decisione di interrompere la relazione non fosse stata mia, mentre la casa in affitto lo era, così avevo preferito prendere le mie cose e cambiare aria. Non sarei potuta rimanere nel luogo in cui era stato cullato il nostro amore. I nostri sogni chiusi nei barattoli di marmellata mi raccontavano ancora le gioiose colazioni insieme e gli specchi riflettevano la nostra immagine, uno abbracciato all'altra.

Dopo tutti quei mesi, dunque, avevo convinto Luca a vederci. Dovevamo parlare di noi, di quello che era successo e soprattutto di ciò che non era ancora mai successo. E in tutti questi anni avrebbero dovuto succederne di cose.

Se non altro questo era ciò che pensavo io. Quando ci eravamo messi insieme ero sicura che sarebbe durata per sempre, che una a una sarebbero accadute tutte quelle cose che di solito succedono in una coppia, ma ancora una volta, come una profezia, la teoria dei miei stava lasciando il segno. Mi ero già fatta il mio film mentale, me lo aspettavo da un momento all'altro, ogni Natale, poi ogni compleanno, poi ancora ogni anniversario, almeno negli ultimi cinque anni, vederlo inginocchiarsi come un principe nella più prevedibile e stucchevole delle favole, sfoderando il brillocco e guardandomi con quegli occhi a cui mai avrei potuto rinunciare. Erano verdi, di un verde irreplicabile e indescrivibile. Con un'esplosione di mille pagliuzze color oro che illuminavano il suo sguardo grande, un tempo dolce e comprensivo. Uno sguardo che ti abbraccia. Me n'ero innamorata subito, prima ancora di sapere qualsiasi altra cosa di lui. Aveva il sole negli occhi.

Poi, l'eclissi. Quel sole si era totalmente spento. E io, che ancora non lo sapevo, avevo cominciato ad attraversare come una sonnambula la notte più lunga e buia della mia vita. Così sono passati uno dopo l'altro i Natali, gli anniversari, i compleanni e quella proposta non arrivava mai. Quella svolta, nella sua testa come nel suo cuore, non sarebbe mai avvenuta.

Era da tantissimi giorni che non ci sentivamo. Precisamente centoventitré giorni. Un'eternità. Li avevo contati e guardati scivolare via lentamente come un condannato conta i giorni trascorsi in cella. Lo avevo accettato, magari avrebbe potuto allontanarci per poi farci ritrovare più forti di prima. Sarebbe servito a sentire l'uno la mancanza dell'altra.

Nonostante le nostre vite confuse e frenetiche, di norma ci sentivamo almeno tre, quattro volte al giorno, un ritmo serrato di messaggi che ci teneva in contatto quando eravamo lontani, anche se di base vivevamo nella stessa casa. Ma all'ingresso, il trolley, sempre pronto per le sue continue trasferte, dava la sensazione di essere un alleato silenzioso, l'amico complice delle sue fughe.

In pratica a casa di suo c'era la stessa quantità di roba che ti porti in campeggio, per qualche giorno di vacanza, infilata nei pochi spazi vuoti dei miei armadi proprio come se avesse voluto riempire qualche buco ma non esserci davvero. Questo già me la doveva dire lunga.

Una sera, all'inizio della nostra storia, dopo una delle prime romantiche cenette decidemmo di fermarci a dormire da lui. Mi ero portata nella borsa, previdente come solo noi donne riusciamo a essere, una manciata di effetti personali, ovvero un piccolo beauty, con crema viso e spazzolino, una spazzola e slip di ricambio. Il nécessaire per poterci sentire sempre pronte, belle e a posto. Erano i miei pochi alleati che la mattina dopo avevo lasciato da lui, sentinelle che mi avrebbero accolto al mio ritorno, a cui mi sarei aggrappata in quel turbine d'amore nascente che mi stava avvolgendo e trascinando al largo. Piccole boe d'appoggio in un mare sconosciuto.

Qualche sera dopo, invitato a cena da me, arrivò a casa con un sacchetto della Lidl. Dentro c'erano tutte le cose che avevo lasciato da lui, crema viso, spazzolino e spazzola per i capelli. E un elastico. Me le ero dimenticate a casa sua, disse. Che gesto carino l'avermele prontamente riportate...

C'ero rimasta male, ovvio. Ma intravedevo in lui, in quel suo atteggiamento, qualcosa di comico. E, parlandone dopo qualche giorno, era riuscito a farsi prendere in giro e ne avevamo riso tanto. Come una di quelle gaffe che rimangono nella storia, che ti prometti, un giorno, di raccontare ai tuoi nipoti. Eravamo ancora giovani, se non anagraficamente dato che eravamo alla fine dei nostri vent'anni, sicuramente come coppia. Dovevo avere pazienza, dovevo rispettare i suoi tempi, dovevo aspettare che tutto giungesse a maturazione, senza metterci fretta. Io che anche da bambina volevo tutto e subito. Io che, da sempre, non vedevo l'ora che succedessero le cose.

E invece, nonostante i tanti anni di attesa, le sue cose all'interno della mia casa non lo avevano mai reso il posto in cui tornare. Le sue cose, tutte le sue cose, quelle del suo bagaglio più grande, il suo futuro, non erano da me. Tutto il suo mondo, alla fine, rimaneva un po' di qua e un po' di là. Diviso tra una manciata di presente da me ma con un passato ancora troppo ingombrante che lo legava a doppio nodo solo a se stesso. Con il trolley sempre pronto sull'uscio, la porta sempre socchiusa per poter scappare.

Dopo tutti questi anni, le mie continue richieste di costruire qualcosa di grande, di nostro, non solo non erano state accolte, ma avevano suscitato in lui come una sorta di latente spauracchio. Un terrore dormiente. Esploso, alla fine, in un incomprensibile ma netto rifiuto. Altrimenti detto "fugone".

Ma, davvero, può un uomo avere paura di una donna? Me lo chiedevo ogni giorno cercando di intravedere, guardandomi allo specchio, i tratti di una strega che potessero fare quell'effetto. E lo avevo chiesto anche a lui cercando di capire perché una persona, che fino a poco tempo prima continuava a ripeterti di voler stare con te, non riesca proprio a darti una risposta sul perché non voglia suggellare quelle poche convinzioni nel mare di incertezze della vita. Noi stiamo bene così, non voglio rischiare di incrinare questo equilibrio che si è creato. Questa era la sua risposta.

Non c'era nulla da fare. Non si muoveva di un passo. Ed era diventato marmoreo, arido e anaffettivo. Più chiedevo dimostrazioni di affetto, di presenza e solidità, più si mostrava seccato da tenerezze e inutili smancerie.

Quella sera, quindi, avremmo dovuto parlare di tutto questo e di molto altro dopo un silenzio e un distacco di settimane.

Le sette erano scoccate puntualissime sotto i miei occhi, che quasi volevano spingere le lancette per farle scivolare più veloci. E poi erano anche passate, ormai da un quarto d'ora. Un'eternità per me che già da giorni sentivo la sua mancanza come fossi in apnea. Ma di lui nessuna traccia.

Continuavo a fare su e giù per la stanza sistemando dettagli insignificanti, il bordo leggermente arricciato del tappeto della sala, poi un'occhiata fuori dalla finestra per vedere se stesse arrivando. Andavo al tavolino delle candele, aggiustavo la loro disposizione, una delle tre era decisamente troppo inclinata rispetto alle altre, e di nuovo, mi affacciavo alla finestra guardando meglio. La sua sagoma in bicicletta che mi saluta mentre va al lavoro era ormai un fantasma vivo solo dentro ai miei ricordi.

«Non è uno puntuale. Mai. È sempre in ritardo.» Questo mi ripetevo mentre le mie orecchie nell'attesa si erano fatte radar sofisticatissimi per carpire ogni suono. Chissà, forse mi aspettavo di sentire la serenata partire da sotto il balcone o i versi di una poesia d'amore declamati come Romeo alla sua Giulietta. Ma niente.

Nel silenzio di quella casa, il luogo in cui avevo appoggiato la mia vita da quattro mesi a quella parte, a un certo punto sentii dei rumori provenire dal pianerottolo. L'ascensore si era fermato al piano… un sospiro e poi silenzio. Tutti i miei sensi erano all'erta. Infine, forti come uno stereo acceso improvvisamente a tutto volume, gli schiamazzi dei bambini dei vicini di casa. Mi avvicinai per guardare nello spioncino.

Le loro risate rimbalzavano sulla mia soglia come onde d'urto, sentivo le raccomandazioni della mamma «Non correte, bambini!», seguivo con lo sguardo il più piccolo che, con una mano si era già appeso alla maniglia e con l'altra stava cercando di allungarsi il più possibile per suonare il campanello, mentre d'un tratto sentii arrivare l'eco della voce di lui, il papà, e del suo fragoroso «Bentornati a casa!» che riuscì a oltrepassare il muro infrangendosi sul mio petto.

Rimasi immobile, come un sacco da pugile che incassa un colpo durante l'allenamento. Mi allontanai di qualche centimetro dalla porta dove i palmi aperti delle mie mani rimanevano ancora incollati. Forse cercavo di contrastare i colpi che arrivavano da fuori, o forse, più semplicemente, mi aggrappavo per non cadere.

Mi sentivo proprio così, al di là di quella porta c'era la vita, al di qua e dentro di me, l'assenza di vita. Ma nonostante mi sentissi morta riuscivo ancora a vederla, come un vegetale, una pianta che in fondo respira ma resta immobile a osservare tutto ciò che le gira intorno.

Erano gesti e suoni semplici, custodi di frammenti di quotidianità, che in quel momento mi parlavano di serenità, stabilità, delle piccole certezze di cui io per ora non mi sarei potuta nutrire.

Mi stesi sul pavimento e con gli occhi ancora spalancati mi misi a fissare il soffitto che incombeva su di me, con la sensazione che potesse schiacciarmi da un momento all'altro.

Non l'aveva mai fatto. Non era da lui dare buca. Sempre in ritardo, certo, ma alla fine arrivava. Ma, a tutti gli effetti, non era più lui. Non era più il Luca che conoscevo. E ogni pezzo di questo puzzle che stavo componendo mi restituiva il ritratto di uno sconosciuto.

È davvero normale cambiare così tanto? È possibile che nell'arco di una vita mettiamo in atto comportamenti che non ci appartengono oppure, più semplicemente, che erano silenti dentro di noi e aspettavano solo il momento giusto per uscire allo scoperto? Alcune persone tirano fuori il peggio di noi. Ma quel peggio, a ben vedere lo abbiamo già all'interno. Facile illudersi di essere meglio di così.

Tutti questi pensieri non mi aiutavano affatto; più mi facevo domande più mi sembrava di arrancare su per una salita tanto ripida quanto pericolosa. Avrei dovuto smettere di dannarmi. In fondo la meta la sapevo già, la vedevo ben chiara davanti a me, come la vetta da conquistare. Solo che, guardando meglio, era la parola "fine".

Più sentivo di salire più mi mancava l'ossigeno, più misteriosamente trovavo dei ganci, saldi ma invisibili, a cui aggrapparmi, il ricordo del suo profumo che mi ridava fiato, la dolce sensazione di quando mi accarezzava i capelli, quella foto di noi a Tokyo appesa con lo scotch al frigorifero che ci guardava rassicurante tutte le mattine a colazione.

Ma erano ricordi morti; ancora vivi solo nella mia testa. Come quando vedi un vecchio filmino delle vacanze, che un po' ti sembra di essere ancora lì, in quel tempo, in quel luogo. Ed era tutto così vero. Così dannatamente reale. Non volevo, non potevo, non riuscivo a scollarmi da quella vita che fino a poco tempo prima era stata così mia.

Eppure, c'era in me un istinto di sopravvivenza che non sapevo di avere e che stava emergendo e, senza che io volessi, mi guidava impavido nell'affrontare questo free climbing. Perché ero consapevole che, volente o nolente, lassù ci sarei dovuta arrivare. Per vedere quanta strada avevo fatto, per godermi quel panorama: una distesa di fierezza. Solo così i miei polmoni avrebbero potuto affrontare la discesa.

Quindi era così: ci sono dei lati del nostro carattere che saltano fuori, che tu voglia o no, perché è quello il momento in cui devono esistere. E in quell'istante la parte vigliacca di lui lo stava facendo scappare.

Nello stesso identico momento si risvegliava la parte di me guerriera, quella che non avrebbe mai deposto le armi e con un elmetto di convinzioni in testa sarebbe partita alla carica per combattere. Per salvare il proprio amore. In verità, l'ho capito molto tempo dopo, solo per salvare la parte più fragile di me stessa.

Quella sera lui non arrivò. Dopo un giro di squilli con cui avevo provato a chiamarlo mi scrisse che non era il caso di vederci. Che aveva un gran mal di testa. Che tanto era già tutto chiaro e ci saremmo fatti solo del male. Che non voleva vedermi soffrire e che alla fine sapevamo bene che non sarebbe cambiato nulla. Che era meglio così.

Già, era meglio così.

Dall'altra parte

Mentre Gaia parlava con il ritmo di una mitragliatrice, la mia attenzione era distratta da lui.

Lo vedevo, si era seduto proprio qui, accanto a me, il mio dolore. Era forte, fortissimo e non aveva intenzione di lasciarmi; avrebbe potuto stare accucciato ovunque io fossi, come un vecchio segugio, che con gli occhi segue qualsiasi tuo movimento. Ormai lo conoscevo bene, arrivava sempre nello stesso modo: una fitta profonda, sorda, viscerale che si aggrappava alla bocca dello stomaco e poi saliva inesorabile verso la gola a strozzare il respiro.

Avevo mai amato veramente? Di tutte le storie che avevo avuto, gli amori durati un soffio e le illusioni spente come stelle filanti di Natale consumate… avevo mai amato davvero o mi ero convinta di amare quegli uomini solo per la dipendenza dal dolore?

Perché è così, spesso siamo mossi da quell'inspiegabile e squisito malessere di volere qualcuno che invece non vuole noi. Qualcuno di inaccessibile.

Mi aveva piantata con un messaggino. Lui, che aveva cinquant'anni suonati, si era adeguato al comportamento superficiale e maleducato di un ragazzino, e così si sentiva giovane.

Andavo da Gaia ogni volta che non riuscivo a dirmi le cose che dovevo dirmi. Quella sera arrivai a casa sua attraversando una nebbia fitta e spessa come pan di spagna e a ogni passo capivo il vero significato di "brancolare nel buio". Ma il mio buio non era solo fuori, era anche dentro.

Mi accolse nel tepore della sua cucina, il frigorifero respirava rumorosamente come un pachiderma stanco e la tazza di tè disegnava nell'aria lunghe scie di vapore. Mi accucciai nell'angolo più appartato della stanza, su una sedia quasi nascosta dal tavolo.

Gaia si muoveva davanti a me come una teatrante, cercando di riempire tempo e spazio con una specie di monologo di conforto da mental coach.

Me l'aveva detto di non fidarmi di lui. Me l'aveva ripetuto mille volte, aveva cercato di mettermi in guardia dall'inetto, e io, di nuovo, non le avevo creduto.

Ci separavano tre passi. Solo tre. Sarei voluta andare da lei, ma non riuscivo a muovermi, era come se fossi incollata alla sedia. Una parte di me avrebbe voluto buttarsi tra le sue braccia ma l'altra mi tratteneva, sapeva che mi stavo spingendo troppo oltre e avrei presto raggiunto il limite.

Chi volevo davvero avere accanto a me? Erano giuste le persone a cui avevo scelto di stare vicino? Dopo una serie interminabile di fallimenti amorosi, ero davvero in grado di scegliere ciò che è più giusto per me? Cosa, ma soprattutto chi cercavo?

Tentavo di schivare le sciabolate inferte da queste domande esistenziali e mi sentivo sempre più pesante. Come se si fossero buttate tutte insieme sulle mie spalle.

Seduta, schiena al muro, mi lasciai vincere da quella legge

di sopravvivenza per cui il mio corpo, per evitare altri errori, doveva rimanere totalmente immobile. Ma gli occhi no.

Quelli continuavano a indagare sui dettagli di ciò che mi circondava, come ad aggrapparsi a qualcosa di reale mentre mi sentivo risucchiata dalle vertigini, ipnotizzata dall'eco dei quesiti che mi rimbombavano in testa.

Siamo davvero capaci di scegliere cosa è giusto per noi stessi? Siamo davvero in grado di capire chi è l'altro e di vederlo realmente per quello che è, oppure rimaniamo accecati dalla convinzione che sia come noi lo vorremmo? Vediamo nell'altro ciò che è davvero o ciò che vogliamo vedere, ciò di cui avremmo bisogno?

Perché, alla fine, il problema è tutto lì. E questa verità stava finalmente venendo a galla. Fingiamo che vada tutto bene, che lui o lei siano come li volevamo perché non possiamo accettare il fallimento di averci visto male. Di non aver saputo capire, di aver sbagliato a investire il nostro tempo con qualcuno che non lo meritava. E quindi ci troviamo accanto dei perfetti estranei perché la persona con cui abbiamo avuto una storia, dopo tutto, esisteva solo nella nostra testa. E se una storia con un perfetto sconosciuto non ha molte probabilità di stare in piedi, come si può addirittura pensare di farci un figlio?

«Voglio andare a vedere cosa c'è dall'altra parte. Questa vita la conosco, ora voglio andare avanti. Trovare un senso più profondo. È arrivato il momento di capire cosa posso fare davvero. Superare i limiti che la vita mi ha messo davanti e cercare di abbattere anche i miei.»

Mi uscì tutto d'un fiato. Non ero io a parlare, o almeno,

non la mia parte cosciente. Non sapevo quello che stavo dicendo ma non potevo fare a meno di ascoltarlo. Sentivo forte la necessità di costruire, di sapere che potevo farlo, che ne ero capace, avevo bisogno di dare un senso al mio futuro. Perché così un senso non ce l'aveva.

Gaia mi guardò, aveva capito che stava accadendo qualcosa che non era mai successo nei sei anni della nostra amicizia. Mi guardò come se stesse cercando di comprendere se fossi stata proprio io a parlare, perché in effetti, anche io stentavo a riconoscermi.

Fu in quel momento che percepii che se ne stava andando, via da lì, via da quella cucina, dritta nel buco nero dove sapeva di non dover andare. In un attimo era tornata dentro quei mesi di horror vacui.

Sei mesi prima aveva una vita serena, un compagno fedele e una strada ben chiara davanti a sé. Fondamenta solide costruite nel corso di dodici lunghissimi anni. Poi, il nulla più bianco e accecante che si possa immaginare. Il tutto senza aver potuto decidere niente, accettando inerme la scelta suicida di qualcun altro.

Le lacrime le disegnavano ghirigori sulle guance morbide. A ogni battito di ciglia un rigurgito di dolore che, dopo tutto quel tempo, mi rendevo conto non si era ancora esaurito.

Le devo portare via quelle lacrime, cancellare dal suo viso questi segni di sofferenza, pensai.

Voltaire diceva che le lacrime sono il linguaggio silenzioso del dolore e lei, in quel momento, aveva dimenticato la sua lingua madre; riusciva a esprimere ciò che provava solamente attraverso quell'alfabeto essenziale e inevitabile.

Dopo molti mesi in cui aveva provato a darsi una spiegazione per ciò che era capitato, cercando colpe, responsabilità, o quantomeno una logica amorosa o psicologica, aveva finito per ingoiare l'amarezza di un fallimento non suo. Di un abbandono del gioco quando lei stava ancora correndo in campo a tutta velocità. Mentre il suo compagno di squadra non aveva solo smesso di giocare, ma era passato alla squadra avversaria, diventando improvvisamente suo nemico. Si era trovata con la palla in mano e non aveva nessuno a cui passarla. La sensazione era quella frustrante e umiliante di aver perso a tavolino, e quella sconfitta, per una come lei che di amore si era sempre nutrita, era insopportabile. Inspiegabile. Per questo non trovava più le parole. Per questo lasciava parlare il suo dolore.

Quel monologo interiore e silente lo ascoltai tutto. Eravamo nello stesso posto, nello stesso momento, esattamente nella stessa situazione, eppure ognuna in un luogo diverso. Così vicine e così distanti. Immobilizzate da una forza superiore a cui ci eravamo arrese, guardavamo impotenti la vita che ci stava annientando. Eravamo finite in un letargo emotivo.

E se lo facessimo insieme?

Nella mia testa ronzava lieve questa domanda. Non capivo da dove venisse ma come una zanzara andava e tornava a molestare i miei pensieri.

Due orfane d'amore, eravamo entrambe vittime dell'unica cosa che nella vita, invece, dovrebbe dare altra vita.

Ciò nonostante, io ci volevo ancora credere nell'amore, ci volevo credere disperatamente. Deve essere lì la verità, nella potenza di quel sentimento che muove il mondo, capace di creare nuova esistenza e nuove energie. Non può essere tutta un'illusione. Non trovare la persona che fa per te, quello giusto, l'uomo perfetto, il principe azzurro non era, per me, un deterrente abbastanza forte.

Perché l'amore, quello vero, è un'altra cosa. E me ne resi conto guardando gli occhi di Gaia, facendomi largo nella sua sofferenza, cavalcando quella empatia di cui gli esseri umani sono fatti se solo non si lasciassero vincere dalla paura di soffrire, abbracciando quel dolore che sentivo anche mio.

Non è questo l'amore? Non è questo che ti fa sentire capito, accettato, accolto? Non è questa spinta verso l'altro che ti ordina, come una necessità, un bisogno ancestrale, di dare e fare del bene a chi ne fa a te?

La reciprocità è la chiave più semplice dell'amore. Lo avevo capito in questi infiniti minuti di silenzio e lacrime. Di ciò si nutre qualsiasi tipo di amore, una pianta cresce e fa germogliare i suoi fiori più belli se te ne prendi cura, un cucciolo diventa forte, grande e felice se gli dai l'affetto di cui ha bisogno, così due persone costruiranno qualcosa insieme se si daranno l'una all'altra. Ed era ciò che volevo fare con Gaia.

E se lo facessimo insieme?

Di nuovo questa domanda, insistente e subdola nella mia testa.

Volevo dare a lei e a me ciò che ci era stato tolto: indossare il nostro nuovo sorriso e, corazzate di una sana caparbietà, andare incontro a quel futuro che tanto avevamo sognato, quell'infinito che avevamo sempre avuto dentro agli occhi.

Sentivo la necessità di scardinare il cliché e ribaltare la prospettiva. Non potevo più aspettare quell'opportunità che non voleva arrivare. Non avevo più tempo. Non avevamo più tempo.

Fu così che decisi, quasi senza rendermene conto ma assecondando una spinta istintiva che sapevo non si sarebbe placata, che ce la saremmo creata da sole un'opportunità. Che se la vita non ce l'aveva fatta incontrare sul nostro cammino, ce la saremmo inventata. Cambiando strada e volgendo lo sguardo altrove, forse finalmente su chi, fino ad allora, non avevamo mai guardato davvero.

«E se lo facessimo insieme?»

Era tornata. La domanda era sempre più chiara. Eccola, a quel punto mi era sfuggita dalle labbra e svolazzava vivace come una farfalla, veloce e inafferrabile. Le mie mani avvolgevano il viso di Gaia, sentivo le sue lacrime scivolare tra le dita.

Un momento, il suo sguardo si alzò su di me, poi un sospiro profondissimo.

Mi specchio nel nero del caffè

Sentivo le lacrime rigarmi ancora gli angoli degli occhi. La posizione della testa, inclinata e appoggiata con la guancia al cuscino, non permetteva alle gocce di scivolare nel classico percorso giù fino alle labbra, ma le costringeva a uno strano salto nel vuoto. Le sentivo stamparsi e allargarsi a macchia d'olio sulla federa del cuscino, ormai intrisa di ciò che dentro di me non voleva più stare.

Avvolta nel silenzio e in un morbido piumone, cercavo di prendere sonno, ma nulla potevo contro l'aggrovigliarsi dei pensieri davanti ai miei occhi. Facevo appena in tempo a metterne a fuoco uno che già si era dissolto come riccioli di fumo evanescenti.

Mi succedeva sempre, ogni volta che provavo a prendere sonno. Come per un riflesso incondizionato della mia memoria si risvegliavano i ricordi più belli delle notti passate insieme a Luca. Quei piccoli momenti di gioco a rubarci i cuscini, lui che scappava dai miei piedi gelati, lui che infine si avvinghiava a me prima di darci la buonanotte con un bacio leggero, quell'istante immancabile, ripetuto centinaia di volte come un battito di ciglia o un respiro. Un attimo che era solo nostro, che cercavamo instancabilmente e in cui ci rifugiavamo ogni sera, in cui ci sentivamo protetti una tra le braccia dell'altro, da cui tutto il mondo restava finalmente fuori. Li rivedevo e risentivo le sensazioni di quegli attimi, riuscivo a evocarli a comando quasi fossi diventata capace di accendere la mia mente come una TV sintonizzata sulla mia serie preferita. Che però non aveva un happy ending. E io lo sapevo. Eppure continuavo testarda a volerla rivedere. Perché, dopotutto, mi parlava d'amore.

Ma era come un veleno, tanto più me ne nutrivo, tanto più mi sentivo esausta. Ero sfinita da quei ricordi che mi illudevano di stare bene solo per qualche istante. E sapevo che ogni mattina, non appena avessi aperto gli occhi, il pensiero sarebbe andato lì, a lui, e che tutto quello che avevo vissuto, la rottura, la sua indifferenza, non era stato solo un brutto sogno. Era la realtà. Era successo davvero.

Come sapevo che era quello il momento in cui sarebbe iniziato l'incubo vero: affrontare un'altra giornata in apnea.

In quello stato di dormiveglia, sentii improvvisamente un braccio avvolgermi la vita da dietro e tirarmi con forza a sé. La presa era reale, il cuore mi si fermò per un istante. Aprii gli occhi di scatto, spalancandoli più che potevo per vedere dentro a quel buio pesto e no, non stavo sognando. Il cuore riprese a battere all'impazzata, quasi a recuperare i battiti persi.

Bea aveva insistito per rimanere a dormire da me e, nonostante non volessi trascinarla nel mio buco nero, non sarei potuta restare da sola. Non quella notte.

La sera prima era venuta in cerca di conforto. L'ennesimo pagliaccio l'aveva scaricata senza neanche troppe spiegazioni. E invece di essere io a consolare lei, aveva sfondato la porta della sua gabbia e indossato il mantello invisibile da Wonder Woman. Ci avrebbe salvate entrambe.

I suoi super poteri erano tanto improbabili quanto efficaci, disarmanti, del tutto simili a quelli di cui si vanterebbe una bimba di cinque anni vestita da Sailor Moon: la risata magica che contagia in un lampo, l'abbraccio stritolatore che dissolve ogni paura e la sua empatia istintiva che si infila, come una freccia di Cupido, dritta nel cuore.

Era come se, avendo dedicato tutto il suo tempo e la sua energia a salvare gli animali, avesse messo a punto una terapia in grado di capire esattamente ciò di cui avessero bisogno anche le persone che lei amava.

E il tepore di un abbraccio quando hai freddo dentro è la migliore medicina. Bea sapeva come curare le mie ferite, come prendersi cura del mio dolore senza chiedere il permesso. Lo faceva e basta. Sentivo sulla mia pelle il calore della sua, il profilo del suo corpo combaciare perfettamente col mio, il suo viso tuffato tra i miei capelli e il peso del suo braccio su di me. Sentivo il battito del suo cuore rimbombare dentro la mia schiena, e la sua pancia, che si riempiva ritmicamente ed emetteva un respiro caldo e sempre più profondo, mi suggeriva che stava dormendo.

Mi tenne stretta a sé per non so quanto tempo, certamente fino a quando mi lasciai scivolare in quell'abbraccio come non mi permettevo da molto tempo.

Ci svegliammo la mattina dopo ancora avvinghiate, i capelli arruffati e gli occhi gonfi di una notte di sonno pesante. Avevo dormito mille notti in una e la presenza di Bea accanto a me aveva agito sul mio sonno come una veglia materna. Così la stanchezza emotiva aveva lasciato spazio alla fantasia per creare sogni tanto intensi che mi pareva di aver vissuto una vita parallela.

Avevo sognato la mia nonna materna, nonna Alba, l'unica che io abbia conosciuto. Quando ci ha lasciati avevo nove anni. Eppure, di lei conservo i preziosi ricordi di una donna dolcissima, serena e con gli occhi grandi. Una nonna chioccia.

Nel sogno, nonna Alba entrava nel salotto di una casa che sapevo essere mia ma non riconoscevo, e avvicinandosi a me, seduta sul divano, appoggiava sul tavolino da caffè una scatolina. Era piccola, di vetro serigrafato, tipo i portagioie che custodiscono i gioielli di famiglia. L'aveva appoggiata proprio davanti a me e io ero rimasta a guardarla senza capire cosa fare. Poco dopo con la mano sinistra aveva ripreso la scatolina e l'aveva nascosta in una tasca. Con l'altra mano aveva fatto lo stesso gesto ma al contrario, l'aveva estratta dall'altra tasca e a quel punto magicamente sul tavolo c'erano non più una, bensì due scatoline di vetro. Identiche, trasparenti, con i bordi dorati. Il mio sguardo cercava il suo per dare un significato a quel gesto, ma la sensazione che sentivo era di una sconosciuta, misteriosa consapevolezza. Sapeva quel che faceva, lei lo sapeva. E io dovevo solo accogliere. Con la sua voce rassicurante poi mi aveva accarezzato: «Penserai di aver perso molto, e invece avrai trovato il tutto».

Dovevo essermi svegliata proprio su quella frase perché di ciò che era successo dopo non ricordavo più nulla.

Quando aprii gli occhi il viso di Bea era davanti al mio. Durante la notte dovevo essermi girata verso di lei.

Rimasi qualche istante a guardarla, ancora intorpidita dal sonno e dal sogno. Era immobile, assopita, e mi sembrava così vulnerabile. Il naso importante, un triangolo perfetto, una costellazione di lentiggini appena accennate e le labbra che le disegnavano un lieve sorriso mentre la sua mano era vicina alla mia pancia. Quella pancia che conteneva la promessa di un futuro diverso, la scommessa di una vita nuova, se solo l'avessi voluto. Se solo avessi potuto, se solo avessi avuto qualcuno con cui costruire quella nuova via.

Come se avesse sentito il mio sguardo addosso, Bea spalancò gli occhi di scatto e fui travolta da quell'onda blu. Rimanemmo così, a fissarci per un attimo eterno. Cercavo di intravedere tutte le sfumature di quel blu che si increspano in saette azzurre e bianche come la spuma del mare. Poi un sorriso le arricciò il naso.

Vidi Bea balzare in un attimo fuori dal piumone come una molla, infilarsi i pantaloni della tuta ripescando i calzini che la sera prima aveva seminato in giro per la stanza e la seguii fino a lasciarla poi scivolare verso la cucina. La sentivo canticchiare allegramente tra rumori di tazze, moka e piattini.

Io, nel frattempo, avevo raggiunto stancamente il bagno e mentre mi lavavo i denti incrociai la mia immagine riflessa nello specchio. Non mi riconobbi. Ancora accigliata, il volto sgualcito da una stanchezza che non conosceva tregua.

«Devo fare la pipì!»

Bea si infilò nel bagno senza bussare, in un attimo era già rannicchiata sulla tazza. Non feci in tempo a girarmi verso di lei che scoppiammo a ridere come pazze. Fu quella la sveglia più efficace.

Se solo avessi avuto un briciolo della sua forza, se solo avessi avuto un minimo della sua resilienza, della sua capacità di trasformare il dolore in energia propulsiva... non sarei stata ancora qui. Ieri sera sembrava, per la prima volta, aver ceduto e invece, in una notte, era riuscita a risorgere. Io dopo sei maledettissimi mesi ero ancora lì. Allo stesso punto di partenza, con la stessa energia di una vongola. Cominciavo a odiarmi, a trovarmi insopportabile, cominciavo a capire che se non fossi stata io a fare qualcosa per tirarmi fuori dal buco nero, nessuno lo avrebbe fatto. Perché se è vero che i momenti difficili capitano a tutti, è la nostra capacità di reagire a tali eventi che determina la strada da percorrere, rendendola più o meno semplice, più o meno dolorosa. Più o meno efficace.

Mentre ero di nuovo assorta nei miei pensieri la vidi, già mezza nuda, pronta a infilarsi in doccia. Lasciò scivolare gli slip ai piedi, sfilandosi e lanciando via la canotta che rimase aggrappata sul portasciugamani. Ebbi la chiara sensazione che con quel gesto volesse togliersi di dosso la pesantezza della sera precedente, nella certezza che una doccia calda potesse lavare via i residui di ciò che la incupiva.

La sua pelle era chiara, i capelli biondi appena domati con un gesto svelto, quasi automatico, in una coda di cavallo. Con uno scatto si girò e piantò gli occhi nei miei.

In quello sguardo c'era tutto e niente. Non era una domanda, non era neanche una risposta. Forse solo una scintilla.

Era durato un attimo, esattamente come qualche minuto prima nel letto, ma fu proprio lì, in quell'istante che percepii un tonfo al cuore.

Non capivo cosa stesse succedendo, non sapevo come interpretare quella sensazione. Non avevo ancora mai intercettato quello sguardo. Il mio infallibile sistema di controllo entrò in azione e cominciai a srotolare davanti a me le solite mille domande di cui però solo una si illuminò davanti ai miei occhi: era un modo per aiutarmi ad abbattere il muro che stavo inconsciamente alzando o voleva provocare in me una reazione che mi liberasse dal mio torpore? Poteva anche semplicemente essere il mio imbarazzo da bigotta davanti a un'amica che, nonostante la nostra confidenza, vedevo completamente nuda di fronte a me.

Qualunque fosse la risposta, era qualcosa che mi lasciava senza parole.

Non ci eravamo mai trovate in una situazione simile o almeno non ricordavo di aver mai provato quella strana sensazione prima di allora. Avevamo fatto tante vacanze insieme, dormito insieme, ci eravamo strette in abbracci stritolatori fino a non avere più fiato.

Eppure, il tempo mai si era fermato come in quell'istante. Sentivo verso di lei una sorta di incanto, c'era un'energia istintiva, un'attrazione magnetica.

«Il caffè sarà pronto! Dai un occhio alla moka sennò esplode.»

La sua voce squillò mentre si buttava sotto il getto della doccia. Alzai il viso e mi ritrovai ancora nello specchio, braccia lungo il corpo immobile, di fronte a quella me che avevo lasciato pochi istanti prima.

Scollai i piedi dal pavimento in cui pensavo di essere sprofondata e mi fiondai in cucina inseguita da uno sciame di punti di domanda. Spensi il fuoco e rimasi con lo sguardo fisso sulla moka che continuava a borbottare, dialogando in un simpatico botta e risposta con i pensieri che mi avevano raggiunto fin lì.

Mi specchiai anche lì, nel nero del caffè. Mai e poi mai avrei pensato di riuscire a intravedere, proprio in quel buio, ciò che stava venendo a galla.

Il principe azzurro

Quella mattina, quando Bea era uscita per andare in ambulatorio, in casa era entrato nuovamente il silenzio. Un sordo monologo a cui, negli ultimi mesi, mi ero ormai abituata.

Ero rimasta per ore senza parlare, senza emettere alcun suono. Mentre solo la sera prima, attorno al tavolo, quando mi aveva raccontato che il vecchio pavone l'aveva elegantemente scaricata via messaggio, mi ero trasformata in un fiume in piena di saggi consigli. Avevo poi cercato maldestramente di consolarla, di dirle che meritava di più, che era meglio perderlo, e anche velocemente, uno così, ma mentre lo dicevo mi rendevo conto che stavo parlando a me stessa.

A dire il vero, per me quelle parole ormai non avevano più molto senso. Erano le solite frasi fatte, che a forza di ripeterle avevano perso tutto il loro significato. Non ci credevo più neanche io.

Non credevo più nel coraggio degli uomini, nel rispetto da parte di coloro che hai amato, nel per sempre e nella voglia di lottare per salvare quello a cui tieni. Non credevo, in fondo, neanche più nell'amore.

E quindi, come potevo io motivare qualcuno a fare qualcosa in cui non credevo per prima?

Mi fermai diverse volte durante la giornata a cercare una risposta, mentre sistemavo le tazzine dopo la colazione, riordinavo il faldone dei documenti sempre troppo pieno, rifacevo lentamente il letto prestando attenzione a far combaciare perfettamente il ricamo sul cuscino con quello del lenzuolo, stirando con il palmo delle mani le pieghe delle lenzuola sgualcite lasciate da Bea su quel lato di solito vuoto, chiedendomi per chi lo rifacessi con così tanta attenzione se poi sarebbe rimasto vuoto ancora a lungo.

E, nel frattempo, la giornata zoppicava stanca verso sera.

Era un sabato di pioggia, di quelli che ti invitano a rimanere chiusa in casa a crogiolarti in un crepuscolo di depressione. Le mail di lavoro avrebbero potuto aspettare fino a lunedì, non era il momento per pretendere dalla mia mente uno smart working extra. I pasti, soprattutto il pranzo, da quando non avevo più con chi prepararli, condividerli e consumarli, erano un'opzione del tutto trascurabile. Guardavo distrattamente un film buttata mollemente sul divano, concentrata a scavare il fondo di un barattolo di Häagen-Dazs dove non erano rimaste neanche più le nocciline – l'unico motivo per cui sceglievo sempre e solo il Macadamia Nuts.

Verso le cinque decisi di andare a fare un po' di spesa, il frigorifero era vuoto e triste quanto me, e rientrai a casa con dei fiori. Avevo scelto dei tulipani gialli, di quelli che fanno capolino tra lunghe foglie verdi con la capoccetta piegata di lato che mette allegria.

Avevo imparato, in quei sei mesi da neo-single, a regalarmi gesti galanti, manco dovessi corteggiarmi. E provavo anche, di tanto in tanto, a prepararmi da sola dei piatti di cucina gourmet, mischiando spezie colorate che fantasticavo di aver preso con lui nell'ultimo viaggio esotico. Ogni volta era un vero e proprio romantico invito a cena con me stessa. Candele profumate, musica a riempire il silenzio e un calice di champagne per festeggiare la sfiga.

Allo stesso modo, entrando da La Perla, mi piaceva provare lussuosi completini intimi di pizzo trasparente, immaginando che lui me li togliesse accarezzandomi la pelle e facendomi sentire ancora bella e desiderata.

Ovviamente, non funzionava. Non potevo continuare a prendermi in giro così sfacciatamente, era da stupida insistere nel far finta che quelle auto-coccole, per quanto gradite, avrebbero riempito l'assenza di parole sussurrate all'orecchio, di due mani che mi toccavano, di occhi che mi cercavano. Di tempo condiviso, di sorrisi, litigate, di storie raccontate. Dei tanti "ci vediamo a casa stasera", "vieni con me dal dottore?", "cosa vuoi per cena?"

Perché chi respira l'amore come me sarebbe capace di trovarlo anche in un'insalata condita proprio come piace a lui, nella luna piena riflessa in una pozzanghera che sembra lì solo per noi, oppure in quella foto un tempo appesa al frigo dove le nostre lunghe ombre camminano ancora insieme mano nella mano.

Per quanto tempo ancora dovevo reggere questo gioco di equilibrismo emotivo? Per quanto tempo ancora avrei recitato la parte della donna forte che basta a se stessa?

Uno squillo ruppe la quiete di quel sabato sospeso. Era il mio cellulare e mi resi conto che neanche lui, poverino, aveva avuto un gran daffare. Un cellulare che non squilla per ore fa ancora più tristezza di un frigo vuoto.

«Mamma… ciao!»

«Pupa, tutto bene?»

«Sì…» esitai, ignorando che le mamme hanno l'infallibile superpotere di sgamare sempre se c'è una virgola che non va. «Ceeerto e tu?»

«Che cosa è successo?»

«Niente ma', davvero.»

Era bastato un suo silenzio per farmi desistere. Non presi neanche fiato.

«Bea mi ha proposto di diventare mamme. Insieme. Cioè da sole.»

Detta così era davvero uscita male, cercai subito di rimediare con altre parole ma più andavo avanti più mi rendevo conto di non riuscire a spiegarglielo. Sapevo però che avrebbe capito. Mamma era molto aperta, non si sarebbe mai scandalizzata per ciò che le stavo per dire, men che meno per la schiettezza che accompagnava la mia confusione. Ma qualche dettaglio in più, mi dissi, forse era il caso di darglielo. Cercai di spiegarle, per quanto possibile, ciò che stava dietro alla folle idea della mia amica.

«E cosa aspetti? Il principe azzurro con la carrozza?»

Effettivamente sì. Era proprio quello che stavo aspettando. Lo desideravo disperatamente però non avevo il coraggio di ammetterlo.

«Ma no! Cioè, ovvio che una come me lo aspetterà sempre, anche se ormai so che esistono solo nelle favole. Mamma, il punto è anche un altro. Soprattutto un altro. Il bene che voglio a Bea non si riesce nemmeno a spiegare. E questo lo sai. Posso anche convincermi che con tutta la nostra volontà insieme riusciremo a fare questa cosa bellissima, ma la verità… è un'altra.»

Che ci sarebbe mancato sempre un pezzo. Che non saremmo mai state davvero felici. Questo pensavo. E poi, avevo diritto a non fidarmi di Bea? Come potevo permettermi di incrinare il suo sogno? Che peso ha la vera verità quando di mezzo ci sono i desideri?

Più mi addentravo in questa foresta, più percepivo che, come alberi giganti, questi quesiti erano immensamente più grandi di me. Non ne avrei mai afferrato la fine. Potevo avvicinarmi, potevo aggrapparmi a una foglia, ma camminando lì in mezzo non sarei mai riuscita a vederne la cima.

«Pupa, la verità a volte è sopravvalutata, ci sono bugie molto più interessanti. E non è forse vero che spesso preferiamo raccontare, anche a noi stessi, delle gran belle bugie? Probabilmente questo è il modo che lei ha trovato per reagire a ciò che non ha, creandosi da sola ciò di cui ha bisogno. Costruendosi la sua personale verità. Lo facciamo tutti.»

Era così semplice? Forse no. Ne ero consapevole, ma in quel momento era ciò che avevo bisogno di sentirmi dire, che era quella la strada giusta per leggere i passi che si stavano srotolando davanti a me.

La vedevo quella strada, nonostante non ci volessi andare. Era così che doveva proseguire la mia vita.

«Fai ciò che puoi con quello che hai» ribadì mamma.

Ripensai a quel piccolo tonfo al cuore che mi aveva ammutolito poche ore prima. Quell'indagare sulla pelle di Bea, le sue piccole rughe agli angoli degli occhi che mi raccontavano di quanto avesse pianto ma anche quanti sorrisi avesse regalato.

Il calore del suo corpo, l'energia vitale che emanava un essere umano di quarantanove chili era più potente di un vulcano, e ora capivo che aveva elaborato un sistema tutto suo per mantenere quell'entropia interna che le dava la carica di ricominciare ogni volta, ogni giorno, anche da zero.

Ecco, Bea era stata in grado, nel tempo e di sicuro più velocemente di me, di allenarsi a rinascere nella versione migliore di se stessa.

Ero completamente affascinata dalla verità che abitava in lei e che, sorprendentemente, vedevo per la prima volta in modo così chiaro e nitido. Era quella sua verità che le dava coraggio, le illuminava il cammino.

Anzi, nel buio più nero lei diventava luce. Che ti acceca, ti fa quasi paura, da cui istintivamente ci si ritrae. Ma della quale io, come una falena impazzita, avevo un bisogno disperato.

Mi trafiggeva la sua disarmante disinvoltura nell'essere chi voleva essere, la spensieratezza di mostrarsi a me senza preoccuparsi di ciò che avrei potuto pensare, la leggerezza nel darsi con così tanta generosità quando anche lei, forse, dentro si sentiva vuota. Dovevo prendere tutto ciò che mi stava offrendo. Avevo visceralmente, egoisticamente bisogno di fare scorte di amore incondizionato, di aprire gli occhi e vedere l'essenza di ciò che, dopo tutto quello che avevo perso, mi era rimasto tra le mani.

Mamma chiuse la telefonata dicendomi, come sempre, quanto mi volesse bene. Non si stancava mai di ripetermelo.

Ho sempre ammirato il suo rispetto dei sentimenti, il coraggio nell'affrontare tutto con grande calma e capacità di analisi, soprattutto per ciò che prova.

Forse, anche lei, non sempre ha saputo cosa fosse giusto, ma comprendeva come si sentiva riguardo a ciò che le capitava. Sapeva ascoltare il suo cuore, la sua pelle, le sue emozioni. Perché forse, in fondo, il segreto per non soffrire troppo sta proprio nella comprensione di sé.

Perché ti sta facendo male quella frase che ti hanno detto? Perché un certo comportamento ti scatena la rabbia?

Perché, cara Gaia, non hai imparato a proteggerti da chi, senza pietà, ti ha buttato nella spazzatura?

Ecco, non sapevo se succedeva anche agli altri, ma io, in quel momento, non sapevo cosa volevo, cosa provavo, cosa sarebbe stato meglio per me.

Mi ritrovai, così, dentro il mio corpo ma nella vita di una sconosciuta. Che, francamente, non mi piaceva neanche un po'.

Oggi

Sono solo briciole

«Dov'è il mio papà?»

Io e Bea stiamo passeggiando lungo via Vincenzo Monti, le vetrine scivolano lentamente accanto a noi che le guardiamo distratte quando improvvisamente, dal nulla, arriva quella frase.

«Cosa dirai quando ti farà questa domanda? Perché lo sai che prima o poi te lo chiederà…»

Bea come sempre va dritta al punto. E ci va anche piuttosto velocemente. Non abbiamo ancora avuto l'esito del suo transfer, tantomeno del mio, che lei ha già pensato al nome, ovviamente in entrambe le varianti a seconda che sia maschio o femmina, ha già scelto il tipo di passeggino, quello ergonomico, più caro ma decisamente più comodo, e che allatterà al seno fino al sesto mese e non un giorno in più.

«Bea, così mi metti ansia, non so ancora se sono incinta!»

«Lo so ma te la sarai fatta questa domanda o no? Io, per esempio, so già la risposta che gli darò.»

«Ma dài? Non l'avrei mai detto…»

Prima ancora che finisca la frase, sperando che l'ironia possa essere una buona via d'uscita, la vedo imboccare la porta di Nanan, il suo negozio per neonati preferito. Ci metteva il naso di tanto in tanto già anni fa quando l'idea di un bambino era solo un lontano miraggio.

Mi infilo dentro dietro di lei, sorpresa della mia stessa curiosità; solo in quel momento mi rendo conto di non essere mai entrata in un negozio per neonati in vita mia.

«Salve! Come posso esservi utile? Cercate qualcosa in particolare?»

La commessa ci accoglie sfoderando un sorriso che sembra riservato appositamente alle mamme. Non ho mai visto un sorriso tanto melenso entrando da Zara o in una farmacia. Forse deve essere richiesta da curriculum come una delle skills della commessa perfetta.

La ragazza inclina leggermente la testa e porta le mani giunte davanti al cuore quasi rimanendo in religiosa attesa di un nostro cenno, si capisce che al di là della semplice vena commerciale ha un suo reale e spiccato eccesso di zelo nel voler esaudire i desideri delle sue clienti.

«Vorrei vedere il marsupio per portare in giro i bambini» le risponde prontamente Bea, che subito dopo si gira verso di me e con l'angolo della bocca mi sussurra: «Ho sempre sognato di portarmi dietro il mio cucciolo come una mamma cangura!».

Scoppiamo a ridere di gusto e voltandoci verso la commessa notiamo che lei, invece, l'ha presa molto molto seriamente.

«Ma certo! Il marsupietto portabebè! In genere il marsupio è consigliato a partire dai cinque mesi, quando il bambino riesce già a tenere la testa dritta.»

La voce della commessa è morbida e vellutata, come una cantilena che sa di pan di zucchero.

«Abbiamo questo fronte-mamma oppure, se preferisce e si sente più comoda, può optare per quello fronte-strada. Certo, dipende anche dall'età perché personalmente le consiglierei all'inizio di utilizzare la fascia, che è più piccola e non si perde il bambino per strada. Funziona così...»

Io e Bea fissiamo la commessa senza poter sillabare alcuna parola, mentre lei smonta la confezione, acchiappa un bambolotto, srotola la fascia in cotone e con piglio da prestigiatore procede a illustrarci le istruzioni per l'uso.

«Per il neonato da quattro settimane in su: afferrate la parte centrale della fascia, è facile trovarla perché è contraddistinta da un'etichetta colorata. Posizionatela all'altezza della pancia, incrociate gli estremi dietro la schiena all'altezza della vita, per due volte, facendoli arrivare fino alle spalle... cooosì.»

Prende il bambolotto e lo infila all'interno della fascia non accorgendosi che al poverino sono rimaste le braccine dritte dritte alla "mani in alto". Rivolge uno sguardo veloce a noi, un gran sorrisone ed estraendo per i capelli il bambolotto riprende a mitraglia:

«Il marsupio invece funziona così: allacciate la cintura alla vita piuttosto in alto e stringete sia le cinghie in vita che quelle a spalla in modo deciso. Inserite la fibbia in una delle quattro fettucce allo stesso livello della vostra ascella.

Poi dovete prendere il bimbo, metterlo sulla spalla e tenerlo con la "presa di sicurezza". Aprite la sacca con una mano e inserite lentamente il bambino. Fate uscire le gambine da sotto la fascia, tenendolo sempre saldo con l'altra mano. Tirate il risvolto di sostegno per la testa fino alle orecchie del bambino e *zaac*! Il gioco è fatto». Altro sorrisone.

Silenzio. Io e Bea esitiamo per un istante quando lei rompe gli indugi con un debole:

«Eh già, *zac*! Hai visto che bello, Gaia?».

«Ma tutto questo lo devo fare da sola?»

Ho sputato fuori quella frase direttamente dalla pancia.

«Cioè chi è che fa uscire le gambine da sotto se ho solo due mani, una per reggere il bambino e l'altra per tenere la sacca?!»

La commessa non si perde d'animo e rimbalza la mia domanda con un: «Ma il papà ovvio!».

Un altro silenzio.

«Eh, certo, è ovvio, Gaia.»

Bea non si gira neanche verso di me. Guarda dritto verso la commessa impassibile e sorridente come una Barbie. Ma so che anche lei, dentro di sé, ha sentito la mia stessa scossa di terremoto.

Non so se risponderle seriamente o se lanciarmi fuori dal negozio. Scelgo la seconda.

Sono rientrata a casa e quella domanda, come immaginavo, si è insinuata sotto la mia pelle e ora la sento scorrere nelle vene. Non è che non ci avessi pensato prima, ma lo schiaffo di una verità detta a voce alta fa un altro effetto. Era nella mia mente, sottile e silente. Ora, questa verità, urla a gran voce la sua esistenza.

Cosa fa una mamma single quando non ce la fa? Perché diventare mamma non ti dà dei superpoteri. Diventare mamma non è una cosa che si fa da sola, o almeno, è qualcosa che in teoria la natura ha previsto che si facesse in due. E io sono una soltanto. Sono sola e mi dovrò occupare io di tutto, da sola.

Sulla scia di questo pensiero mi viene in mente come un lampo che stasera, proprio per non stare sola, ho invitato degli amici per una cena da me. Bea ci raggiungerà sul tardi, alla fine del turno serale, se non ci sono imprevisti in ambulatorio. Mi devo sbrigare per finire di preparare tutto, amo accogliere gli ospiti ed essere prontissima.

L'ultima volta che ho dato una cena, ricordo che avevo preparato tutto così in anticipo che, seduta al tavolo a guardare gli antipasti, le tartine e i panetti alle olive, avevo cominciato, nell'attesa dei miei ospiti, a sorseggiare il prosecco. Se non fossero arrivati, peraltro puntuali all'orario stabilito, penso che sarei riuscita a finirlo tutta da sola.

Ancora una volta ritornava quella parola: sola.

Ed è proprio questa la paura più grande di questo viaggio. Ritrovarmi da sola e averlo pure scelto. Perché lo so che per quanto io sia convinta di volere diventare mamma, il fatto di sapere che non ci sarà nessuno con me mi toglie il fiato.

Preparo la tavola con la tovaglia ricamata, la mia preferita, quella che avevamo comprato io e Luca due anni fa in una delle tappe del nostro viaggio in Andalusia: Ronda, un paesino arroccato a strapiombo a centosessanta metri sul fiume Guadalevín che squarcia la valle in due. Era stata ricamata da alcune nonnine del paese che ci avevano messo ventun giorni di lavoro – così ci aveva detto il negoziante – ricurve sopra questa tessitura di filato pregiato con le dita arricciate dall'artrosi e la sapienza delle ricamatrici di un secolo fa.

Lancio la tovaglia in aria, si apre ampia e con un volo morbido plana ad abbracciare il tavolo; ci passo sopra le mani a stirare le pieghe del tessuto, si vede che era un po' che non la tiravo fuori dal cassetto, proprio come tutti i miei ricordi belli.

Accendo le candele, sul tavolo ne ho volute mettere tre, mi sono sempre piaciuti i numeri dispari. Mi danno quella simpatica sensazione di imperfezione rispetto alla rotondità dei numeri pari, di qualcosa che rimane di troppo ma che in sé contiene la premessa di qualcosa di non finito e la promessa di altro che può succedere.

Sistemo i piatti, i bicchieri a stelo lungo, quelli trovati dall'antiquario che a Luca sembravano il servizio della nonna.

Ho preparato carpaccio di salmone tagliato fresco con blinis e burro, burrata con gamberi rossi crudi e acciughe, insalata di quinoa con menta, cetrioli e pomodorini pachino, tartare di tonno con riso venere e cubotti di avocado, una super quiche di ricotta e spinaci e tanto vino bianco fresco.

Questa liturgia nel dedicarmi alle persone che amo, a creare situazioni in cui stare bene, ha un effetto benefico per la mia ansia, cucinare rimette a posto i pensieri che sedimentano proprio come i fondi dell'olio d'oliva. Rimane a galla solo il buono.

La playlist di Spotify mi propone le mie canzoni preferite; suonano nell'atmosfera le note di una compilation scoperta qualche giorno fa dal titolo *Distesi a guardare le stelle*. Mi affaccio timidamente sul terrazzo per qualche istante, uno sguardo all'insù mi suggerisce che potrebbe essere il titolo perfetto per questa serata in cui tutto sembra fermo lì in attesa di essere guardato, proprio come le stelle. L'aria mi accarezza fresca, pungente ma piacevole, ha già in sé la promessa della primavera e in cielo si rincorrono nel buio piccole nuvolette morbide che non rimarranno sopra di me per molto, lo so. Una sera in cui, dopo tanto, rivedo le mie mani muoversi a piccoli gesti nello spazio, non annaspando nel cercare appigli, ma premendo i tasti giusti, mettendo ogni oggetto al proprio posto, tenendo saldo il timone nella direzione in cui voglio andare.

Non so se sto facendo la cosa migliore. Non so se sono davvero io che lo voglio – diventare mamma – o se mi sto autoconvincendo che è giusto farlo. Perché a volte la scelta di provare a essere felici è l'unica scelta che hai. Perché ho raggiunto l'età limite per farlo, perché non c'è più tempo per aspettare che arrivi l'uomo giusto. Che se anche esistesse al mondo quello giusto per me, mi sa tanto che si è perso. E perché, in fondo, non ho bisogno di un lui per farlo.

Ma poi, un sospiro. Guardo le candele e come loro mi sento sempre dispari.

Perché invece sì che ho bisogno di un lui. Un sogno così grande non si costruisce da soli. Pensavo di essere più forte. Pensavo di farcela, pensavo, da sola, di poter sfidare il mondo. Soprattutto penso al viaggio da fare senza qualcuno accanto a cui allungare la mano, con cui condividere le emozioni, le paure, le scoperte, lo stupore. È negli occhi dell'altro che si riflettono i tuoi sorrisi. E i miei? Non li vedrà nessuno. Si perderanno nel vuoto di quello sguardo senza direzione, uno sguardo cieco, solo. Mi faccio tristezza da sola. Non so scegliere per me stessa figuriamoci per un'altra vita.

Avevo letto tempo fa una di quelle frasi motivazionali su Facebook che diceva:

«Quando ti trovi davanti a due decisioni, lancia in aria una moneta. Non perché farà la scelta giusta al posto tuo, ma perché nell'esatto momento in cui la moneta è in aria, saprai improvvisamente in cosa stai sperando».

Il campanello della porta gracchia e mi fa ricadere giù proprio come la moneta. I miei ospiti sono arrivati, entrano nell'ordine: Francesca con in mano un cabaret di gelatini, Ivana insieme ad Alessio e un mazzo di fiori, e infine il trio dei miei supereroi preferiti: Massimo, Cisco e Gabriel, che però si presenta con in una mano una Magnum di prosecco e nell'altra Ester, una morettina tutto pepe di cui avevo sentito parlare, che sta frequentando da qualche mese e che, a quanto pare, non gli si stacca più di dosso.

Sulla tovaglia una distesa di briciole sparse, macchie di avocado spalmato, bicchieri vuoti e quella sensazione sospesa di quiete dopo la tempesta. La musica ha ceduto il posto alle nostre chiacchiere più intime. Abbiamo finito tutto e i piatti riposano stanchi, impilati al centro del tavolo in attesa di essere trasferiti in cucina. Non posso dire che i miei ospiti siano rimasti insoddisfatti o non abbiano gradito il menù. È in questi piccoli istanti che sento che tutto è perfetto.

È passato poco più di un mese dalla nostra ultima reunion a casa di Francesca, e guardando negli occhi i ragazzi, con cui – per una tacita regola di gruppo – anche questa sera abbiamo parlato di tutto, mi rimane la strana sensazione che qualcosa però non sia stato ancora detto. Che sappiano qualcosa che io non so. Eppure, loro conoscono davvero tutti i dettagli delle mie ultime vicende sentimentali, ormai sono arrivati persino a prendermi in giro e per esorcizzare quanto accaduto hanno dato un soprannome tragicamente azzeccato a Luca, che ovviamente tra noi non viene più chiamato Luca ma Capitan Schettino.

Tuttavia, ai ragazzi non sono riuscita a dire della decisione che io e Bea abbiamo preso. Non è ancora il momento, è troppo presto, Bea peraltro non è ancora arrivata e vorrei dare la notizia insieme a lei, anzi, potrebbe persino portare sfiga, ne sono certa. Solo quando avremo la conferma che i piccoli embrioni abbiano attecchito daremo un party per festeggiare.

Ma in questo momento non posso ancora, anche perché, in fondo, mi sento oscillare tra il volere che accada e la paura che possa succedere davvero. Mi sento come un pendolo che continua a dannarsi tra il sì e il no. La sensazione è quasi di ubriachezza, nonostante questa sera, ovviamente, non abbia quasi toccato vino. Ho dovuto far finta di bere dal calice pieno e con mille escamotage sono riuscita, per fortuna, a far sì che non si accorgessero che non stavo bevendo davvero. Una padrona di casa sa come si fa. Eppure, mi sento ugualmente stordita, confusa, continuo a dondolare tra un *forse* e un *ma va'*.

A mezzanotte e un quarto arriva un WhatsApp di Bea:

> C'è un'emergenza, un pitbull ha ingoiato un paio di forbici e dobbiamo operarlo d'urgenza. Non riesco a venire.
> Sorry, abbraccia tutti.

Leggo il messaggio a voce alta e i ragazzi si lanciano in un coro di «*Nooo*… Che peccato!».

È a quel punto che Gabriel, sfidando la sua solita timida eleganza, prende una sedia e ci sale sopra con tutti e due i piedi e, come nella migliore delle commedie americane, alza il bicchiere e tintinna con una forchetta sullo stelo:

«*Din din din!* Allora ragazzi, abbiamo aspettato fino a ora perché speravamo arrivasse anche Bea ma a questo punto non resistiamo più… Ester e io aspettiamo un bambino!».

Il coro riparte: «*Nooo*… Ma *daaai*?!».

«Ma che bella notizia!»

«*Woooaaahhh* congratulazioni!»

E via così.

Riesco a malapena a vedere in faccia Gabriel, che esulta saltellando abbracciato a Massimo e Cisco, che manco dopo un gol della nazionale di calcio ai mondiali. Le ragazze, Francesca e Ivana, hanno già in mano i bicchieri alzati al cielo mentre Alessio ha abbracciato la magnum che tra pochi istanti esploderà e riverserà sul mio pavimento la gioia di essere stata stappata. Vedo tutto come in un filmino delle vacanze, di quelli un po' fuori tempo. Anzi, in realtà sono io che fatico a stare al passo col tempo, fuori va tutto troppo veloce, e io sono pietrificata, immobile, con il telefono ancora in mano aperto sul messaggio di Bea, mentre percepisco nettamente che la mia testa non vuole rendersi conto di quello che sta succedendo.

In effetti, anche Ester non ha toccato un goccio di vino stasera. Una padrona di casa lo dovrebbe sapere.

Per quanto io possa essere felice per la gioia così grande di un caro amico, questa notizia, laggiù, in fondo alla mia pancia, brucia come una ferita aperta. La sento pulsare. È rabbia, frustrazione, invidia per ciò che io sto cercando di fare, sola come un cane, e che invece *tiè*, ecco qua come deve andare.

È facile dare la colpa al destino che ti taglia la strada. Ma in questo momento, dopo che tutti sono andati via, rimaniamo io e il tavolo vuoto ancora sporco dei resti della cena. Io e briciole di vita.

Di nuovo sola, mi rendo conto che no, non ce la posso fare. Questo bambino non arriverà, lo sento. Ed è quello che voglio. Come capisco, ora chiaramente, che io e Bea siamo troppo diverse per poter fare la stessa scelta. Lei guarda con testardaggine quasi egoista l'obiettivo, e ha ragione. Io ho bisogno di concentrarmi soprattutto sul percorso e un motivo c'è. Camminare da sola non è ciò che avevo desiderato nella mia vita.

Quel gusto amaro

Ho appena varcato la soglia di casa, quella che Gaia chiama scherzosamente "Versailles". Ho imboccato il lunghissimo corridoio d'ingresso e sulla mia destra supero una dopo l'altra le porte che guardano sul primo, poi sul secondo e infine sul terzo salotto della casa dei miei genitori.

Il primo ha il soffitto completamente affrescato, angeli e demoni in battaglia per liberare lo Spirito Santo che da un'altezza di quasi cinque metri danzano a testa in giù. Alle quattro pareti, una pregiatissima tappezzeria inglese a righe verticali e fiorellini blu e bordeaux accoglie scene di vita nobiliare medievale; abat-jour d'oro e gocce di cristallo cercano inutilmente di illuminare la stanza con piccole e deboli fiammelle e, su un lato, addossata al muro, c'è una vetrinetta che espone un servizio da tè che manco la regina Elisabetta.

Protagonista vero di questo primo salone è il camino, costruito con pietra intarsiata, marmo e legno a ricoprire i tre quarti della parete. Perfettamente sistemati attorno al focolare non so neanche quante poltroncine e divanetti abilmente restaurati dall'antiquario di famiglia, su cui però, ovviamente, non ci si può sedere.

Il secondo salone è quello in cui regna lo studio di mio padre: ricoperto interamente di boiserie di legno massiccio, la parete più lunga ospita una libreria cielo-terra, due divani gemelli di pelle Chesterfield; la scrivania, con la sua sedia coordinata che sembra un trono imperiale, domina la stanza come un imperativo categorico.

Infine, il terzo salone. Quello dei pranzi di famiglia, che si anima solo durante il periodo delle feste. Le pareti tappezzate color pesca, in tinta con pesanti tende barocche, agli angoli, invece, quattro candelabri d'argento mi guardano da sempre con i tre bracci all'insù in segno di resa. Mi fanno ancora una certa tenerezza.

Il grande lampadario di cristallo di Boemia incombe sopra un lungo tavolo di legno massiccio, al momento nudo, sotto il quale riposa annoiato un tappeto che, ovviamente, non si può calpestare.

L'ultimo salone scivola nel buio alla mia destra e mi ritrovo, ancora una volta, davanti a lui: il duca.

Quello sguardo minaccioso, gli occhi torvi, piccoli e incavati, la posa rigida e aristocratica: con una mano pronta sulla spada e l'altra sul cuore, e quell'atteggiamento autoritario che da bambina mi terrorizzava se per caso lo incrociavo di notte.

Quello sguardo è ancora oggi, e da almeno cento anni, lì fermo, immobile. Nonostante ciò, avevo sempre avuto la chiara sensazione che a ogni mio movimento non mi lasciasse. Lo sentivo incollato addosso che mi seguiva, sapevo che avrebbe continuato a pedinarmi.

«Fanculo duca.» Era il mio saluto ogni volta che passavo davanti al dipinto.

Il duca, anzi, per l'esattezza arciduca Ulrico III di Carinzia, successore di Federico II di Babenberg, che fu duca d'Austria, sembra fosse un lontano avo dei miei bisnonni materni. Ma molto, molto, molto lontano. Eppure, in virtù di tale presunta nobile discendenza, mia madre ha tenuto appeso alla parete il preziosissimo ritratto del prozio Ulrico, come sentinella della casa, a dare il benvenuto agli ospiti e a ricordare, a noi poveri mortali e a tutte le prossime generazioni, quanto siamo inetti.

Mentre avanzo all'interno di questa casa mi sento come dentro le stanze di un museo: il parquet scricchiola sotto ogni mio passo come un lieve lamento di dolore, quasi fosse indolenzito perché nessuno ci cammina sopra da troppo tempo. Attraverso in silenzio i saloni immensi di questa dimora da sempre abitata dal vuoto. Tutto all'interno di questi spazi pare aver perso vita molto tempo fa; gli oggetti, gli arredi, sembrano in attesa di ritrovare il senso di esistere.

Tra il terzo salone e il prozio Ulrico, esattamente nella parete di fronte, c'è però un'altra porta che dà su un terzo salotto bis. È quella che io ho ribattezzato "la terra di mezzo". Un luogo non luogo dove la mia famiglia da sempre fa colazione, pranza e cena, ma nessun ospite è ammesso.

È considerata la nostra sala da pranzo informale, ma alla fine è qui che avvengono le conversazioni più impegnative. Nella sala i domestici hanno accesso solo per servire al tavolo e devono poi volatilizzarsi senza neanche respirare. È qui che da bambina ho imparato, a suon di bacchettate sulle dita, a non tenere i gomiti sul tavolo, a non stare seduta con le gambe incrociate e a non giocare con le molliche di pane.

Ed è proprio qui, seduta a capotavola, che mamma mi sta aspettando, davanti a una tazzina di caffè e dietro il migliore dei falsi sorrisi del suo repertorio.

«Benvenuta, mia cara.» Un sospiro tradisce, oltre alla sua impazienza, quanto sia infastidita dai diciassette minuti di ritardo che ho accumulato sul nostro appuntamento.

Qualche giorno fa le avevo accennato, con una telefonata, che avrei voluto parlarle di persona. Solo con lei. Che era importante. E che ci tenevo molto.

«Il caffè si sarà freddato.»

«Non ti preoccupare, lo prendo freddo.»

L'onda argentata del suo ciuffo, una virgola perfettamente istruita a incorniciare il viso, è in palette con i due giri di perle mollemente adagiate a decorare il décolleté e i lobi delle orecchie. È stretta in un tailleur di seta blu notte con i bordi bianchi, citazione di Coco Chanel, come se fosse appena uscita da una copertina di *Vogue*. Mia madre non ha mai nulla fuori posto. Non l'ho mai vista spettinata, alterata o fuori dal suo centro.

Questa volta però sarà diverso. Nonostante il nostro rapporto difficile, nonostante la sua tirchieria emotiva, sento il desiderio di dirle che voglio diventare mamma, ha il diritto di sapere che forse sarà nonna.

Davanti a una notizia come questa, di fronte a una nuova vita in arrivo sono sicura che si scioglierà, non potrà rimanere indifferente.

Questa volta la stupirò.

Una statua di sale sarebbe stata più espressiva. Mia madre continua a fumare la sua sigaretta concentrandosi sui granelli di zucchero caduti sulla tovaglia accanto alla tazzina del caffè. Li prende uno a uno e li fa ricadere dentro la tazzina ormai vuota dove, secondo lei, è giusto che debbano stare.

Pare non aver sentito quello che le ho appena detto. È da un'altra parte, lo è sempre stata.

«Che ne pensi, mamma?»

Con un movimento lentissimo inspira una boccata dalla sigaretta, chiude gli occhi ed espira una nuvola bianca che poi si avviluppa in una spirale sopra le nostre teste. Se quel fumo potesse parlare griderebbe tutte le cose che lei non ha mai avuto il coraggio di dire.

Gira la testa verso di me. Il corpo, irrigidito nel tailleur come se appartenesse a un manichino, continua a fare muro. Sembra diventata di vetro, se la tocco si rompe.

I suoi occhi azzurri, dello stesso colore dei miei, mi fissano ma non mi vedono, sono occhi stanchi, spenti, non cercano più. Ma quello sguardo vuoto, in fondo, l'ho sempre riconosciuto. Mi sta mettendo alla prova un'altra volta, sa che la mia sensibilità finirà per farmi vacillare sotto il suo giudizio non ancora espresso. Perché genitori così non si sporcano neanche la bocca con frasi di cui si vergognerebbero. Un'occhiata e impari ad arrivarci da sola.

«Pensavo che ti avrebbe fatto piacere sapere che diventerai nonna.»

A pronunciare quella parola sento il mio viso aprirsi in un istintivo e timido sorriso, un piccolo apostrofo di dolcezza che però, davanti a lei, si gela in imbarazzo. Abbasso velocemente lo sguardo sul cucchiaino con cui sto giocherellando nervosamente. Non voglio vedere se sta sorridendo anche lei o meno.

«Pensavo...» fa una pausa «che a trentasette anni avessi messo la testa a posto e ti fossi finalmente trovata un ragazzo di buona famiglia, che ti voglia sposare e che ti dia un bel bambino, come fanno tutte le altre. Se tu fossi rimasta con Ludovico ora avresti già fatto tutto, saresti felicemente sposata e con due bei nipotini per me e tuo padre.»

«Mamma, eravamo al liceo!» strabuzzo gli occhi pensando sia una battuta. Ma no, non fa proprio ridere.

La sua voce è ferma, secca, arida. Nonostante stia parlando di una famiglia e di bambini, non c'è alcuna tenerezza nella sua voce. Anche il suo viso si allontana da me, il suo sguardo torna a perdersi nel vuoto che ha di fronte, non capisco come possa rimanere indifferente. Allora una mamma può arrivare a essere anche questo?

«Appunto» cantilena lei con quel tono saccente di chi oltre che deluso è anche stufo di redarguirti. «Ti saresti già tolta il pensiero da un bel po', Beatrice. E soprattutto era un ottimo partito, buone maniere, intelligente. Un così bravo ragazzo! Ma tu vuoi fare sempre di testa tua.»

Scuote il capo, gli occhi chiusi, come a commiserarmi, come se per l'ennesima volta volesse dimostrare il suo disappunto per il fatto che io non abbia seguito le sue indicazioni, il percorso che lei pensava giusto per me. Si porta una mano alla fronte, le dita si aprono a ventaglio, una morsa a stringere le sue tempie. Sento di essere la sua emicrania: fastidiosa, inopportuna, che quando arriva lo fa solo per farla stare male.

«Mamma...» Cerco di aggrapparmi a quella parola, quella dal suono più dolce del mondo, quella che farebbe vacillare ogni donna. Ma la mia non è una mamma. La mia, ora lo so, è solo una madre. Una persona che ha messo al mondo un altro essere umano ma che non ha avuto la capacità di dargli amore. Una madre crea, una mamma dà.

Con la sua solita flemma, quella lentezza che ho sempre

trovato esasperante, riapre gli occhi, lo sguardo questa volta oltre quelle mura, oltre noi.

Questo appuntamento è un luogo dove lei non vuole proprio stare. Forse ho sbagliato il modo di dirglielo, forse dovevo aspettare che ci fosse anche papà, magari qui da sola davanti a me si sente spiazzata, in fin dei conti è una notizia di quelle forti. In ogni caso il rapporto con lei non lo so proprio gestire; sento di essermi infilata anche questa volta in un vicolo cieco, pieno di sensi di colpa. E nel momento esatto in cui lo penso lei incalza: «Pensi di farmi felice così?».

Il suo viso si colora di un'ombra, un impercettibile sorriso sarcastico. Mi sento una stupida. Pensavo di sì, di farla felice.

Ma non faccio in tempo a replicare che lei continua: «Pensi che una madre debba essere orgogliosa di una figlia che si fa ingravidare con esperimenti di laboratorio?»

Quello che pensavo fosse solo un lieve sorriso si è trasformato in un ghigno, il viso trasfigurato in una smorfia che mi ricorda un clown. Le sue mani sono aggrappate alla tazzina. La stritolano, non le lasciano scampo. La bocca sembra volersi piegare ma gli occhi no, quelli fanno resistenza, rimangono spalancati di fronte a sé, come se fossero di vetro, senza profondità. Senz'anima.

«Cosa penseranno i nostri parenti, gli amici del circolo? Cosa racconterà papà ai suoi colleghi? Una figlia che non si sposa e che da sola fa un figlio avuto chissà come.»

La sua voce piatta, monocorde. Corre su un filo sottile che arriva da lei a me.

«No, Beatrice, la nostra è una famiglia rispettabile. Non puoi farci questo.»

Il mio respiro si è interrotto. A breve, penso mi si fermerà anche il cuore. Sulla pelle scorrono veloci i brividi di una memoria nascosta ma mai dimenticata, mi torna in gola il gusto amaro della mia infanzia. Gli abbracci mancati, lo sguardo ostile, il suo continuo giudizio. Tutti i "No, Beatrice, non puoi farlo." Il divieto come regola generale per la retta via.

Sono dolorosi come allora, ancora oggi non riesco a mandarli giù. Sarebbe come deglutire pezzi di vuoto, non riuscirebbero a saziare comunque la mia fame.

La sentenza, quindi, è stata pronunciata.

Ma per la prima volta, invece di alzarmi, girarmi dall'altra parte e andarmene, come ho sempre fatto, decido di parlare. Le devo dire in faccia tutto ciò che penso.

Questo è il momento in cui devo riappropriarmi della mia vita. Questo è il momento della svolta. Quello in cui posso salvarmi. Lo devo a me stessa, nel rispetto di ciò che voglio diventare, devo liberarmi di queste catene di bugie o mancate verità che mi sono messa da sola.

I miei occhi, ancora puntati sul cucchiaino decidono audaci di fare un salto mortale e ficcarsi dritti come frecce dentro ai suoi. Non mi vede? Questa volta almeno dovrà ascoltarmi.

Faccio un bel respiro, come quelli che prendi prima di una lunga, lunghissima apnea.

«Mamma… cara mamma.»

Scandendo lentamente quel nome, quasi lettera per lettera, le metto davanti agli occhi tutto ciò che contiene. Voglio che ne senta la dolcezza, la rotondità del suono, la pienezza della parola e quale privilegio sia sentirsi chiamare mamma. Ciò che io desidero con tutta me stessa.

Non sono un fiume in piena. È un lento fluire fuori da me.

«Lasciami spiegare solo un paio di cose.»

Devo partire da molto lontano. Da prima ancora che io nascessi. Perché è quello il punto zero.

«Io capisco che la tua contrarietà derivi di base dal non aver mai avuto problemi di questo genere. Tu non hai mai dovuto scegliere. Hai sposato l'uomo che i tuoi genitori avevano scelto per te, hai vissuto la vita che dovevi vivere, sei stata bravissima a rimanere sui binari che altri avevano costruito e ti avevano detto di seguire. Come donna sembra davvero che tu non abbia fallito in niente. Hai una bella casa, degli amici di alto livello, un ottimo tenore di vita. Hai tutto ciò che si può desiderare per essere felici.»

Il suo ghigno piano piano si affloscia, sembra una candela che lentamente si scioglie e si piega sbavando ai lati. Non si aspettava ciò che sta succedendo. Il dialogo non è mai stato un'abitudine in casa.

«Eppure… Eppure, in quanto figlia, permettimi di dirti che tu felice non lo sei. Perché con me hai fallito eccome. Io lo so e tu lo sai. Essere genitori, essere *mamma*, non significa costruire un percorso per un figlio. Non significa decidere cosa è giusto o sbagliato per lui. Significa dargli gli strumenti perché possa costruirsi il percorso che sente più giusto per sé, che lo renda felice.»

Lei sembra non capire. È orgogliosa e non mi guarda, ma so che le mie parole le stanno arrivando nella carne, le comincia a fare male e lentamente si sta rimpicciolendo davanti a me. Ormai è ricurva su quella tazzina ancora stretta tra le mani. I suoi occhi puntano la sigaretta ormai consumata, percepisco che si sente come quel mozzicone di filtro spento, appeso con precarietà al posacenere. Io, invece, non riesco più a fermarmi.

«Il tuo problema sta nel fatto di non essere capace o non essere disposta a metterti nei panni di chi, come me, non ha le condizioni di base per poter fare le cose come le hai fatte tu, e come le vorresti tu. Perché siamo diverse, mamma. La mia vita è diversa dalla tua come io sono diversa da te. Anzi, io *non voglio* diventare come te.»

Dopo quella immobilità infinita, finalmente un gesto di stizza, mia madre sembra volersi scrollare di dosso quella verità. Molla la presa sulla tazzina, allunga la mano e si accanisce, schiaccia ripetutamente il mozzicone torturandolo nel posacenere. Se potesse spegnerebbe anche me.

Dentro di lei è in atto una guerra che ha avuto origine molto prima di noi. Sta combattendo contro i suoi stessi demoni, contro la sua stessa vita, contro ciò che esiste da sempre ma che non ha mai preso forma: la sua frustrazione. Farà ancora tanto male. Ma lo devo fare per me, per diventare la donna che voglio essere, e lo devo fare per lei. Per darle quella opportunità che forse nella vita non le è stata data.

«Il problema di molti genitori è che pensano di sapere come e cosa deve fare un figlio per essere felice. E forse è quello che è successo anche a te con i tuoi. Hai imparato che è giusto fare così e basta. Probabilmente pensi che io pretenda troppo, che non sappia accontentarmi e che ho solo perso tempo fino a ora. Per te una donna single non sa quello che fa. Perché se non è stata capace di trovare un marito, un uomo che si prenda cura di lei, come farà a occuparsi da sola di se stessa e di un figlio? Ma non è colpa tua, ti hanno insegnato che è così.»

Mi rendo conto che ciò che le sto rimproverando è un monito soprattutto per me. Sto seminando i ciottoli sulla strada per non perdere la giusta direzione. Perché a volte è molto più facile perdersi. È più facile non decidere dove andare.

«Ma ora sei tu a dover decidere cosa è giusto e cosa è sbagliato. E credimi, mamma, è già molto tardi. Farmi sentire il peso di un fallimento, il disagio di essere diversa, di essere sbagliata non mi aiuta. Il tuo giudizio non mi aiuta. La tua presa di posizione su quello che faccio non mi aiuta. E un genitore dovrebbe fare questo: aiutare. Ma come fai ad aiutare me se non sei stata in grado di aiutare per prima te stessa?»

Riesco a malapena a prendere fiato, le mie parole non si fermano, mentre parallelamente, dentro di me, i pensieri si accavallano uno sull'altro e sento il peso di tutto ciò che non le ho mai detto e che ho in corpo da almeno vent'anni.

Mi ritrovo in piedi con una mano sul cuore e l'altra sulla pancia, come se pancia e cuore si stessero alternando a parlare, come se il mio corpo sapesse, quasi fosse un direttore d'orchestra, a quale strumento dare fiato e far vibrare.

Questa volta sono io a guardarla dall'alto in basso, i miei occhi fissi su di lei devono pesarle davvero tanto perché ne sembra annientata. È lì aggrappata al tavolo di famiglia, quello con inciso il nostro stemma nobiliare ma sul quale non abbiamo mai davvero consumato la vita. Ferma, immobile, la sigaretta spenta male continua strenuamente a produrre una lieve scia di fumo, ed è l'unico segnale di vita. Poi, l'ultimo affondo.

«Non mi hai chiesto come sto. Non mi hai chiesto nemmeno cosa sto passando. Non fai domande, mi dai solo le risposte. Quindi, grazie per la tua risposta, ma la mia non era una domanda.»

Esattamente come quando hai mal di stomaco e sai che se vomiterai starai subito sicuramente meglio, ecco, io adesso mi sento così. Purtroppo, però, la partita non è ancora finita. E lo capisco in pochi istanti.

«Vuoi che ti aiuti a trovare marito, mia cara?»

Questa è la sciabolata che mi uccide. Sto male, vedo tutto nero, ho così tanta rabbia e tristezza dentro da non riuscire a capire se le budella sono ancora nella pancia o le sto masticando come delle Big Babol.

Lei finalmente mi guarda, mi sfida, ha gli occhi livorosi di chi non accetta la sconfitta, di chi, per sentirsi vivo, deve annientare ciò che lo circonda.

Il sangue mi va alla testa, devo andarmene da qui. Devo staccare questa spina che alimenta un rapporto così malato. Scelgo l'eutanasia emotiva.

«Ho vissuto tutta la mia vita senza una mamma. Potrò cavarmela benissimo anche senza un marito.»

So che potrebbe essere l'ultima volta che la vedo. Anzi, sicuramente lo sarà. Nella mia vita non c'è più spazio per il vuoto.

Mi lascio alle spalle mia madre, la terra di mezzo, il prozio Ulrico e quel silenzio assordante di una casa che, come ospiti fissi, ha l'indifferenza, l'egoismo e le finte buone maniere.

Annaspo per gli ultimi metri del corridoio, mi sembra di essere imprigionata in un videogioco. Poi salto a piè pari i gradini e finalmente, oltre il portone, l'aria fresca mi abbraccia, scende giù nella gola e mi riempie i polmoni. Troppo ossigeno, l'apnea è finita ma ora mi gira la testa.

Attraverso la strada quasi scappando da un'oscura forza magnetica che mi strattona, qualcosa che dovrebbe accudirmi, farmi sentire sicura, protetta, accolta e che invece mi ha avvelenato l'esistenza.

Attraverso la strada senza guardare dove sto andando, *dove sono le strisce? Questa bicicletta va troppo veloce! Sono venuta in motorino?*

Boom!

Il tempo si ferma. Sento una frenata, le ruote che stridono sull'asfalto, la scia di un clacson che sembra sempre più lontano. Un tonfo sordo. Poi non sento più nulla.

Futura

Gaia mi guarda dall'alto, con la faccia sgomenta e gli occhi sbarrati. Mi tiene la mano, sono sdraiata su una barella e le fredde luci al neon sopra di noi non dicono nulla di buono. Ma almeno non sono morta.

«Ehi, come ti senti?»

«Gaia… che è successo?»

«Un miracolo. Ti stavano per investire in mezzo alla strada ma per fortuna la macchina è riuscita a sterzare e ha preso un palo della luce. E tu dallo spavento sei svenuta. Insomma, hai fatto tutto tu. Da sola.»

«Eh, vedi che è nel mio destino?»

Stiracchio le labbra in un sorriso e sento una fitta di dolore allo zigomo.

«Ahia!»

«Eh, sei caduta di faccia. Ti verrà fuori un bel livido.»

«Come quello sul culo?»

«Mi sa proprio di sì…» Gaia intercetta la mia ironia e sorride rassicurante. «Per il resto non ti sei fatta nulla. Almeno così sembra. Ti hanno portato qui in ospedale per tenerti sotto osservazione per qualche ora, nel frattempo ti hanno fatto un prelievo di sangue, stanno aspettando i risultati e poi dovrebbero farti degli esami più specifici in modo da essere sicuri che sia davvero tutto okay. Dicono sia bene fare una TAC, devi aver sbattuto la testa, i testimoni non hanno visto molto.»

Il sorriso di Gaia si trasforma in un piccolo broncio di rimprovero e solo adesso il groppo che mi chiude la gola comincia a sciogliersi. Ecco, era quello di cui avevo bisogno. Il sorriso complice che stavo aspettando.

«Mannaggia a te, Bea, mi hai fatto morire di paura. Per fortuna mi hanno avvisata subito! Sembra che i tuoi non siano raggiungibili.»

«Per quanto ho dormito?»

«Un'oretta, ma pare sia la naturale difesa del corpo davanti a uno spavento così grande. Mi spieghi da chi stavi scappando?»

La sua domanda mi riporta al videogioco, al corridoio infinito e agli occhi minacciosi del prozio Ulrico, mia madre che dice «Non puoi farci questo» e subito mi prende un gran mal di testa. Le lacrime cominciano a rigarmi il viso e Gaia capisce che questo miracolo non è avvenuto a caso.

«Ero da mia madre. Qualche settimana fa le avevo comprato il libro *Perché io no*, ero sicura che leggendo di altre donne e testimonianze sulla PMA potesse aprirsi almeno a un dialogo. Siamo tante ad avere problemi a diventare mamme.»

Gaia mi regala uno sguardo dolce che mi fa sentire che non sono sola. Così, con un piccolo cenno anche lei si inserisce nel gruppo delle tante.

«E non solo per infertilità, ma per molti altri motivi. Anche semplicemente perché non ci accontentiamo di un uomo che non ci rende felici e a volte una vita non basta per trovare l'anima gemella.»

Mentre lo dico è come se nella sua mente scorressero tutti

gli eventi degli ultimi mesi, un nuovo giro nel suo inferno personale. Quando con la mano si sposta la frangia dagli occhi, intravedo due lucciconi. Ma so che sta cercando di resistere e trattenere le lacrime. Siamo entrambe molto provate e non mi stupirebbe un tracollo emotivo in tandem.

Con un piccolo colpo di tosse scaccia via il magone e i suoi fantasmi: «E l'ha letto?».

«A modo suo. Cioè, dopo averne letta solo qualche pagina me l'ha restituito dicendomi: "Povere ragazze!". Forse le è sfuggito che anche io faccio parte delle "povere ragazze" di quel libro… Mia madre guarda questa situazione come se fosse qualcosa che non mi riguardasse, che non toccasse qualcuno che le sta a cuore. Come se il problema non esistesse.» Mi sto agitando, le mie braccia si sono messe a vaneggiare nell'aria.

Gaia cerca di placarmi e acchiappa al volo il tubicino della flebo che continua a roteare per inerzia, lo accompagna dolcemente lungo il mio braccio su cui appoggia la mano per tenerlo fermo.

Sospiro, so che mi devo controllare. «Nella nostra famiglia non possiamo avere dei problemi, deve andare tutto bene come è sempre andato. Ho detto a mia madre che voglio un bambino, che lo voglio anche da sola. Anche se in realtà non so ancora se questo transfer andrà a buon fine, le ho detto che diventerà nonna.»

«E lei cosa ti ha risposto?» Gaia resta sospesa come quando aspetti che esca il tuo numero alla lotteria. Sa che il rapporto con i miei genitori non è dei migliori, ma in fondo non le hanno mai dato modo di farsi conoscere e non sa cosa aspettarsi.

«Ha detto che non posso fargli questo. Lo vede come un torto nei loro confronti e perciò ha scelto di annichilirmi, come ha sempre fatto. Ma oggi è stato diverso sai?»

Gaia mi guarda in rispettoso silenzio. Un suo battito di ciglia mi invita a continuare a parlare.

«Se per trentasette anni ho dovuto accettare la formula della finta famiglia perfetta, questo ennesimo ricatto psicologico, adesso, non riesco proprio più ad accettarlo.»

Senza accorgermene mi sono messa seduta su questa barella sbilenca e traballante, metafora perfetta di quanto precaria e instabile sia la mia vita in questo momento. Mantengo, come un'equilibrista sonnambula, un braccio ostaggio di una flebo e l'altro aggrappato a Gaia, le mie due fonti di nutrimento di corpo e mente. Le sto raccontando, per la prima volta in modo così vero e diretto, ciò di cui mi vergogno di più al mondo: mia madre.

«Bea, forse alcuni genitori hanno bisogno di tempo per accettare ed elaborare una notizia di questo genere.»

Gaia non sa cosa sia successo davvero dentro quella stanza. E non può immaginare la violenza di quel *no*.

«Io devo aspettare che i miei genitori siano pronti? Che riescano a capire? Io che ho bisogno ora più che mai dell'aiuto di mia madre mi trovo nella situazione opposta? Quindi sono io che devo fare da genitore a lei?! Se è così, questo mi dà automaticamente la medaglia di madre.»

E invece, dentro di me, mi sento ancora una bambina, persa e con un bisogno disperato di essere accettata.

Gaia, per amore di verità, per sondare ogni dubbio, insiste. Sembra volersi mettere dall'altra parte, nei panni di mia madre.

«Bea, tu non sai cosa significa per lei trovarsi davanti a una realtà così lontana rispetto a ciò che aveva sempre desiderato per te. Ognuno di noi reagisce alle delusioni in modo diverso. E ognuno di noi ha un atteggiamento diverso nei confronti della vita. Tu spingi la vita Bea, tua madre ne è sempre stata trascinata.»

È vero. Mia madre è nata e cresciuta in cattività. Non avrebbe potuto che vedere la sua realtà.

Gaia tiene la mano sopra la mia, una presenza dolce e rassicurante. Sta facendo di tutto per farmi vedere ciò che non vedo. Proprio come io ho provato a fare con mia madre. Ma non cedo: «Non avere la scelta. Questo mia madre non lo capisce. Se giudica male è perché non si è mai trovata a non poter scegliere; si è fidanzata, poi il matrimonio, una famiglia e un figlio avuto naturalmente. Niente di più facile, niente di più scontato. Ma noi non facciamo parte di questa élite dove tutto è facile e prevedibile».

Gaia inclina la testa, come a scorgere meglio tra i miei lineamenti fili di verità nascoste. Mi scruta e dopo un attimo di pausa riprende: «Bea, hai bisogno di approvazione da parte della tua famiglia?».

Questa domanda mi fa capire che nonostante sentissi di aver già detto tutto, c'è ancora moltissimo che deve venire a galla. Sul viso della mia amica si dipinge un nuovo piccolo sorriso, un invito a fidarmi.

Accetto la sfida, sento che entrambe vogliamo andare a fondo insieme in questo ping pong psico-emotivo. «No, assolutamente. Non è approvazione. È comprensione, empatia, condivisione di qualcosa che, anche se diverso, potrà essere bello davvero. Perché lo so che questa non è la strada dritta. È un sentiero alternativo, ma io lo vedo. C'è.»

La barella sotto di me continua a cigolare a ogni mio sussulto. Sottolinea con regolarità ed enfasi le mie parole mentre Gaia annuisce, e l'effetto, visto da fuori, assume il sapore buffo delle migliori tragicommedie.

«Perché per me e te la strada dritta si è chiusa ormai e se vogliamo arrivare al nostro obiettivo prima che sia troppo tardi, dobbiamo trovare una via diversa. Per noi il percorso è a ostacoli già dalla partenza, perché da sole sarà molto, molto più difficile. Gaia, noi dobbiamo volerlo veramente.»

Sposta d'istinto lo sguardo verso la porta dell'ambulatorio. Non capisco bene il perché ma sento che l'ho persa per un istante. Cerco di riacciuffarla. «Come si spiega la forza che devi avere a voler affrontare tutto questo per avere un bimbo rispetto a coloro che si sono trovati in attesa senza aspettarselo, senza cercarlo, senza chiedersi se lo vogliono davvero?»

Gaia fa spallucce: «In molti ti risponderanno che è la natura che deve fare il suo corso».

Non mi aspettavo questa risposta pungente, è una sua tipica scheggia di sarcasmo.

«Ma Cupido ha smesso di pensarci da un pezzo e io da sola non ho molte chances… come te del resto.»

Sento che lei in questo discorso non riesce a starci. La sua mano è ancora sulla mia, ma non è più una carezza. La stringe, e più mantiene la morsa più capisco di dover essere io a mollare o ci faremo male. Quindi cambio traiettoria: «Penso che alcune persone, spesso, non li sappiano proprio fare i genitori. Oltre a dover lottare nei confronti di un destino infame, a volte dobbiamo lottare contro di loro, che è la cosa più innaturale che possa esistere. Ecco, ma allora da che parte sta la natura?».

Gaia si alza e comincia a girare per la stanza, a piccoli passi. Con le mani si tormenta i capelli, li arriccia tra le dita poi li tira su a fare una coda. Poi si gira, li lascia ricadere sulle spalle e fa altrettanti passi per arrivare alla parete opposta. Sembra stia facendo le vasche come quando è in piscina, ma qui dentro non c'è acqua.

So che ha paura. La stessa che ho io. E so che, se non riuscisse a trovarla da sola, sarò io a darle la forza di reagire. Di continuare, come diceva lei, a spingere la vita.

«Gaia, voglio fare una scommessa di felicità, sono pronta ad andare contro le ghigliottine delle convenzioni sociali, contro gli stereotipi della famiglia tradizionale e della vergogna imposta dalla solitudine.»

Gaia ha fatto già il terzo giro. Io prendo un attimo di fiato, sul soffitto ci sono quattro lunghi tubi al neon, una specie di recinto quadrato che delimita il perimetro all'interno del quale possiamo muoverci. Ma io voglio uscire da questo recinto. Torno con lo sguardo su di lei. «Sono pronta ad accogliere questa sfida e continuare fino in fondo in questa follia, se è così che la vogliono definire.»

«Perché tu come la chiameresti?» mi provoca Gaia, senza smettere di camminare.

«Piuttosto la definirei un'avventura, che ha a che fare con il mio avvenire, con ciò che avverrà. Perciò la chiamerei Futura.»

Sorrido tra me, orgogliosa di questo pensiero, lei non mi vede. Sto cercando di mantenere il mio solito equilibrio tra il serio e il faceto. Dopotutto sono sempre su una barella con una flebo al braccio, ho appena rischiato di morire investita da una macchina ma sto comunque sfoderando i miei superpoteri perché Gaia sembra messa peggio di me. «Io so solo che sento una voglia viscerale di superare tutte queste difficoltà e sono sicura che una volta che sarò diventata mamma mi sembrerà una delle imprese più straordinarie che abbia mai realizzato.»

Gaia improvvisamente si ferma. Mi fissa. Vedo che alla fine le lacrime hanno avuto la meglio.

«Perché è questo che farà di me una vera Mamma oltre che una Madre. Un essere umano che dà la vita. Un genitore, che viene chiamato così perché genera e non distrugge.»

Ora è lei a seguire me mentre gesticolo goffamente tra il tubo della flebo e il lettino, le sue rotelle storte e quello spazio ormai troppo scomodo. Finché mi ritrovo in piedi al centro dell'ambulatorio. Ho perso il senso del tempo, mi sembra di essere chiusa qui dentro da giorni.

«La signorina si è svegliata?» la porta si spalanca e nella stanza irrompe un'infermiera vestita con un camice verde.

Gaia si asciuga le lacrime con un gesto fulmineo per non dover dare spiegazioni. Nessuno potrebbe capire i voli che abbiamo fatto in questa stanza, una specie di travaglio emotivo. Si gira verso l'infermiera e con fermezza la rassicura: «Sì, è sveglia già da una buona mezz'ora e… mi sembra proprio che stia meglio».

L'infermiera guarda la flebo ancora attaccata al mio braccio, controlla la velocità di flusso della soluzione fisiologica, se l'ago è ancora in sede. Dalla stessa porta, come in una sequenza teatrale provata e riprovata, entra il medico nel suo impeccabile camice bianco.

«Come si sente Beatrice ehm…?» dice cercando sui fogli che ha tra le mani il mio cognome.

«Novak. Bene direi. Ancora un po' stordita ma non male.»

Il dottore si avvicina a me, quasi fronte a fronte: «Ha dolori alla testa? Giramenti? Nausea?».

«Un po' di mal di testa sì, ma forse sarà stata la botta. Mi hanno detto che sono caduta di faccia.»

«*Mmm* va bene. Guardi qui, segua il mio dito, destra-sinistra, destra-sinistra ancora una volta... destra-sinistra. Okay. Apra le braccia, si metta su una gamba sola, ecco, ora chiuda gli occhi e con l'indice destro cerchi di toccare la punta del naso. Ora cammini fino a lì sulle punte dei piedi, benissimo, così...»

Il dottore, appena finito di dirigermi in questa buffa coreografia, mi solleva il mento con la mano sinistra e con la destra inforca una piccola lente di ingrandimento a cilindretto. Mentre la punta dritta dentro l'occhio destro accompagna i movimenti trascinando le vocali con dei versi piuttosto strani.

«Ah ah. Qui è okay.»

Poi si sposta sull'altro occhio. «Eeehhh, anche qui mi sembra tutto benone. Si sieda per favore.»

Quasi spingendomi sul lettino da cui mi sono affrancata pochi minuti fa il dottore procede al controllo del riflesso patellare, così dice lui, e mi prende a piccole martellate entrambe le ginocchia che fortunatamente rispondono con calci scomposti ma ben stesi.

«Direi che lei sta benissimo, sì! Anche perché nelle sue condizioni non possiamo proprio farle una TAC. Sarebbe rischioso. Le mando il ginecologo per fare un'ecografia al bebè.»

Silenzio. Io e Gaia intercettiamo i nostri sguardi da una

parte all'altra della stanza. In un attimo l'universo passa attraverso i nostri occhi, non pronunciamo alcuna parola ma ci stiamo dicendo tanto. Tutto ciò che si può dire davanti a un secondo miracolo. Non osiamo aprire bocca, ma lasciamo entrambe che questo luogo si riempia del nostro silenzio e di tutta la gioia che abbiamo in corpo.

E improvvisamente questo spazio sembra troppo piccolo perché, da ora, siamo in tre.

Una matrioska d'affetto

«Un fagiolo. Anzi, forse un edamame?»

«Nooo... ma va', una lenticchia!» risponde divertita Bea.

Siamo nella mia cucina e, nonostante sia il luogo della casa che per eccellenza è deputato al cibo, non stiamo parlando di una ricetta a base di legumi. Siamo qui, nello stesso identico punto dove Bea mi aveva fatto, qualche mese prima, quella proposta che sapeva di follia. Qui, dove avevamo sfogliato i dépliant della clinica e studiato tutti i dettagli della procedura di PMA, e dove, tra fialette, aghi e batuffoli di cotone ci facevamo le punture a vicenda, dove tra una tisana e l'altra i dubbi si erano dissolti come vapore e dove, soprattutto lei, per prima si era data da sola una risposta che non sarebbe mai arrivata da nessun altro.

Bea è seduta sul bancone della cucina che si affaccia sulla finestra, gambe incrociate nella posizione del fiore di loto e proprio come in una lezione di yoga sembra in trance, ancora inebetita dalle parole del ginecologo:

«Ha preso una bella botta, ma è tutto a posto. Lei è forte, ha una fibra robusta, e lo è anche l'embrione. Si vede che siete due combattenti».

«L'embrione ha attecchito... L'embrione ha attecchito...»

Bea si dondola e continua a ripetere tra sé, a bassa voce, un mantra che riprende la dichiarazione del dottore dopo l'ecografia. È incredula, intontita, incantata.

Io, nel viaggio di ritorno dall'ospedale, ho fatto tutta la strada in silenzio. E ancora adesso, arrivate a casa, la guardo e non riesco a dire nulla. O almeno, nulla che davanti a questa notizia, così immensa, così potente, possa essere abbastanza significativo da meritare di essere pronunciato.

Ci sentiamo, entrambe, come se fossimo ancora sotto l'effetto di un incantesimo. Perché poche ore prima, in quell'ambulatorio, luce spenta e mano nella mano, eravamo state risucchiate dentro a quel piccolo schermo nero. Ci eravamo lasciate cullare dalle immagini distorte e biancastre che si muovevano morbide, sollecitate dalla sonda dell'ecografo che scivolava sul pancino di Bea. Dentro al suo corpo, nella sua pancia, proprio sotto l'ombelico, si era aperto a noi un nuovo universo, in cui, inconsapevoli dello stupore che ci avrebbe sorpreso, ci eravamo perse. E lì, in mezzo a quella costellazione, avevamo intravisto un minuscolo puntino che nel silenzio della vita di tutti i giorni era rimasto in attesa di essere scoperto.

«Sarà cinque, sei millimetri ha detto il ginecologo. Quindi sì, una lenticchia» precisa Bea mentre con gli occhi cerca attorno a noi qualcosa che possa essere grande come una lenticchia, come a prendere coscienza delle dimensioni reali di quella presenza appena entrata nelle nostre vite. Si alza e apre la credenza nell'angolo, quella grande dove tengo scatolette di tonno sott'olio, lattine, bottiglie d'acqua, passata di pomodoro, riso, tutte le mie provviste, insomma.

Ma le lenticchie no, quelle non ci sono.

Noto nel suo sguardo un leggero, impercettibile senso di smarrimento e mi avvicino a lei. Il mio abbraccio la avvolge da dietro, appoggio il mento sulla sua spalla, le mie braccia le cingono la vita, dove pronte mi rispondono le sue mani.

Diventiamo una matrioska d'affetto.

«Be', però potrebbe essere anche come un grano di pepe rosa, un chiodo di garofano, un chicco di sale grosso… o ancora, una mentina, una coccinella, una pillola contro il mal di testa, anzi potrà essere tutte queste cose insieme. Potrà diventare tutto quello che vorrà. Questo dipenderà certamente dal suo carattere, ma anche tanto da te e da come lo educherai. E io so che lo saprai fare alla grande. Perché tu, Bea, sei nata mamma.»

Le sue mani stringono più forte le mie, sento scendere lentamente una lacrima sulla guancia, ma non è mia, è sua. Mi si appanna lo sguardo: se prima era una percezione adesso capisco chiaramente che la confusione non la lascerà presto. Non posso neanche immaginare quello che sta vivendo, le emozioni che le sono scoppiate in petto. Nessuno ti prepara alle sensazioni che ti attraversano il corpo e la mente quando, dopo tutto quello che hai passato, ti dicono finalmente, okay ce l'hai fatta. Lei ha iniziato poco prima di me ma stiamo facendo, da settimane, lo stesso percorso, quasi le stesse terapie, le stesse identiche procedure. È stato fino a questo momento un passo a due con ritmi e movimenti ben precisi che abbiamo rispettato con rigore e puntualità, e ogni volta sapevamo cosa sarebbe arrivato dopo.

Prima il colloquio, poi la prescrizione della terapia più giusta, poi i dosaggi ormonali, le ecografie, infine il transfer. Abbiamo imparato a leggere con attenta e ormai sofisticata capacità di analisi tutto ciò che sta succedendo al nostro corpo, le reazioni, più o meno intense, i fastidi, i lividi.

Tuttavia, nessuna delle due sapeva cosa avremmo provato quando infine sarebbe arrivata la svolta. Perché sapevamo che sarebbe arrivata. Ma, paradossalmente, eravamo più pronte a un fallimento, ci eravamo preparate molto bene alle "beta negative". Succede a tante, succede spesso. A una vittoria al primo tentativo invece no, non eravamo proprio pronte.

E ora, quel momento è qui in mezzo a noi, è arrivato. Se non posso immaginare quello che prova, voglio però che senta che io ci sono.

Proteggere Bea dalla reazione tossica della sua famiglia sarà da ora in avanti la mia priorità. Dopo una scelta di vita così importante, un percorso a ostacoli così coraggioso, ricevere un tale rifiuto deve essere un dolore insopportabile. E, subito dopo quel dolore, è arrivata una gioia così improvvisa e deflagrante. È come se fosse in piena corsa su delle montagne russe emotive pericolosissime. E io da sotto non posso fare altro che guardarla, col naso all'insù, e sperare che si aggrappi saldamente a qualcosa che la faccia sentire al sicuro.

Bea scioglie l'abbraccio e si asciuga gli occhi col dorso delle mani. Poi si gira verso di me e mi prende il viso. «Gaia, io lo so che stiamo facendo una cosa più grande di noi. Ma se tu sei con me, se lo facciamo insieme, io non ho paura.»

Quel qualcosa sono io, dunque.

Vorrei dirle mille cose, ma scelgo codardamente che il silenzio parli per me; non riesco a mettere i pensieri in fila, non riesco a dire nulla. Ancora una volta i ruoli tra noi si sono invertiti.

Eppure, con un pensiero istintivo, mi si forma davanti agli

occhi un'immagine molto chiara. Penso alla dolcezza e alla leggerezza di mia mamma e, in un contrappasso perfetto, al rigore e alla precisione di mio papà, esemplificazione in essere dello yin e yang; poi mi vengono in mente i suoi genitori, una coppia rotta a metà, che portava in scena ogni giorno da anni uno squilibrio patologico, lui totalmente assente e lei, la Gran Madre, rigida, algida, anche troppo presente con la sua negatività. In tutti questi anni di grande e profonda amicizia con Bea loro due rimangono tuttora dei perfetti sconosciuti per me. Semplicemente non hanno mai avuto il piacere di farsi conoscere.

Le ore trascorse dal ritorno a casa devono aver fatto sedimentare ciò di cui abbiamo parlato dentro l'ambulatorio. Se non ho risposte per lei, provo almeno a farle le giuste domande. «Bea, secondo te, genitori si diventa o si nasce?»

Lei mi guarda curiosa come un gatto, ho riaperto le danze che avevamo lasciato in sospeso poche ore fa.

«Penso dipenda dal senso di protezione. Quello che chiamano istinto materno. Me l'hai detto anche tu, e in effetti io mi sono sempre sentita una mamma. Anche se ancora non lo sono. Forse ci sono proprio nata.» Un sorriso dolceamaro le storce la bocca. A vederla ora sembra una bimba, coi capelli arruffati, i vestiti un po' sgualciti, gli occhi stropicciati da una giornata di frenesia e batticuore.

«Allora è vero che alcune persone sono predisposte già dalla nascita per qualcosa e altre no?» So già cosa mi dirà, ma voglio comunque portarla su un terreno che la rassicuri al di là delle mie parole.

«Forse sì, ma io non avevo altra scelta. Vuoi un caffè?»

Bea si conosce molto bene. Nel corso della vita ha imparato, a sue spese, a diventare mamma di se stessa. A prendersi cura delle proprie ferite, a crescere senza una guida, a darsi risposte anche se non c'era nessuno che le facesse domande. L'eredità emotiva che Bea ha ricevuto dalla madre influirà sicuramente sulla sua attitudine materna, la capacità cioè di dare, capire e di rendersi disponibile all'altro. Si tratta di una specie di copione al quale fare riferimento e lei lo sa benissimo. Ma scegliendo di rompere questa catena infernale, la volontà di Bea è quella di non riproporre ciò che ha o non ha ricevuto, come invece ha fatto sua madre. Al contrario, darà tutto ciò che le è sempre mancato.

Non aspetta neanche un mio cenno, si muove leggera come se fosse a casa sua, tra le tazzine, la moka smontata e la credenza troppo piena di cosa-mangiamo-stasera e questo-lo-cucino-domani. Con le mani si fa largo tra il miele e l'infuso di liquirizia, prende il barattolo del caffè, lo stappa e ci tuffa il naso, inspirando a occhi chiusi quel profumo caldo e profondo.

«Sai, l'altro giorno ho visto un documentario in TV, di quelli che spiegano come funzionano le emozioni e la psiche umana.»

Bea riempie d'acqua il piccolo serbatoio facendo ben attenzione a non superare il livello della valvola, con grande precisione versa due cucchiaini colmi di caffè nel filtro, la testa piegata di lato, gli occhi stretti a fessura come ogni volta che si concentra, avvita attentamente il raccoglitore e con una scintilla accende il fuoco.

Poi si gira verso di me, si pulisce le mani sui jeans, prende il telefono e legge un appunto dalle note. Si è scritta alcune delle frasi pronunciate dalla voce narrante del documentario per ricordarsele; frasi che, a quanto pare, le avevano fatto particolarmente effetto. Frasi che parlavano di lei.

«Esiste» dicevano «una sofferenza specifica di chi è stato forte, di chi non si è piegato alle logiche patologiche imperanti nel suo ambiente familiare, riconoscendone la portata distruttiva e distaccandosene in maniera decisa.»

Alza il volto su di me, nei suoi occhi il riflesso dello schermo luminoso, Bea mi stupisce ancora. Di nuovo ha cercato risposte fuori e dentro di sé, risposte che questa volta contengono una domanda molto dolorosa.

Si rituffa col viso dentro alla luce del telefonino. «La ferita che queste persone si portano dentro è legata a una carenza d'amore e di riconoscimento. Se da una parte sono molto indipendenti e autonome, acute e instancabili, dall'altra fanno fatica a lasciarsi andare nelle relazioni, in quanto per gran parte della loro vita sono state costrette a essere guardinghe.»

Fa una pausa lunga, di quelle che se potessero parlare continuerebbero il discorso. Resta immobile, piantata con i piedi sul pavimento della mia cucina come se, alle sue gambe, due colonne ben tornite, avesse ordinato di mantenere l'equilibrio. Il suo sguardo che continua a indugiare sullo schermo luminoso e quel vagare dei suoi occhi mi suggerisce che non ha ancora finito.

«E ora che ci penso,» riprende «forse sì, sono stata sospettosa e diffidente con molti degli uomini che ho incontrato. Ma soprattutto lo sono stata con me stessa. Non mi sono data la possibilità di essere felice» dice senza alzare la testa.

Rimane incollata a quella luce che sa di speranza, di verità. Un mezzo sorriso, una piccola smorfia di resa, mi sta raccontando che il processo per guarire da se stessa è in atto già da tempo e che, nonostante si senta difettosa, il fatto di prendere coscienza di ciò che l'ha portata a essere quella che è, la sta aiutando a scegliere la strada giusta per diventare quello che vuole.

Ora ne sono convinta al cento per cento, per Bea è davvero la scelta giusta. Non posso valutare la sua felicità. Nessuno può valutare la felicità di qualcun altro. Nemmeno un genitore.

Sì, è nata una mamma.

E io? Sarei in grado di valutare la mia di felicità? Penso che la domanda stia facendo eco nella mia testa, e invece è proprio quello che mi ha appena chiesto Bea. E, non vedendo alcuna reazione, la ripete:

«Gaia, cosa ti farebbe felice?»

Non so cosa rispondere. Rimango di sasso. Sono molto brava a dare consigli agli altri ma a me stessa proprio no.

Guardo Bea ma non la vedo davvero, sento una morsa alla gola che, di nuovo, non mi permette di parlare, di articolare pensieri e parole.

Gaia, sforzati, prova ad andare per gradi, mi dico. Di solito funziona, è una sorta di brain storming in solitaria.

La prima cosa che vedo è lo specchio del bagno che rimanda il riflesso di una sconosciuta, poi acchiappo in aria l'idea che siamo figli del giudizio altrui. Mantenere le aspettative che gli altri hanno nei nostri confronti è un tentativo esasperato di vedere la nostra immagine migliore negli occhi ammirati degli altri. Siamo guidati, nella maggior parte dei casi, da ciò che le persone possono pensare di noi.

I genitori per esempio, le altre donne, con marito e figli "naturali", quelle mamme giovani e belle che ti guardano con pietà, la società, in generale, che in una donna single non vede una unità completa ma un elemento monco. Lo stesso identico discorso che Bea mi aveva fatto dentro l'ambulatorio. Ecco, devo partire da lì.

Questo per ora è l'unico parametro che ho per misurare la mia felicità. Sarei felice pur sapendo di dover sopportare il peso di quegli sguardi, di quei giudizi? Sarei felice sapendo di poter essere giudicata male per questa scelta?

«Gaia, è importante darsi il permesso di dire di sì o di no. È fondamentale sapersi ascoltare e io finora non l'ho fatto. Diventeremo adulte e saremo solo noi genitori del giudizio su noi stesse.»

Bea pare avermi letto nel pensiero, sembra voler trovare delle parole nuove, una strada nuova che le indichi nuove coordinate per capire chi è e dove sta andando. E senza saperlo sta dando indicazioni preziose anche a me.

Gesticola, come al solito, nel suo modo plateale e un po' scoordinato, toccandosi il naso, spostandosi i capelli, come a mettere le cose a posto, come a ridare la giusta posizione a ogni cosa, a partire da quelle più piccole, a partire da se stessa.

«In un percorso come il nostro non esistono bussole, esiste il vuoto che ognuna di noi sperimenta, in mezzo a persone la cui vita fila in maniera facile, che ti chiedono quando farai un figlio e che poi, quando non smettono, ti fanno accorgere che il tempo sta passando troppo velocemente. Che non si sono mai dovute chiedere "lo voglio davvero?" Perché semplicemente a loro la vita è accaduta. Non l'hanno scelta.»

Sono parole che mi arrivano tutte, forti e chiare. È il mio, il nostro ritratto, e allo stesso momento l'immagine è molto nitida; lo vedo, è il ritratto neanche troppo fantasioso di tante altre donne. Ma sono parole che fanno male, danno fastidio, ognuna di loro brucia sulla pelle.

Chiudo gli occhi, voglio solo essere felice.

Bea arriva al punto, affilata come una lama. «E per me la parola "scelta" è da sempre una parola speciale. Ha un peso specifico diverso dalle altre. È più pesante delle altre secondo me. Non lo senti?»

Ha le braccia e le mani aperte, gesti che parlano e si stupiscono che io non la pensi come lei.

Voglio provare a lasciarmi andare, lasciarmi portare dove lei sta andando, senza paura. Perché se la paura permette di attivare quel sistema di allarme che ci aiuta ad affrontare prontamente un pericolo, in alcuni casi ci immobilizza. E io ho bisogno di mollare gli ormeggi e muovermi da quello che è sempre stato il mio porto sicuro: il crogiolarmi nella mia felicità apparente.

Perché troppe volte la nostra "idea di felicità" può impedirci di essere davvero felici, perché non riusciamo a vedere l'opportunità di gioia che si trova davanti a noi quando siamo presi dalla convinzione che la felicità debba assumere una particolare forma, cioè quello che non è successo. E non quello che possiamo ancora raggiungere. Provo a spiegare, mi lancio, un fiato esce finalmente dalla mia gola e con lui la mia voce. «Io sento… sento che…» Ma mentre lo dico le mie orecchie percepiscono che il borbottio della moka ormai è diventato un'eruzione e diffonde un pericoloso odore di bruciato. Con uno scatto ci giriamo entrambe verso il fornello, Bea è rimasta con le mani ancora a mezz'aria. Ci sono macchie di caffè ovunque, sul piano cottura, attorno alla caffettiera, un rumoroso rigurgito di bolle marroni che tentano disperate di uscire dal beccuccio.

Bea si allunga, spegne il fuoco e acchiappa e sventola due presine per dissipare quell'odore acre mentre, esattamente come quelle bolle, una seconda e più corposa eruzione mi fa buttar fuori parole che bruciano: «Tu come sai che è la scelta giusta? Come fai a essere sicura che non stai sbagliando? Tua madre ha sbagliato perché ti ha sempre dato troppo poco. Ma è peggio troppo o troppo poco? E poi tua madre pensava di aver fatto una scelta e invece ha messo in atto ciò che altri avevano scelto per lei. È difficile. Penso che spesso uno non si accorga di essere in errore... Semplicemente...».

Cerco le parole giuste, soprattutto quelle da non dire ma faccio solo una gran confusione. Bea, con le presine ancora in aria, si blocca e mi precede: «Diventare madre implica continuamente una scelta. Fare un passo indietro e farne fare uno in avanti alla vita di tuo figlio».

Un momento, poi tutti i campanelli di allarme cominciano a suonare contemporaneamente nella mia testa. La verità più semplice è proprio qui tra me e Bea. Più la verità diventa grande, più io mi sento piccola.

Madre di un sogno

«Quello che so è che l'essere madre si esprime in milioni di forme differenti e che è un aspetto con cui tutte noi donne, nella nostra vita, dobbiamo prima o poi fare i conti, che tu scelga di diventarlo o meno. Perché davanti a questa scelta, davanti a un figlio, cambia non solo la tua vita di tutti i giorni, come dicono sempre, ma cambia totalmente la tua psiche, il modo di guardare le cose, e cambia il modo di guardare se stesse. Cambia tutto il mondo attorno a te. Cambi tu. E io, Bea, non sono sicura di voler cambiare.»

Finalmente l'avevo detto. Avevo preso coscienza di dover ammettere, davanti a una delle persone a me più care, la mia piccola grande verità. Non ero così coraggiosa, non ero come avrei voluto essere, non ero come lei. Soprattutto, non ero pronta. Ma era già troppo tardi. Lo sapevo io e lo sapeva anche Bea.

Ieri sera ci siamo salutate così, la promessa di dormirci sopra avrebbe rimandato solo di un po' l'arrivo dello tsunami che vedevamo all'orizzonte.

Lei non mi aveva risposto, mi aveva dato solo un abbraccio e una carezza sul viso. «Buonanotte, Bacolo.»

Era il soprannome che aveva coniato il primo giorno in

cui mi aveva visto. Ma lo usava solo in alcuni momenti, quelli davvero speciali, come quello.

Lei, di origini triestine da parte di padre, aveva ereditato oltre alle discendenze nobili anche degli strani, buffi vocaboli dialettali che i suoi nonni si divertivano a usare di tanto in tanto, quando le parlavano in modo tenero e affettuoso. Ecco, in realtà il bacolo non era per niente tenero né affettuoso, perché era il modo in cui i triestini di un paio di generazioni fa chiamavano lo scarafaggio, le cui caratteristiche di essere piccolo e nero le ricordavano me, minuta, con capelli e occhi neri. Non che non mi piacesse, anzi, suonava bene, mi divertiva parecchio, e poi nessuno avrebbe capito quel soprannome. Ma soprattutto, a pensarci bene, il fatto che, per un grande *misunderstanding*, si è sempre creduto che anche i Beatles avessero scelto lo stesso appellativo mi dava un motivo in più per considerarlo un nome speciale.

Questa mattina mi sembra di avere addosso i chilometri di una maratona sfiancante. Il mio sonno da un po' di tempo non è più davvero riposante.

Mi giro nel letto, amo questi cinque minuti di riconnessione col mondo appena dopo avere aperto gli occhi. È una manciata di secondi solo per me, risveglio anche i muscoli di gambe e braccia con uno stretching leggero e dolci movimenti di flessibilità. Mi sento un gatto che si stiracchia pigramente.

Alla mia destra – come ogni mattina da molti mesi a questa parte – il vuoto del letto, sfatto a metà. Le lenzuola sono stropicciate solo fino a dove arrivo io, come se una netta linea di confine separasse ciò che ha vita da ciò che non ne ha.

Ormai ci sono abituata, questa spaccatura è una compagna fedele, direi. Allungo lo sguardo sul comodino, tre libri impilati in attesa di essere scelti, la mia preziosa confezione di Kleenex per eventuali lacrime e paturnie notturne, un tubetto di balsamo per le labbra strizzato malamente e il telefonino ancora dormiente. Lo prendo, sono le 8.07 e ci sono due messaggi: mamma che mi ha mandato come ogni mattina il suo buongiorno con l'emoticon di un cuore lilla, e poi un messaggio di Bea. Me l'ha inviato alle 5.27, tra una pausa e un'emergenza del turno di notte alla clinica veterinaria.

> La più grande forza delle donne è l'intercambiabilità dei ruoli. Ciascuna di noi è madre, figlia, sorella, amica e agisce di volta in volta aiutando chi ne ha bisogno e affidandosi quando necessario. E tu l'hai fatto così tante volte per me, Gaia… che sei tutto questo e molto di più. Sì, perciò anche tu sei madre. Sia tu che io siamo madri di un sogno, di un'idea, di qualcosa che va al di là di tutto. Perché in noi magari non è ancora cresciuto un bimbo ma è già nata una mamma. Tu forse non lo sai ancora, non te ne rendi conto… E magari il tuo modo di essere madre si realizzerà in maniera diversa, perché ogni TUO sogno è un TUO figlio e anche se non ce l'hai in braccio, esiste già ed è lì in fondo al tuo cuore.

I nostri sogni sono i nostri primi figli. È incredibilmente vero. Ma allora qual è il mio primogenito? Il modo in cui Bea aveva sottolineato il pronome *tuo* mi aveva portato a considerare ciò che davvero potevo considerare *mio*.

La mia scrivania? Il mio Mac? Il mio portafoglio, i miei vestiti… Mah. Neanche la casa dove abito è veramente mia. Le mura, il pavimento, sono tuttora di mia mamma, ricevute in eredità da nonna Alba. I mobili, per esempio, li ho racimolati dagli amici che se ne volevano disfare, un paio di quadri da mio fratello, tipico collezionista di acquisti sbagliati, il letto è ancora quello dove la nonna, poverina, è spirata anni fa. E la cucina? Be', quella è dell'Ikea. Pagamento in venti rate senza interessi e poi forse un giorno diventerà mia. Da quando ho dovuto lasciare la casa dove abitavo con Luca sono rimasta orfana di tutto, oltre che della mia vita passata, anche dei miei sogni.

Tuttavia, i sogni che avevo da bambina in effetti erano ben diversi da una casa o bei mobili. Indipendentemente da quale fosse il mio sogno più grande, avevo sempre saputo di doverlo accudire, coccolare, annaffiare per farlo crescere forte e felice.

Rimango qualche istante con l'immagine di me che annaffio una nuvola quando, mettendo a fuoco con le pupille, la nuvola svanisce e trovo il vuoto del soffitto bianco sopra di me, più a destra il lampadario e mi ricordo... ah già, neanche quello è mio. È l'unico oggetto superstite dell'inquilino che abitava nella casa di mia nonna prima che lo mandassimo via per riprendermi queste quattro mura. E pure quello non è un granché, un lampadario triste, di quelli dozzinali da centro commerciale, senza alcuna storia né personalità. Le gocce di finto cristallo annerite e drammaticamente pendenti sulla mia testa mi danno la spinta per alzarmi dal letto.

Mi dirigo a piedi nudi verso il corridoio. Mi muovo piano dentro casa come se per la prima volta mi sentissi ospite, estranea, in un posto che non mi appartiene. Guardo gli oggetti che ho intorno e mi rendo improvvisamente conto di quanto non c'entrino nulla con me.

La luce che entra dalla finestra della cucina proietta sul pavimento un'ombra. Eccomi, sono io, ma non sono ciò che mi sarei immaginata di diventare. Anzi, sono la versione mediocre di ciò che volevo essere. La mia stessa ombra mi osserva, solenne, impietosa, inesorabilmente ferma, delusa da ciò che vede.

Il telefono ancora stretto nella mano, sono ferma davanti alla porta spalancata sulla cucina: caffè o doccia? Doccia o caffè? Il mio livello di capacità decisionale mi fa quasi tenerezza. Uno sbadiglio profondo mi fa optare per qualcosa di forte, tiro dritto verso il bagno. Appoggio il cellulare sul lavandino e con una buona dose di convinzione tiro fuori la voce più ferma che posso a quell'ora del mattino «Ehhhi Shhirhi!». Dal mio corpo esce la voce di Gollum, roca e gracchiante.

«Non ho capito, puoi ripetere?»

«Eh, vedi a non avere nessuno a cui dire buongiorno...» sussurro tra me e me.

«Buongiorno anche a te, cara. Continuo a non capire, mi dispiace.»

Sbuffo. Sono le otto e un quarto, sono mezza nuda in bagno, la faccia stropicciata e i capelli gonfi e parlo con un aggeggio che, ovviamente, non capisce ciò che dico. Che scena memorabile.

«Siri, cerca la definizione di MIO» scandisco a gran voce urlando nel microfono le parole come se stessi parlando a un nonnino sordo.

«Ecco la definizione di MIO: significa, in genere, "di me, che appartiene a me", indicando quindi, in primo luogo, proprietà, possesso. Il concetto di proprietà si estende anche a tutto ciò che fa parte del proprio essere fisico morale o spirituale o che ne è comunque una facoltà, un'espressione, un'attività.»

Una pausa. «Ti serve sapere altro?»

«No, basta così, grazie Siri.»

Il dizionario è molto chiaro a riguardo. Mi sembra una descrizione corretta e impeccabile, ma francamente non mi è di grande aiuto. Chissà che cosa mi aspettavo dall'intelligenza artificiale. Controllo di nuovo l'orario, finirò per fare tardi, l'appuntamento all'Accademia di Belle Arti è tra meno di un'ora.

Nelle ultime settimane ho effettivamente trascurato il mio lavoro. Ecco, forse è questo il primo segnale che qualcosa in me sta cambiando? Dubito. Sicuramente ciò che invece mi sembra chiaro è che, quand'anche fosse così, sto cercando di combattere con tutte le mie forze questo cambiamento. E, in effetti, questa era stata l'unica cosa che ieri sera la mia mente era riuscita a capire. Una scritta luminosa rosso fluo che lampeggiava sopra la mia testa per avvisarmi del pericolo.

Però, ecco forse la risposta che stavo cercando: MIO è il mio lavoro, prima di ogni altra cosa.

Appartiene a me e a nessun altro. È ciò che ho costruito dal nulla, da un piccolo sogno, un germoglio di idea che ho voluto con coraggio annaffiare e far fiorire. Ciò in cui ho messo tutta me stessa. Il mio lavoro, sì che lo posso considerare di mia proprietà.

Sotto la doccia osservo come l'acqua scivoli via leggera senza lasciare traccia. E forse è proprio ciò che sto facendo anche io, vivo e attraverso il presente senza che rimanga un segno del mio passaggio. Ho scelto da anni, inconsciamente, di vivere perennemente nel passato, prendendomi cura, proteggendo, cercando di aggiustare e riportare in vita ciò che è stato. Perché non si esaurisca con l'arrivo nel presente. Perché non rimanga, appunto, abbandonato in un altro tempo.

Penso alle tele di lino e juta, ai solventi, ai guanti di nylon, miei silenziosi compagni di lavoro, insieme ai pennelli e ai tamponcini, agli acquerelli, oli e vernici miscelati alla pazienza e agli anni di esperienza che ho acquisito e che mi permettono di non rovinare un'opera d'arte dipinta secoli fa. Se la mia passione è l'arte, il mio lavoro è l'arte del restauro.

Non saprei dire da chi io abbia ereditato questa passione. Mamma mi ha sempre detto che da piccola dipingevo e disegnavo su qualsiasi superficie mi capitasse sottomano. Muri, libri, scarpe, tavoli, anche quelli di vetro, perfino sulla confezione dei corn flakes, i pacchetti delle sigarette di mia madre e la carta igienica. Pennarelli e matite colorate erano i miei giocattoli preferiti. Non chiedevo in regalo bambole, le disegnavo. Fantasticavo di dar loro vita attraverso i colori e facendo ballare i fogli. Arricchivo ogni disegno di dettagli minuziosi e particolareggiati, degni delle vignette del "Trova l'intruso" sulla *Settimana enigmistica*. Potevo stare interi pomeriggi ferma, seduta, concentrata sullo stesso foglio senza tradire la minima stanchezza o perdita di attenzione.

Ecco, se proprio ieri sera ho posto questa domanda a Bea: "Alcune persone sono predisposte già dalla nascita per qualcosa?", forse è lì che dovrei andare a cercare la mia inclinazione più grande. Dare vita a ciò che non ha più vita.

Un quadro rovinato, un colore sbiadito, un dettaglio nel disegno andato perso. Ma anche entrare in una storia vissuta da altri. Questo mi affascina in modo irresistibile.

Negli ultimi anni gli strumenti di lettura di un dipinto sono diventati più sofisticati e danno informazioni emozionanti sul procedimento originario dell'opera pittorica su cui si mette le mani. Attraverso nuovi mezzi tecnici come la riflettografia e la radiografia oggi si può conoscere in profondità il modo di dipingere dell'artista. I suoi tentennamenti, i suoi punti di forza, la sua lettura della realtà. Persino le sue impronte digitali, segno indelebile di un passato rimasto incastrato nel presente.

Per questo, di raccontare la mia di storia non sono capace. Perché ho scelto di vivere e raccontare le storie degli altri. Non posso biasimarmi, è da sempre la mia passione più grande, ma so bene che forse il senso della vita non si esaurisce qui. Come nel restauro di un dipinto si capisce se sotto sotto i colori in origine erano più vivaci e se sono stati fattori esterni a renderli opachi, devo, voglio trovare i miei veri colori.

Esco dalla doccia ancora gocciolante, con la sensazione che stia provando a lavare via ciò che non appartiene più a questo corpo. La prima patina ingiallita e incrostata di paure sta cominciando a venir via come da un quadro una vecchia vernice ossidata dal tempo.

Si comincia da fuori, penso tra me, *dal guscio, da questa corazza indurita che non permette neanche a me di arrivare al cuore del problema*. Al mio cuore, qui, dove è naturale cercare il centro della mia felicità. Senza saperlo il processo di restauro delle impalcature della mia vita è iniziato.

La parola "felicità" continua a rimbombare nella testa, mi vesto di fretta, non ho più tempo per la colazione quindi faccio i gradini a due a due, supero il portone, afferro la bici e mi lancio a tutta velocità verso Brera.

Le colonne che abbracciano l'ingresso dell'Accademia mi fissano come due sentinelle, severe, imponenti e perentorie. Non si passa da qui senza un brivido e non so spiegarlo ma ogni volta che varco questa soglia sento di attraversare il tempo ed entrare in un'altra dimensione. È questo il luogo della mia felicità.

Cammino con il naso all'insù e guardo l'immensità di questo edificio che riesce sempre a portarmi via. Attraverso il cortile d'onore, serpeggio veloce tra gli studenti, respiro quest'aria densa di bellezza e mi inchino davanti alla sfilata di colonne che sorreggono le arcate. All'improvviso, però, il tempo si ferma davvero, una fitta al basso ventre mi immobilizza. Il fiato si spezza.

Che cosa succede? Le mie mani sono istintivamente andate alla pancia, la tengono stretta. Gli occhi chiusi dal dolore, non riesco ad aprirli, come se riaprendoli potessi vederlo quel dolore, e potesse diventare anche più forte. Nella mente scorro tutti i sintomi elencati nel foglio di dimissioni dopo il transfer, che ormai conosco a memoria. Sì, piccole fitte nella zona delle ovaie possono essere normali. Se ricordo bene diceva qualcosa tipo: "Potrebbero essere dovute al fatto che l'embrione si sta impiantando nell'utero. Si tratta di veri e propri crampi che però possono essere molto simili ai classici dolori dell'arrivo del ciclo".

Anche in questo caso una definizione, seppur precisa e dettagliata, che non mi aiuta. Potrebbe essere tutto e il suo contrario.

La lezione su Leonardo da Vinci, la prima del seminario di lezioni abilitanti organizzate con calendario speciale nell'anno accademico, sta per iniziare. Ci tengo tantissimo, ne va della possibilità di essere presa tra i pochissimi che potrebbero assistere e partecipare al progetto di restauro ambientale del *Cenacolo*.

La mia felicità, fino a pochi istanti prima esplosami nel petto, si è dissolta come immersa in un solvente. Muovo piccoli passi, il dolore pulsa, è ancora lì tra le mie mani, vedo l'aula a qualche metro da me e mi avvicino trattenendo il respiro. Entro, una mano aggrappata allo stipite della porta per sorreggermi ma cerco di non far trasparire nulla, riesco a intravedere tra il via vai due posti rimasti liberi in prima fila. L'aula è già piena, siamo in tanti ma io non sento suoni, non vedo nessuno. Mi siedo e lentamente provo a respirare di nuovo nonostante ogni minimo movimento sembri minacciare un'altra fitta. Non so esattamente cosa mi stia dicendo il mio corpo ma so che in entrambi i casi il messaggio è piuttosto importante.

La lezione è finita. I crampi hanno piano piano allentato la morsa e lasciato il posto a un senso di stordimento che non ho mai conosciuto prima. Per istinto di sopravvivenza, negli ultimi giorni mi ero autoconvinta che questo transfer non fosse andato a buon fine; perciò, a questo punto i dolori sarebbero normali perché avrebbero preannunciato l'arrivo del ciclo. Ma c'è una piccola vocina in fondo alla gola che invece continua a instillarmi il dubbio che possa essere proprio il contrario. E se il dolore fosse quello dell'attecchimento? E se i giochi fossero ormai fatti? E se… fossimo già in due?

L'aula si sta lentamente svuotando, il brusio di sottofondo si fa sempre più rumoroso, il quaderno dei miei appunti pieno di scarabocchi è spalancato sul banco e l'*Ultima Cena* è ancora proiettata sullo schermo di fronte a me. Percepisco chiaramente ogni cosa in cui sono immersa. Ma tutto in questo momento mi porta con un rimbalzo via da qui. La testa sfiora pensieri lontani, fino a cui non mi ero mai spinta.

Che ne sarebbe del mio lavoro con un bambino in pancia? Non potrei più sfrecciare in bicicletta tra un impegno e una lezione. Non potrei più stare ore piegata su un dipinto ad accarezzare il passato per farne venir fuori preziose verità. E poi, una volta nato, come potrei organizzarmi senza nessuno ad aiutarmi?

Mi sento intrappolata in un viscido, colloso senso di colpa, quasi come il Giuda Iscariota ancora proiettato sulla parete. Lui, traditore ipocrita di Gesù per trenta denari, io traditrice di me stessa per molto meno. Colpevole di aver voluto vivere un sogno che forse non era il mio.

La mia testa continua testarda i rimbalzi, sono dentro a un flipper di domande. Sempre le stesse.

È giusto decidere di far nascere un bambino solo per il desiderio di diventare genitori? L'egoismo è, come dicono, il dedicarsi solo a se stessi e quindi ai viaggi, agli hobby, agli amici e al proprio lavoro? Se è così allora io sono una grande, grandissima egoista. Oppure, l'egoismo vero si nasconde dentro la scelta di far nascere un essere umano che non chiede di venire al mondo, che non decide nulla, che non ha diritto di parola, che vive solo perché tu decidi di dargli vita? Ecco, l'egoismo vero non è forse volere a tutti i costi appagare il proprio bisogno di fare come fanno gli altri per sentirti normale?

Che io sia una grande egoista o una fallita che vive sogni altrui, a tutti gli effetti, questo figlio sarebbe la cosa più *mia* che io possa avere. Apparterrebbe solo ed esclusivamente a me.

Non so rispondere a nessuna di queste domande, ma di una cosa sono certa: finora ho dovuto decidere solo ed esclusivamente per me stessa. E a volte ho anche sbagliato alla grande. Se non mi sento in pieno possesso della mia vita, figuriamoci essere proprietaria di quella di un altro essere umano.

Caccia alla pennuta

In becco alla cicogna!

Leggo e rileggo… ripeto a voce alta.

«In becco alla cicogna?!»

Questa sì che è davvero buffa. Ero abituata al non molto più rassicurante "in bocca al lupo" o, al massimo, l'alternativa hardcore "in culo alla balena". Ma "in becco alla cicogna" proprio no. E non è neanche l'espressione più strana. Sono almeno tre ore che fluttuo in un nuovo mondo, quasi un liquido amniotico che mi sorregge dalla gravità delle piccolezze quotidiane e mi nutre di elementi preziosi che ti fanno crescere. Volevo fare una ricerca in rete sui primi segnali di una gravidanza: mi verranno davvero le macchie sulla pelle? Posso mangiare il pesce crudo? E se mi vengono le voglie?

Le mie curiosità sono più veloci delle mani sulla tastiera, e cercando risposte mi sono imbattuta nel favoloso, inteso quasi letteralmente nel senso di favola, mondo dei forum delle mamme online.

Una scoperta stupefacente.

Il turno di notte comincia a pesarmi un po'. Sono seduta sul mio divanone, con le gambe incrociate su cui appoggio il PC, nell'angolo più "coccolo" del mio piccolo salotto. È la tarda, lenta mattina di un giorno strano, come lo è ogni giorno che non ha visto la notte riposarsi. Il pacco di Macine, cioè quello che ne resta, mezzo aperto accanto a me mi guarda chiedendo pietà. Il sole entra prepotente nella stanza e scalda l'aria frizzante dei primi giorni di marzo, il mese più instabile di tutto l'anno solare, quasi quanto il mio umore di queste settimane.

Dagli esami del sangue e dalla prima ecografia in cui mi hanno detto che l'embrione ha attecchito, non ho ancora ben capito come si calcolano questi stadi di avanzamento. Ma sembra siano il risultato di sofisticati meccanismi matematici che, francamente, a me non tornano mai. A me basta sapere che tutto proceda bene e come gestire il mio corpo. Non è per niente facile; ognuno di noi, soprattutto da una certa età in poi, pensa di conoscersi molto bene. Ci hai messo una vita a diventare quello che sei. E invece no. Una gravidanza butta tutto all'aria. C'è una rivoluzione silenziosa ma evidente dentro di te, di cui ogni giorno scopri un nuovo dettaglio. Ogni giorno sarai diversa da quello precedente. Sai che dentro di te ogni più minuscola cellula sta costruendo la più grandiosa impresa che l'essere umano possa immaginare.

Creare una vita dentro la vita.

Vista così fa davvero paura. Perciò da subito avevo deciso che avrei affrontato con pazienza e lucidità ogni novità, e il fatto di documentarmi sarebbe servito per provare a capire meglio la nuova me e il mio nuovo corpo. Volevo partire da lì. Volevo delle istruzioni per l'uso di me stessa.

Sono finita però fuori strada. O meglio, ho preso una

strada molto interessante da cui però non riesco a uscire. E che so non mi porterà dove voglio andare e cioè alla vera comprensione di quello che mi sta succedendo.

Il mondo dei forum delle mamme online ti risucchia. Ti avviluppa in una serie infinita di esperienze che ogni "quasi mamma" iscritta espone, e inevitabilmente ti trovi a confrontare la tua in-esperienza con quella di centinaia di donne, ognuna con la sua storia e le sue preoccupazioni. Quindi i tuoi psicodrammi si sommano, ed è il motivo per cui ti affacci lì dentro, a quelli di centinaia di altre *mom to be* che riversano, dietro un nick name ben studiato, anche tutte le *loro* paranoie.

È un circolo vizioso, un circuito diabolico, un meccanismo che continua ad autoalimentarsi senza fine. Più tu chiedi, più escono cose che non sai, più leggi più si aprono nuovi dubbi. E tu ci rimani incastrata, perché è un ottovolante gravitazionale che ti ributta sempre al centro.

Ecco perché non posso fare a meno di continuare a leggere, una storia inanellata all'altra, le varie testimonianze. Ho davanti agli occhi centinaia di domande scritte sullo schermo, altrettante risposte che potrebbero sedare quella sete ma capisco che devo mollare, scorro più veloce verso il fondo del foglio virtuale ma la rotella del mouse si arrotola su se stessa e non trova pace. La pagina sembra non finire mai.

Devo uscirne, cerco disperatamente con gli occhi ormai stanchi e impazziti il tastino con la freccetta indietro e... Click! finalmente si ricarica la Home. Sono fuori. C'è il menù con tutta la mappa del sito con le varie sezioni e lì, come il Santo Graal, mi appare la rivelazione più grande.

17.978.127 sono il numero di messaggi scambiati nella sezione Gravidanza. Le altre sezioni, Bebè, Amore, Salute, perfino il Sesso sono di gran lunga meno "chiacchierate". Se la battono, in fondo alla lista, Matrimonio, con 2.835.993 messaggi, contro Bellezza, che si ferma a 2.489.527.

La gravidanza, quindi, è la regina indiscussa dei forum online in cui le donne si scambiano, con coesione, sostegno ed empatia, consigli, storie e opinioni. È, a pensarci bene, un Paese intero. Prendiamo per esempio l'Olanda. L'intera popolazione dell'Olanda riunita in uno spazio che non esiste a parlare di qualcosa che, peraltro, ancora non esiste.

Sono completamente rapita da questi numeri, dal potere che una piccola lenticchia può avere sulla vita di tutte queste persone quando, *bling!*, si apre un pop-up sullo schermo.

Melissainthesky ha appena aperto un nuovo thread, titolo: *Ghost line o positivo*?

> Ciao, Forumine! Questa mattina ho fatto il Clearblue. Esito negativo, dopo circa 2 ore però è comparsa la linea. Vi allego foto. Non ho sintomi legati alla gravidanza. Voi cosa ne pensate?

Non resisto, clicco sul fumetto e in un secondo sono di nuovo dentro. In meno di tre minuti i commenti fioccano numerosi. C'è chi sostiene che quel tipo di test non sia attendibile quindi *continua a sperare!* Chi segnala di essersi trovata nella stessa identica situazione, *quindi io so!* e chi, con lucida spietatezza le suggerisce di mettersi il cuore in pace perché *tanto è negativo – la seconda linea* non c'è. *Ci siamo passate più o meno tutte.*

Perché la cosa che si nota subito è che qui dentro, in questo luogo non luogo, hai la netta e piacevole sensazione di parlare con chi ti capirà di sicuro. Chi ci è passato, chi ci sta passando, chi sente il bisogno di aiutare, come altre l'hanno aiutata a suo tempo. Non essere soli, ecco, questo è il grande collante che rende questo posto così sicuro e magnetico. Che magari i consigli non sono proprio sempre corretti, ma arrivano puntuali non appena alzi la mano per chiederli. E anche questo non è scontato.

Mi immagino, dall'altra parte dello schermo, un esercito di donne, fomentate al grido di "Caccia alla Pennuta!", armate di un tablet e tanto coraggio, immergersi in queste acque torbide e tumultuose, lanciando ogni volta un amo a forma di punto interrogativo che possa riportare loro una risposta bella, fresca e guizzante. Mi sembra quasi di vederle. C'è Sandreamer79, capelli ricci e arrotolati sulla nuca con una matita, che spinge col dito gli occhiali un po' più su sul naso e cerca tra le righe il thread giusto per lei: *Cos'è la nub theory*?

C'è poi l'altra, Foxymama, capelli a caschetto, rossi e allegri come i suoi occhi, che dietro lo schermo del PC dell'ufficio sta spiando nel forum, sperando di non essere scoperta dal suo capo, e lancia un nuovo gancio: *Quando dirlo ai propri genitori*?

MammaNonMamma invece sta gestendo già da qualche ora un altro *thread* in cui le partecipanti sono letteralmente impazzite. Me la immagino distesa a pancia in giù sul lettone di casa, tuta di ciniglia rosa, smalto con brillantini e qualche ciuffo di troppo di ciglia finte che, sorseggiando una tazza di tè regola il traffico di quel viavai caotico di messaggi nell'etere: *Chi non aspetta le malefiche?*

A prima vista mi viene da snobbarlo, mi sembra un chiacchiericcio inutile e sterile ma, invece, il fatto di condividere che forse il mese prossimo il ciclo potrebbe non arrivare spalanca la porta alla notizia attesa da ogni donna qui dentro: diventare mamma.

In questo posto il desiderio di genitorialità trascende ogni altro aspetto della vita, che tu sia bionda vera o tinta, alta o bassa, grassa o magra, ricca, povera, di Torino come di Caltanissetta. Il perno attorno cui ruota ogni pensiero non è chi o cosa sei, ma chi o cosa vuoi diventare. Capisci che tutte qui vogliono un figlio in modo così disperato che ti senti quasi in imbarazzo ad avere un qualsiasi altro interesse nella vita che non sia un bebè. E quindi si entra in punta di piedi, quasi chiedendo il permesso di essere ammessa a una élite così appassionata, e se ti rispondono quando poni una domanda sei davvero grata che ti stiano leggendo, che diano retta proprio a te, che abbiano capito come ti senti e quale peso abbiano le tue parole.

Perché non è detto che fuori da qui, nella vita reale intendo, i tuoi amici, i tuoi cari, le persone con cui vorresti condividere dubbi e paure o semplici curiosità, siano disponibili a parlarne. Alcuni per pudore hanno riserbo per i dettagli, altri per scaramanzia non condividono i loro traguardi, altri ancora sono più interessati a ficcare il naso negli affari tuoi e soddisfare la loro curiosità più che ad aiutarti a trovare risposte alle tue paure.

Per questo è da tre ore che sto qui dentro, ipnotizzata come dalla migliore delle serie TV. Ogni minuto va in scena una nuova storia, sto assistendo a un vero spettacolo che un po', in fondo, parla anche di me.

E io, quindi, dove sto in tutto questo bailamme?

Mi alzo e vado verso la cucina, ho bisogno di bere un sorso di acqua e limone, ormai fedelissimo compagno dei risvegli di questi ultimi giorni. E so bene che non è colpa del mezzo pacchetto di Macine divorato in meno di un'ora.

Appunto. Le nausee mattutine ci sono tutte e questo mi sembra un elemento comune a tante forumine.

Finalmente il reggiseno comincia a starmi stretto, è forse l'aspetto più accattivante per una donna, quello di vedersi un po' più piena lì, nel caso Madre Natura non sia stata generosa.

Le macchie, anche quelle ci sono. Proprio stamattina, nello specchio dello spogliatoio dell'ambulatorio, ho notato un piccolo alone sulla fronte che qualche settimana fa non c'era. Dopo aver strofinato con gran vigore per lavarlo via, sono rimasta incantata a guardarlo per un quarto d'ora. Se continua così entro la quarantesima settimana sarò un simpatico dalmata.

Torno al PC, sotto il cursore del mouse scorrono messaggi su messaggi e capisco quanto "cambiamento" sia la parola d'ordine una volta varcata la soglia di questo nuovo mondo. Chi entra qui sa benissimo che cambiare sarà necessario se non fondamentale per accogliere tutto il bello che verrà. Mentre, di solito, l'essere umano associa il cambiamento alla minaccia più terrificante per la propria sopravvivenza. Nessuno vuole cambiare. Cambiare veramente, diventare diverso da sé.

È esattamente ciò che mi ha detto Gaia proprio ieri sera.

E io? Accetterò davvero la nuova me?

Le mamme

Il calice rotea sinuosamente nell'aria lasciando una scia di profumo fruttato e bollicine che frizzano felici. Il vetro liscio e trasparente scintilla sotto il sole ormai tiepido delle 19.23, l'orario perfetto per un aperitivo con le amiche al tramonto. Soprattutto se, oltre alla Chanel e il nuovo paio di Jimmy Choo, sei accessoriata del tuo bambino. Non si tratta esattamente di un bebè. Avrà già più o meno tre anni, con tanto di scarpine gommate e mini-jeans, ma è comunque rannicchiato, come fosse appena nato, dentro il suo passeggino ultimo modello. Lei, la mamma, giovane e dal viso pieno di lentiggini e sorrisi, fa danzare nel vuoto la mano sinistra, infiorettata in perfetta sequenza da solitario e fede scintillanti, la manicure consiglia uno smalto color rosso aragosta che fa subito primavera, l'incarnato è leggermente ambrato, di quelli che hanno già qualche giornata a Forte dei Marmi spalmata addosso.

Le due amiche di fronte a lei, anche loro uscite da una puntata di *Sex & the City*, ridono chiassose nei loro rossetti rosso fuoco, grandi orecchini a cerchio per una e le gambe accavallate in una posa plastica con lunghi capelli a sirena per l'altra. Entrambe sono infilate dentro due abitini che non lasciano molto all'immaginazione. Loro no, non hanno ancora fatto il giro di boa, sembrano single e felici di esserlo.

La mamma, con la mano addobbata, di tanto in tanto sballotta il passeggino avanti e indietro, un dondolio che parte in automatico, leggermente isterico, che tuttavia ha l'effetto sperato. Il bambino dorme profondamente. Con l'altra mano non molla il bicchiere, ancora mezzo pieno. Parla con enfasi e gran velocità, rincorrendo le parole con gli occhi, come se avesse paura di non riuscire a dire tutto prima che finisca la sua ora d'aria e il pargolo si svegli. Chissà da quanto non parlava così con le amiche. Chissà da quanto desiderava poter fare un'uscita come prima di diventare mamma.

I capelli biondi, lisci, stirati a piombo aspettavano questa messa in piega da mesi. L'entusiasmo che mette nel raccontare ogni dettaglio delle sue noiose giornate casalinghe è commovente. Come per dargli un senso più grande, per farle sembrare più interessanti e piene. In fondo non è quello che succede, ma come lo racconti che fa la differenza. E lei, questo, lo sa benissimo. Anche perché, con tutta probabilità, per lei oggi il suo mondo è tutto lì. Nasce dentro un passeggino e finisce in un calice di vino, in un'antitesi perfetta e diabolica.

Sono a un paio di metri di distanza da lei, eppure mi sfiora morbido e inebriante il suo profumo alla vaniglia. Sono ancora lì, dopo essere uscita dal bar con la mia bottiglietta d'acqua in mano, assorta davanti a questa scena. Rallento i passi fino a fermarmi in mezzo al marciapiede, rapita soprattutto da quel racconto non verbale.

La sto fissando in modo ormai fastidiosamente insistente quando la mano col calice si alza fin sopra la sua testa, e fa un cenno con il capo. Sta brindando a me? Sì, mi sta facendo il gesto di un brindisi, proprio a me, e subito dopo accenna col mento al mio pancino, visibile per ora solo all'occhio esperto. Un brindisi che sa più di benedizione, di "non sai quello che ti aspetta, ma comunque benvenuta nel club". *Touché*.

Nascondo il mio imbarazzo dietro un mezzo sorriso e scivolo via lungo il marciapiede.

Mentre mi lascio quella scena alle spalle penso che lei, ne sono certa, doveva essere una di quelle che nel forum, durante i suoi nove mesi di gravidanza, scriveva di aver avuto le voglie di cocomero in pieno inverno e che il marito aveva fatto di tutto per farsene spedire uno, a qualsiasi prezzo, dall'Africa tropicale.

Lei è una di quelle stilosissime mamme-glam. Le sue uscite col bebè sono delle vere e proprie sfilate, cammina tronfia come una modella sulla passerella di Victoria's Secret, fiera di mostrare a tutti la sua taglia quaranta, così rapidamente riconquistata, e il proprio trofeo, partorito con spensieratezza, al suo debutto in società.

Ma, a dire il vero, ce ne sono di tutti i tipi e più ci faccio caso più il campionario si arricchisce. È così che ha inizio il mio inventario delle mamme.

E infatti, ecco che proprio su quello stesso marciapiede vengo superata da destra, raso-muro, dalla mamma-caos. Quella che è sempre in affanno e sembra vestita a caso, un po' sgualcita e spettinata manco fosse dovuta scappare di casa all'improvviso, quella che deve fare mille commissioni ma le va sempre storto qualcosa; che si porta dietro il bebè nel passeggino, anche lui con i vestitini tutti stropicciati, che carica tranquillamente sui mezzi pubblici, e con cui entra dentro i negozi – se sono piccoli e strapieni meglio –, che infila perfino sul carrello della spesa al supermercato. La mamma-caos vive ignara della legge dell'impenetrabilità dei corpi, il passeggino con il suo bebè entrerà ovunque. Poco importa se, nel fare la spesa, distratta, farà cadere una pila di sottaceti. Poco importa se nel tragitto si sarà persa due ciucci, un bavaglino e la scarpina sinistra del piccolo bimbo. È già tanto che non abbia lasciato il bebè alla cassa del centro commerciale.

Anche la mamma-turbo la riconosci subito. Sfreccia per strada e tra la gente a velocità inaudita. Il passeggino con dentro il pargolo viene proiettato come un missile, fende l'aria e sembra la più potente arma di conquista del mondo. Nessuno può reagire in altro modo se non con il dribbling. E allora vedi il terrore fuoriuscire dagli occhi stralunati del piccolo bebè che, legato con doppio spallaccio di sicurezza come Lewis Hamilton e con le manine aggrappate al corrimano di protezione, cerca di sopravvivere a un allenamento forzato all'alta velocità. Su quattro rotelle.

La mamma-turbo non attraversa la strada. Si lancia come un kamikaze, sicura che davanti a un passeggino chiunque si dovrà fermare nonostante il rischio di un maxitamponamento. Apre magicamente le strade di folla davanti a sé come fece Mosè con le acque del mar Rosso.

Poi c'è la mamma-ansia. Quella che imbacucca il pargolo in così tanti strati di vestitini che non si riesce neanche a intravedere se lì, sotto la copertina, c'è un bambino o un Chihuahua, e di questi tempi la cosa non sorprenderebbe così tanto. Poi, dal cappellino mezzo storto sugli occhietti anche in estate "perché sennò mi prende freddo alla testina", capisci che quel piccolo fagotto non abbaia. Lei la riconosci perché il passeggino è rigorosamente fronte-mamma, perché deve avere nella sua visuale ogni più impercettibile segnale di movimento del bambino.

La mamma-ansia non porta a passeggio il figlio. Si prepara per andare in guerra come sotto i bombardamenti. Il cestello porta oggetti al di sotto del suo pargolo, gonfio da toccar terra e straripante da tutti i lati, è sempre ben fornito di bottiglia da un litro e mezzo di acqua, biberon, succo di frutta e all'occorrenza – non si sa mai – biscottini da sgranocchiare, un barattolino di omogeneizzato e uno di yogurt, cucchiaino e forchettina del servizio di plastica fosforescente con disegnati gli animali della vecchia fattoria. Non contenta ha voluto aggiungere anche una sacca extra, di quelle in rete, agganciata penzoloni alle maniglie del passeggino, così trovi tutto al primo sguardo. E quindi vuoi non portarti cinque o sei pannolini nuovi (quanto vuoi che caghi 'sto bambino durante una passeggiata?!), una tutina di ricambio nel caso si sporchi, la cremina per lenire gli arrossamenti del culetto, una copertina in più dovesse mai avere freddo, lo spray contro gli insetti, le salviette alla camomilla e quelle disinfettanti. Insomma, per una passeggiata di un'ora, la stessa quantità di cose che mi porto via per un weekend.

La più strana in assoluto, a dire il vero ne ho visti pochi esemplari ma esiste, è la mamma-moscia che esce per la passeggiata solo perché gliel'ha ordinato il dottore. Non ne ha nessuna voglia, preferirebbe di gran lunga starsene comodamente sul divano in compagnia della sua serie TV preferita e un pacchetto di Fonzies, evitando di esporre se stessa e il proprio bebè ai pericoli e alle fatiche del mondo. Ecco perché ce ne sono poche in giro. Non si fanno vedere facilmente. Se esce cammina giusto fino al parco più vicino o in alternativa fa il giro dell'isolato. Con una mano spinge il passeggino, con l'altra tiene il cellulare davanti agli occhi e non distoglie lo sguardo dallo schermo per nessuna ragione al mondo.

La mamma-moscia non si siede su una panchina, la conquista dopo minuti di appostamento guardingo, come io facevo per sedermi in aula magna ai tempi dell'università e la occupa. Una seduta comoda all'ombra, ben arieggiata, vicino a una fontanella così non rischia di perdere il posto se si alza a bere. Perché lei, di portarsi dietro anche una bottiglietta d'acqua, non ci pensa proprio. Troppo carico.

La mamma-moscia è lenta. Lentissima. Assomiglia a un bradipo che calibra ogni piccolo sforzo in virtù della legge "minima spesa-massima resa". E per la stessa legge, lascia strillare per intere mezz'ore il povero bambino ormai paonazzo, perché è inutile dannarsi, tanto prima o poi smetterà.

Infine, quella che più mi affascina. La mamma-zen. Lei non porta in giro il passeggino. Lei fluttua. Il suo sguardo è sereno, i tratti distesi e rilassati, come se non avesse attraversato il dolore infernale delle doglie. Gli occhi grandi e trasparenti di chi si lascia scivolare addosso le avversità. La mamma-zen si è preparata al parto con yoga e sedute di meditazione. Indossa completini di puro cotone dai colori tenui che non agitino il bebè, rosa pastello, azzurrino, grigino e bianco latte.

Sceglie con attenzione le migliori verdure a chilometri zero per fare dei gran passati naturali e nutrienti; legumi, quinoa, tofu e soia a volontà sono gli ingredienti di cui si nutre per produrre il latte migliore e con cui poi svezzerà, al momento giusto, il suo bambino. Ma non troppo presto! Il bambino deve essere allattato al seno il più a lungo possibile e comunque almeno fino ai cinque anni di età. Perché su questo non transige, per un bimbo non c'è alimento migliore del latte della sua mamma.

Nel percorso di ritorno verso casa ho fatto un vero e proprio viaggio: ho sfogliato, osservando intorno a me, l'ultimo catalogo ben assortito delle varie tipologie di mamma. Me l'aveva detto proprio Gaia l'altra sera: *l'essere madre si esprime in milioni di forme differenti, e davanti a un figlio cambia non solo la tua vita di tutti i giorni, ma cambi tu.*

In effetti mi rendo conto che io sto davvero diventando un'altra.

In effetti, io odiavo i bambini...

Nella mia testa prende forma un grandissimo punto di domanda: io, che tipo di mamma sarò?

Devo chiamare Gaia, lei è la persona che mi conosce meglio al mondo. Neanche mia madre mi conosce così bene. Solo Gaia mi saprà dire che tipo di mamma diventerò. E io non vedo l'ora di scoprirlo.

Respira e resisti

Domani faccio il turno di notte, attacco alle 21,
quindi ho tutto il giorno libero.

E dove vuoi andare?
Al Parco Sempione?

Pensavo di sì,
c'è un circuito molto bello.

Bea, ma sei sicura
che sia il caso? Cioè…

Gaia tranquilla! Ho parlato con l'ostetrica
e mi ha detto di non esagerare ma che si può fare.

Sono sei mesi che non mi alleno…

Appunto, ti farà bene muoverti un po'.
Passo da te domattina alle 11.

Mmmm… Va be', dài, buonanotte.

Bacio.
Notte.

Ieri sera Bea, con il suo solito *savoir faire*, mi ha convinto ad andare a correre insieme per chiacchierare un po', per scaricare un po' di tensione, per aiutarmi ad alleggerire queste giornate che sembrano macigni. A Bea non riesco mai a dire di no.

Dopo i crampi di qualche giorno fa avevo chiamato la ginecologa che mi aveva detto semplicemente che non si poteva fare niente.

«O la va o la spacca. Ciò che sta succedendo lì dentro non può essere determinato, in questo limbo temporale è il tuo corpo a decidere se accogliere o no, ed è l'embrione a decidere se attecchire o meno. E poiché ogni embrione ha bisogno del suo ritmo, occorre lasciare fare a lui.»

Quindi l'unica cosa che posso e che devo fare è aspettare. E nell'attesa un minimo di movimento non può che farmi bene.

Sono le 10.47, mi sto preparando, la tuta da jogging si infila fluidamente, calzini tecnici, felpa e fascia per i capelli, mi mancano solo le scarpe, quando il citofono squilla prepotentemente e ripetutamente facendomi sobbalzare dallo spavento. È lei. Bea entra sempre nella mia vita come un petardo. E sempre in anticipo.

Infilo le scarpe velocemente, scendo le scale di corsa e la trovo che sta già correndo sul posto. *Il suo circuito è iniziato da quando è scesa dal letto*, penso.

«Buongiornooo... Forza! Forza!»

«Sì sì, buongiorno ma andiamo piano, eh!»

Non faccio in tempo a dirlo che Bea è già due metri avanti a me, sembra una bambina a cui hanno promesso di andare al luna park e non riesce a pazientare un attimo in più.

«Beeeaaa!» Le urlo dietro e non appena si gira la fulmino con uno sguardo. «Aspettami!»

Arriviamo al parco dopo dieci minuti di camminata veloce, il passo è ritmato e costante, il fiato è stabile nonostante la temperatura stia cominciando a salire. Bea è molto allenata, sembra una gazzella, io un po' meno, ma oggi non voglio sentirmi una zavorra. Quindi respiro e resisto.

Il parco ci accoglie con un carnevale di cinguettii e gemme in fiore, la primavera sta esplodendo in mezzo a noi. Provo a riempire i polmoni, voglio inspirare questa atmosfera di rinascita ma sento che l'aria non va giù, mi si blocca appena sotto la gola. Respiro a metà.

Bea ricomincia a correre sul posto per scaldarsi, scalcia come un puledro nel recinto. Mi guarda, un sorriso le esplode in viso, poi comincia a girarmi attorno in cerchio e ridendo mi prende in giro.

«Tre, due, uno: Houston, siamo pronti?» Bea vuole partire, è carica come una molla.

Mi sento giusto un po' di pressione addosso, il suo sguardo mi incita come fosse corrente elettrica. «Bea, mi stai mettendo ansia!»

«Ma lo sai, l'inizio è difficile, solo i primi passi, ma poi vedrai che sarà una passeggiata...»

Non so se ce la farò a mantenere il ritmo, a continuare a respirare, a seguire il suo passo. Chiudo gli occhi, riempio di nuovo i polmoni e mi faccio bastare quell'aria a metà. La mia corsa parte incerta, tra sassolini e fili d'erba nascenti. Metto un passo dopo l'altro, è come se ricominciassi a camminare dopo una brutta caduta. Seguo la traiettoria di Bea anche se lei è sempre più avanti di me. Continuo a ripetere nella mia testa che ce la posso fare.

Gaia, respira e resisti, respira e resisti.

Siamo solo al quarto giro del circuito, avremo fatto sì e no tre chilometri e mi fa male tutto. Sento che le ginocchia potrebbero cedere da un momento all'altro, i quadricipiti urlano dal bruciore e il fiato si fa sempre più corto. Mi immagino il piccolo embrione shakerato all'interno della mia pancia. Se sto male io qui fuori di certo lui non se la passa benissimo. Starà rimbalzando qua e là? O si sarà messo in salvo, aggrappato da qualche parte cercando di resistere anche lui a questa violenza?

Perché è così che la sto vivendo. Una violenza fisica, ma anche psicologica. Questo ritmo non è il mio, questo ritmo non è quello del mio embrione. Questo è il ritmo di Bea. Ancora una volta, e sempre più chiaramente, mi rendo conto che sto cercando di vivere la vita di un altro. E c'è qualcosa di viscerale, una voce strozzata che urla dentro di me che no, questo non è giusto. Mi fa sentire inadeguata e non capita.

Devo mollare. Bea non mi vede. Bea non mi sente. Ma io non ce la faccio e devo mollare.

Mi fermo di botto, il sangue alla testa, il fiato rotto, ho il cuore che rimbalza nel petto, sento che potrebbe esplodere.

Mi accascio piegata a metà, le mani sulle ginocchia, chiudo gli occhi per ripulire lo sguardo dall'appannamento e quando li riapro vedo che Bea si gira verso di me e si ferma. Torna sui suoi passi, mi raggiunge e mi tira su, mi prende la faccia tra le mani e insiste.

«Ce la puoi fare, Gaia, devi solo volerlo.» I suoi occhi blu da manga, di solito grandi e tondi, ora sono taglienti, affilati.

«No, non ce la faccio, Bea! Non so più come spiegartelo.»

Le sue mani sono ancora sulle mie guance, ora stringono un po' di più. Rimango ferma immobile, tutto gira intorno a noi. Un silenzio, Bea muove impercettibilmente la testa, un segno di delusione, leggo sulle sue labbra una piega all'ingiù che non avevo mai visto.

«Se solo tu lo volessi quanto lo voglio io...»

«Bea, cazzo, non capisci che non è sempre solo questione di volontà?» La voce strozzata finalmente diventa piena, tonda, la sento uscire da me potentissima, la sento urlare tutta la rabbia che ho dentro da tanto, troppo tempo. Ho bisogno di buttare fuori il marcio che c'è per fare entrare il bello.

«Gaia, tu stai sopravvivendo!» Bea scandisce lentamente le parole, le pronuncia quasi al rallentatore perché arrivino forti e chiare. Vedo le sue labbra arricciarsi in una smorfia nervosa e tagliente, le mani ancora sulla mia testa. Me la scuote un po', due scossoni e poi inchioda di nuovo gli occhi nei miei.

«Mentre io provo a vivere, tu ti rifiuti anche solo di uscire da quella tua piccola, scomoda, torbida e stagnante comfort zone. Non è facile neanche per me sai, e non posso continuare a fare tutto da sola.»

Questo è il colpo mortale. Se fino a poco prima continuavo a trovare un senso alla insistente volontà di Bea di motivarmi, in questo istante non riesco più a capire da che parte stia, se dalla mia o solo dalla sua.

Perché quando corri da sola da un po' di tempo ti dimentichi di dover rispettare il tempo dell'altro. Quando sei abituata a correre da sola c'è solo un passo, il tuo. E il mio ormai è troppo lontano dal suo.

Le mie mani vanno lentamente a prendere le sue, per toglierle dal mio viso e poter fare un passo indietro. Ci fissiamo, occhi negli occhi. Dritte come giunchi una di fronte all'altra. Tutto continua a muoversi intorno a noi ma non ci tocca. I cani si affannano a rincorrersi e abbaiano di gioia, bambini strillano e ridono in lontananza, due innamorati si perdono uno nelle braccia dell'altra. La vita gira come una giostra attorno a noi, eppure, tra me e lei si è abbattuto un silenzio siderale.

Non riesco a rimanere dell'altro così, il suo sguardo mi fa male addosso. E fa male dentro. Le nostre braccia inerti lungo i fianchi parlano di resa.

È la prima volta che io e Bea litighiamo. È la prima volta che provo questo disagio palpabile a stare davanti a lei. Sento il bisogno di andarmene, tornare a casa, laggiù nella mia piccola, scomoda, torbida e stagnante comfort zone.

ßeta

È lunedì mattina e da quando ho dato le spalle a Bea non l'ho più sentita né vista. Lei non mi ha fermata, non mi ha più cercata. E nemmeno io.

Sono passati due giorni. Un intero weekend di silenzio. Mi sembra un'eternità. Sono confusa, mi si stringe un nodo in gola al pensiero di non averla nella mia vita ma forse mi sto abituando, dopo quello che mi è successo, a lasciare andare le cose. Soprattutto quelle importanti. E forse devo lasciare andare anche lei.

Non posso fermarla.

Non posso correrle dietro.

Ora più che mai devo prendermi cura di me. Ieri sera ho avuto dello spotting e voglio capire meglio. Pare essere normale ma in ogni caso sono passati quattordici giorni dal transfer per cui è arrivato il momento di fare le beta.

Nonostante alla clinica lo abbiano da subito caldamente sconsigliato, ieri sera non ho resistito e mi sono infilata in uno dei milioni di siti di informazioni dove noi della PMA andiamo a cercare risposte. Volevo capire se i miei sintomi fossero indicatori di una gravidanza o meno e quindi ho googlato: "Quali sono i sintomi di impianto dell'embrione?".

Il primo sito della lunghissima lista risponde prontamente così:

> Ogni donna è un mondo, alcune iniziano ad avere sintomi di gravidanza dal primo momento in cui si verifica l'impianto. Altre, al contrario, non hanno sintomi e sono comunque incinte, quindi è impossibile saperlo con certezza solo dai sintomi. Nel caso in cui ci siano dei sintomi possono essere la presenza di una macchia marrone o rossa nei giorni in cui l'embrione si impianta, con la sensazione di avere le mestruazioni, il torace che inizia a gonfiarsi provocando fastidio, vertigini, angoscia, un maggior bisogno di urinare…

Mi sembra che ci sia tutto. Le macchie di spotting, sensazioni del ciclo con dolori, fastidio al torace… ecco perché non riuscivo a respirare. L'angoscia? C'è anche lei. Le ho tutte.

Mi vesto di fretta, prendo un taxi che mi porti lì dove tutto è iniziato. Chissà se incontrerò la signorina Rottenmeier, se riuscirò a vedere di nuovo la stanza azzurra con la sua atmosfera sospesa, fredda, dalle pareti sterili in cui io e le altre tre donne ci siamo aggrappate alla vita proprio come ogni embrione sta facendo all'interno del nostro utero. Chissà se anche loro stanno diventando mamme.

Il taxi si ferma davanti all'ingresso del Centro Fertilità, pago, esco e mi trovo di fronte alla porta scorrevole di vetro che deve avere la fotocellula impazzita, si apre e si richiude ritmicamente, in un moto perpetuo di isteria che mi strappa un sorriso. Ecco come mi sento.

Apri e chiudi, nero e bianco, sì e no.

La mano destra va istintivamente sulla pancia. Prendo

un bel respiro, cercando di riempire i polmoni di tutta l'aria che riesco, e stavolta si saturano, si gonfiano completamente. Così, con sguardo dritto io e la mia pancia varchiamo la soglia. L'ansia comincia a salire su dalla bocca dello stomaco, pochi passi mi separano dalla verità. Tra poco avrò una delle notizie che cambierà la mia vita per sempre.

Sono stesa sul lettino con le gambe divaricate. Non dovrei essere qui. Stamattina doveva essere solo un prelievo di sangue per misurare la gonadotropina corionica umana, le famose beta hCG, il cosidetto "ormone della gravidanza". È questo ormone il signor SÌ o il signor NO. Sono i suoi valori che cominciano a salire quando l'impianto è avvenuto o, nel caso siano invece fermi al livello minimo, non è avvenuto un bel niente. L'embrione non ha attecchito. La gravidanza non c'è.

L'ostetrica mi aveva detto di ritornare per le 15 e io non sono mai stata più puntuale. Mi ha accolto con gentilezza, dopo qualche minuto mi ha fatto accomodare in uno stanzino dove ad attendermi c'era il lettino della visita ginecologica.

«Si prepari pure, signorina Tessa, dietro il séparé c'è una sedia dove può lasciare l'intimo e gli abiti. Torno subito da lei.»

Non so perché sono qui, con le gambe in aria e in attesa di chissà cosa. La porta si apre, rientra l'ostetrica con i fogli su cui sono scritti gli esiti di alcuni esami del sangue. Non so se sono i miei; io per ora non chiedo e lei non dice. Li appoggia sulla scrivania, lontano da me, spegne la luce e si avvicina al lettino.

Mi guarda, fa un sorriso da cui trapela una strana dolcezza

ma che non capisco fino in fondo. Il liquido azzurro che mi versa sulla pancia, un gel freddo e inodore, fa scivolare la sonda dell'ecografo sulla pelle. Sta cercando qualcosa, qualsiasi cosa che dia un segnale di vita. L'ostetrica sbuffa, non si accontenta e mi dice che vuole provare la transvaginale.

È la volta del manipolo che ora è dentro di me, una sonda che si intrufola dove non dovrebbe. Ho un sussulto, mi dà davvero fastidio, ma, ancora una volta, respiro e resisto. Stringo gli occhi, mi rendo conto che sono già chiusi. Non ho il coraggio di guardare il monitor, percepisco solo il buio della stanza. Ma quel buio è anche dentro di me, lì in fondo alla mia pancia. Quando riapro gli occhi, l'ostetrica è concentratissima. Vaga con lo sguardo veloce e impaziente da una parte all'altra del monitor, col viso che si avvicina sempre di più allo schermo. Ma non vede niente, non c'è niente. Niente di niente.

Sono ancora sul lettino ma mi sono seduta e le gambe penzolano chiuse verso il pavimento. Sulla parete di fronte, un gigantesco poster, di quelli illustrativi da studio medico con tanto di disegni e fumetti. La rappresentazione grafica delle beta è una B molto panciuta il cui stelo si allunga verso il basso con una virgola finale.

La didascalia appena al di sotto cita la seguente descrizione:

> La funzione della gonadotropina corionica umana, o beta hCG, consiste nel provvedere al mantenimento della gestazione, favorendo un ambiente ormonale e tessutale adeguato allo sviluppo dell'embrione.

Un flash e mi ritorna in mente dalle lezioni del liceo classico che, non a caso, beta è la seconda lettera dell'alfabeto greco e il suo nome deriva proprio dalla parola *beth*, in fenicio "casa".

Era chiarissimo. Il mio corpo, la mia pancia, non era un ambiente sufficientemente accogliente, pronto a ospitare una nuova vita.

Mi sento svuotata, un sacco vuoto, un corpo senza vita. Sono solo un involucro pronto a partorire il vuoto e riempirlo di rabbia e rancore.

Lascia andare

Sto camminando da non so quanto tempo e non so dove sto andando. I piedi mettono in fila, silenziosi, un passo dopo l'altro, attenti a non disturbare, per rispettare questo silenzio necessario dentro di me. Tutto intorno una scacchiera di macchine, impazienti di svincolarsi dal traffico cittadino, suonano ripetutamente i loro clacson ormai esausti. Sullo strascico di quel lamento stonato, la mia attenzione si riaccende sul mio movimento.

Dopo essere uscita dalla clinica, non ho capito più molto. Ho cominciato a camminare, lenta, pesante, senza una destinazione. Avevo bisogno di fermare il tempo e contemporaneamente muovermici dentro. Ritrovare un contatto con me stessa, con il mio ritmo, con tutto quello che di me ho perso.

Perché la sensazione è proprio quella di aver perso qualcosa: un braccio, un occhio, un pezzo di cuore. Forse nel mio vagare pensavo di ritrovarli, dietro a un cespuglio, in fondo a un cestino dell'immondizia, dentro a un labirintico parcheggio di quelli in cui non capisci dove sia l'uscita.

E invece sono ferma a un semaforo con la consapevolezza di non aver trovato niente. Ravano nella borsa, cerco nelle tasche, trovo il telefonino, che oltre all'orario non mi dice nient'altro. Nessun messaggio, nessuna chiamata, il vuoto anche lì.

Vorrei misurare i passi che ho percorso fino a qui, contarli e sentire che peso hanno per provare a riempire questo vuoto che mi porto dietro e che pesa più della mia vita intera.

Ecco, questo è un momento che avrei voluto condividere con Bea. Questo è un momento che avrebbe potuto essere nostro e non lo sarà. Tutto ciò che poteva essere non sarà più.

Mi rimbalza in mente il suo "E se lo facessimo insieme?", i suoi occhi trasparenti, le sue mani che mi scuotono il viso, le settimane di punture e di lividi. "Insieme" non esiste più.

Chissà cosa avrebbe detto di quello che mi è accaduto. Chissà cosa avrebbe fatto davanti al mio aborto spontaneo. Che si sa, succede a tante, ma è successo a me e quando una cosa del genere succede proprio a te, ti senti inspiegabilmente l'unica eccezione sulla faccia della terra.

Chissà come mi avrebbe consolato. Perché so che l'avrebbe fatto, ne sono sicura. Mentre io non sono capace neanche di consolare me stessa.

Per questo rimango qui, ferma, nonostante il disperato bisogno di un appiglio. Nonostante il viscerale bisogno di dimenarmi per aggrapparmi a una boa, come ho sempre fatto, per rimanere a galla, non faccio niente. Nella vita ho imparato che devi sempre trovare qualcosa che ti àncora. E sotto di me questa volta non c'è solo un buco nero, questa volta sento proprio il risucchio di un vortice, un gorgo paludoso che puzza di morte.

Eppure stavolta voglio, anzi devo cavarmela da sola. Bea ha già iniziato la sua nuova vita e se prima non avevo nessun diritto di decidere cosa fosse giusto o sbagliato per lei, adesso a maggior ragione non ho alcun diritto di intralciare la sua strada verso la felicità. Lei sta vivendo il momento più magico e incredibile della sua vita, non voglio sporcarglielo con il mio fango. Non posso rallentare il suo passo o appesantirle il cammino, a lei che ora finalmente sta volando.

Non la chiamerò, non posso inquinare in nessun modo la bellezza che sta vivendo, non me lo perdonerei.

La gente continua a camminare attorno a me, una filippina sta correndo sul marciapiede per non perdere l'autobus. Un ragazzo alto e magrissimo, con zaino e cuffiette alle orecchie, avanza spedito a passo di marcia con il ciuffo verde che gli ballonzola sugli occhi. Una mamma allunga una mano alla sua bimba prima di attraversare, con l'altra trascina una bicicletta rosa con le rotelle come fosse un giocattolo rotto.

Tutto scorre. Tutto continua il suo movimento. Nonostante le cose si rompano, le cose si perdano, nonostante tutto, il mondo continua a girare.

Decido di abbandonarmi a quella corrente, so che mi trascinerà via, perché non ho più la forza di opporre resistenza, quindi tanto vale mollare la presa e lasciarsi trasportare. Alla fine, lo so, la corrente mi riporterà a riva. Alla fine, si sa, tutti i vortici prima o poi ti risputano a galla in acque più calme. Proprio come suggerisce il titolo di una canzone di Niccolò Fabi, *Vince chi molla*.

La mamma e la bimba hanno ormai attraversato la strada e sono al sicuro sul marciapiede, quando la bimba lascia la mano per buttarsi come una fionda sulla sua bicicletta. È tanto giusto quanto semplice. La mamma gli è servita per traghettare la paura di non farcela da una riva all'altra, per superare quel momento di difficoltà, per affrontare quel tragitto, seppur breve, ma molto pericoloso.

Mia mamma è stata spesso un traghetto per me. Le mamme a volte sono un porto sicuro, altre un trampolino di lancio, e altre ancora un veicolo per aiutarti ad andare dove sanno che dovrai andare. Lo sarà di sicuro anche questa volta. Non per aggrapparmi, ma per attraversare questa impasse emotiva. Perché la mano tesa di una mamma è come una carezza. Ne hai sempre bisogno.

«Mi manca tanto la mia mamma sai?» dice mia madre, con lo sguardo dolcemente rassegnato, portandomi indietro nel tempo, nel suo tempo, quando era solo figlia.

L'ho raggiunta a casa senza dirle che sarei arrivata. Una di quelle piccole, stupide sorprese che per lei sono come ossigeno. L'entusiasmo di incontrarmi si rinnova ogni volta come se non ci vedessimo da mesi.

Siamo in cucina, la nostra stanza preferita della casa, che da sempre ospita i momenti più importanti della nostra vita, le riunioni di famiglia, le discussioni, i pranzi divertenti e rumorosi. Quando si apre un regalo lo si fa qui, sul tavolo della cucina. Quando c'è da valutare un progetto importante lo si srotola su questo tavolo, che è sempre stato il mio posto preferito su cui sedere.

E anche oggi, seduta sul tavolo, le ho consegnato la mia brutta notizia, proprio come se fosse un cucciolo di cui prendersi cura.

Ogni delusione è un bambino che non diventa grande. In ogni delusione c'è qualcosa che muore. Questa volta, ironia della sorte, non solo metaforicamente. Le ho raccontato del piccolo embrione che non ce l'ha fatta. Che *io* non sono riuscita ad accogliere.

Mi ha stretto a sé con le braccia più grandi del mondo. E lì, dentro quell'abbraccio sono crollata. Di nuovo.

Di fronte a lei sono riuscita ad ammettere per la prima volta che se da un lato era come se volessi che non funzionasse, che non arrivasse, dall'altro mi vergognavo di aver pensato che, se fosse arrivata, ero certa di non meritare questa gravidanza, di non essere capace di fare qualcosa di così grande. Troppo grande per me da sola.

Mamma non esita un secondo e prendendomi per le braccia mi fa sedere esattamente davanti a lei in una sorta di specchio immaginario in cui ognuna guarda negli occhi dell'altra e rivede se stessa.

«Pupa, tu non puoi immaginare cosa sia stato per me. Avevo venticinque anni, a quell'epoca non sapevamo neanche come si facesse a fare un figlio...»

Lascia il soffio di un silenzio, arriccia il naso e scoppia in una risata. Ride forte, l'ironia non la lascia mai, anche nelle situazioni più improbabili. È questo il guizzo di magia che ho sempre respirato nella nostra famiglia. È questo che ci ha sempre salvati.

Non ho il tempismo di risponderle, riesco solo a sgranare gli occhi e lei si ributta nel racconto: «Semplicemente un giorno svenni e papà provò a rianimarmi, stesa a terra in salotto con le gambe in aria, facendomi fare la mossa del vogatore con le braccia. E poi provò pure la respirazione bocca a bocca ma l'aveva vista solo nei film e quindi mi soffiava nel naso...».

Ride ancora di gusto.

Rido anch'io. Mi immagino la scena e in effetti mi rendo conto che spesso la vita sa essere davvero poco romantica.

«Non sapevo come fossi rimasta incinta, figuriamoci sapere come diventare una buona madre... sapevo però l'unica cosa che contava davvero, e cioè quello che mi ha insegnato la mia mamma, nonna Alba. Amare è una delle più grandi fortune che ti possano capitare nella vita. Parte dal desiderio di dare il regalo della vita. E l'unica cosa giusta da fare con un figlio è semplicemente amarlo.»

Abbassa gli occhi, il sorriso si è spento, sciolto tra le sue stesse parole. Un tremolio fa vibrare la sua voce, la commozione è sempre in agguato, pronta a morderle la gola ogni volta che pensa a nonna Alba.

«Mi manca tanto la mia mamma, sai?»

Non ha mai smesso di pensare a lei, la sua assenza è una presenza costante nelle nostre vite. Nonna Alba era davvero una donna d'altri tempi, di quelle che non ci saranno più. Una quercia, robusta nella forma, resistente nella sostanza. Il suo cuore era colmo di gioia di vivere, di amore contagioso e di saggezza, il capo pieno di ricci e di idee, tutto raccolto ordinatamente in uno chignon che portava come il suo accessorio più prezioso.

Nonna Alba aveva cresciuto cinque figli, tra cui la più piccola ovvero mia mamma, dietro il bancone di un bar, l'Antica Caffetteria, in un piccolo paese nell'entroterra pugliese. Il marito, nonno Peppe, nel 1927 era tornato apposta dall'America, dopo aver vissuto tre anni a New York da immigrato, per sposare un'italiana con l'idea di tornare poi oltreoceano a continuare ciò che aveva iniziato, la scommessa di una vita nuova e possibile. Ma lei no, non ne aveva voluto sapere. E quindi mia madre è nata in Italia ed è cresciuta giocando con le macchine del caffè e gli strofinacci legati attorno alla vita, per imitare le ballerine in tutù.

Più il vento sferzava, più nonna Alba era capace di mettere radici ancora più profonde.

Gli occhi di mamma si velano di quell'emozione mai spenta: «Ti ho raccontato di quel detto che nonna Alba mi ricordava sempre? "I genitori possono regalare ai figli solo due cose: le radici e le ali." Anche se tu, Pupa, pensi di non averle, hai dimostrato più volte di poter volare. E allora... per te è arrivato il momento di spiccare il volo, Pupa mia».

Mamma chiama all'ordine tutti i muscoli del suo viso e riaccende un fragile, piccolo sorriso. Fa una pausa lunga, il tempo si ferma, prende un profondo respiro e poi lascia di nuovo spazio alle parole: «Il destino ha deciso per me che non ci sarò ancora per molto. La TAC di qualche settimana fa ha evidenziato una macchia brutta e nera. Mi restano due o tre anni di vita, dicono. Quindi voglio vivere questo tempo residuo al meglio delle mie possibilità. E tu, Pupa, cosa intendi farne?».

Non ci sono scorciatoie

Non penso che si possa sopportare dolore su altro dolore. Non penso sia umano riuscire a incassare i colpi d'ascia sferzati dalla signora Morte senza morire, anche se non ha colpito te. Com'è possibile che la vita a volte si accanisca così tanto?

Io e mamma non abbiamo emesso più un fiato. Mentre ancora siamo una di fronte all'altra in questo specchio immaginario, in questo gioco di sguardi complici e sorrisi riflessi, la disperazione è entrata prepotente, con uno spintone si è seduta tra di noi. La sento, è pesante, mi si è buttata sulle ginocchia, una valanga che mi schiaccia con forza sulla sedia e non mi lascia. Ho gli occhi sbarrati, stanno annegando in un lago immenso, non vedo mamma, non vedo più niente. La sua sagoma sta svanendo davanti a me, come forse farà tra due o tre anni.

Due o tre anni, cosa vuole dire? È tanto? In fondo non ha detto domani. È poco?! Sì, certo che è poco, due o tre anni sono nulla in una vita intera. Non capisco più il significato delle parole, non capisco: lei sta bene! Abbiamo riso e scherzato fino a qualche istante fa!

Ci sono momenti nella vita in cui tutta la tua storia ti passa davanti agli occhi come in un film. Di solito, a quanto dicono, succede quando stai per morire.

Ecco, allora è così che ci si sente, è questo il dolore, forse sto davvero per morire perché davanti a me stanno scorrendo tutte le immagini della nostra vita. Mamma che mi mette una coperta in più quando ho freddo, mamma che mi viene a prendere a scuola, che mi aspetta fuori dal cancello a braccia aperte con Jepuna, il cucciolo di labrador che mi avevano regalato tanti Natali fa, a notte fonda ancora piegata sul tavolo in cucina che mi cuce il vestito da principessa perché sia pronto in tempo per la festa di carnevale. Le litigate da capricciosa adolescente, i *Ti voglio bene mamma* lasciati scritti sui tovaglioli a colazione, gli abbracci senza motivo mentre cucinava. Quella matta vacanza improvvisata in una torrida estate in Spagna, senza aver prenotato un hotel, la spesa del sabato pomeriggio al supermercato con il carrello stracolmo; le foto in bianco e nero, sorridenti e sbiadite, del matrimonio con papà, i video del mio quarantesimo compleanno, che ho scelto di festeggiare solo con loro due, in un viaggio tutto nostro a Nantes. Anche se parlano di passato queste immagini sono vive più che mai.

E allora sì, senza tutto questo potrei morire. Anzi, credo proprio che una parte di me sia appena morta. Forse è vero, come dicono, che morte chiama morte. Oggi ho perso il mio piccolo embrione, custode di un frammento di presente senza futuro. E ho appena scoperto che presto perderò colei che mi ha dato la vita, custode del mio passato più di ogni altro essere al mondo. E di che cosa siamo fatti se non di un labirintico intreccio di passato e futuro? Di memoria e proiezione, di radici e ali…

Non riesco a dire niente, la gola è strozzata in una morsa. Allungo le mani in quel lago che mi annacqua la vista, stringo le sue braccia, tocco la sua pelle, quella pelle che ha tessuto con pazienza giorno dopo giorno anche la mia. Mi chino in avanti, vado a cercare col viso il palmo delle sue mani, quelle che mi hanno tenuta, sollevata, accarezzata, e poi mi accascio sul suo grembo. Mi faccio piccola piccola, vorrei avere ancora l'età giusta per potermi aggrappare al suo collo senza essere considerata infantile, ridicola.

Lei mi circonda con il suo abbraccio che è sempre il posto più meraviglioso in cui stare. Mi avvolge il suo profumo di mamma, mi accoglie il suo tepore di chioccia, mi lascio cullare dal suo silenzio vellutato, morbido e rassicurante. Siamo appoggiate l'una all'altra come un castello di carte, equilibriste virtuose, fragili e coraggiose, che sfidano la forza di gravità e il destino sapendo che, prima o poi, anche un vento leggero le farà crollare a terra.

Rimaniamo così, respiriamo la stessa aria, abitiamo questo stesso tempo, condividiamo questo spazio solo nostro. In questi nuovi punti cardinali tracciamo la promessa silenziosa che questo momento, come tutti quelli già vissuti insieme, sarà per sempre.

Mi sollevo da lei, lentamente. Con un movimento morbido, quasi fossi un fluido denso, oleoso, che lascia la scia dove passa, per farle rimanere addosso qualcosa di me. L'espressione dentro ai suoi occhi è ancora dolcemente rassegnata, di chi ha le spalle larghe e non teme paura. Quegli occhi che mi hanno insegnato il coraggio anche ora non piangono, anzi, luccicano di una scintilla vitale che solo una mamma, in un momento così, riesce a regalare.

Anche il mio sguardo deve essere cambiato. In questi casi

c'è un prima e un dopo la notizia. C'è un prima e un dopo la malattia. Poco prima tutto era possibile. Poco dopo non c'è più niente da fare. Non ci sono scorciatoie.

Mamma si alza, si muove con quella sua solita buffa camminata da paperina che mi intenerisce sempre e si ferma nell'ingresso davanti alla cassettiera. Apre il primo cassetto, quello dove i miei tengono i duplicati delle chiavi di casa, le fotocopie dei passaporti, le bollette in scadenza e le ricette delle visite mediche. In quel cassetto solitamente sostano documenti in attesa, in transito, ciò che deve essere rivisto a breve, un purgatorio dove mettere ciò che ancora non ha una sua destinazione definitiva. Lì dove ci sono le cose che attraversano la quotidianità della vita ma finiranno da un'altra parte. Mamma sposta con precisione la pila di fogli e va sotto a colpo sicuro, un cecchino che, anche nel caos, sa dove andare a colpire. Tira fuori una busta da lettera e torna verso di me. Me la porge, è chiusa, ben sigillata con la ceralacca rossa. Impresso sul tondino lucido c'è un sigillo, il simbolo delle nostre iniziali intrecciate e arricciate ad arte da un incisore artigiano: G F A L. Gaia, Filippo, Alberto, Ludovica.

Mamma, per il suo cinquantesimo compleanno, si era fatta un regalo. Aveva fatto fare di quel sigillo un anello Chevalier, disegnando un simbolo che riprendeva la forma antica degli stemmi nobiliari ma che fosse esclusivamente nostro. Lo indossa, da allora, sempre e rigorosamente al dito mignolo della mano sinistra, seguendo una linea ideale che parte dal cuore.

Alzo lo sguardo sul suo viso, mi sorride teneramente. Col mento mi fa un piccolo cenno col quale mi suggerisce di prendere e aprire la busta. Le sue mani la tengono salda, lo

Chevalier d'oro lucido le decora elegantemente, ma le vene pulsanti tradiscono la sua apparente calma. Deve aver pensato attentamente a questo momento, per questo lo sta celebrando in modo così solenne. Sa che questi attimi hanno una liturgia che deve essere rispettata.

"Pupa mia", inizia così la lettera all'interno, ed è scritta a mano da lei.

Il mio sguardo scivola sulle parole, le insegue, si ferma, torna indietro e insiste su qualcuna, le accarezza una dopo l'altra. Mi asciugo gli occhi velocemente, tiro su col naso, sposto la frangia dal viso, non posso perdere un solo frammento di quello che sta succedendo. I miei occhi si fanno più grandi, continuo a leggere rubando ogni dettaglio, le esitazioni, la grafia allungata verso l'alto, le sottolineature, divoro una riga dopo l'altra.

Mamma ha scritto il suo testamento sotto forma di una lettera d'amore, che vuole essere non solo l'elenco delle sue ultime volontà, ma anche il suo ultimo perpetuo abbraccio a ognuno di noi. E, infatti, la lettera riporta in calce la numerazione progressiva due di tre.

Attraverso gli occhi della malattia, a volte, si riesce a vedere più chiaro quali sono le priorità. La malattia, quella che non ti lascia scampo, è una lente di ingrandimento che ti mette sotto il naso, grandi come mai li hai visti prima, aspetti della tua vita fino ad allora ignorati. Erano lì eppure non li avevi mai visti o non gli avevi mai dato la giusta importanza.

La paura di perdere mia madre mi mette addosso un'urgenza che non avevo mai conosciuto. Il tempo, fino a poco fa lento e fermo, stagnante e sospeso, ora vola, corre a una velocità inaudita. Il tempo sta finendo, e mia madre con lui.

E io cosa posso fare? Come devo comportarmi? Lei cosa vorrebbe che facessi? Come posso non morire di dolore? Come posso, invece, rendere questi ultimi anni della sua vita i migliori che abbia vissuto? Queste domande mi martellano il cervello ma non riescono a uscire: devo fare qualcosa ma non so che cosa. E non posso certo chiederlo a lei.

Sono un gomitolo di dolore, rabbia e confusione. Ciò che però si fa strada dentro di me è la consapevolezza di non poter perdere un solo giorno di quelli che mi aspettano. Non posso vivere con la sensazione di non aver fatto abbastanza della vita che mia madre mi ha donato.

Mi ritorna in mente il mantra "respira e resisti". Resistere a questo dolore dilaniante è impossibile. Ma lo devo fare per lei. Come lo sta facendo lei per noi. Per me, per Filippo, per papà. So che lo farà fino a che ne avrà la forza.

Mamma sta ancora aspettando una risposta ma il mio sguardo le suggerisce che ci sono, che ci sto arrivando.

Mi ripete la domanda, sicura che questi pochissimi minuti siano stati sufficienti per capirlo.

«Quindi, cosa intendi fare del tuo tempo?»

Ho ancora la lettera aperta davanti a me. Lei pazientemente in attesa, in silenzio. In quella sua immobilità, la stessa fermezza di tutto ciò che è intorno a noi, ma io comincio a vedere ogni cosa diversa. Il tavolo accanto alle nostre sedie me lo ricordavo più grande, le immagini mute alla TV che girano a vuoto sono sempre state con noi? Il ticchettio dell'orologio che finora non avevo neanche notato e che ora, all'improvviso, mi risveglia dal torpore, dallo shock, dallo stordimento.

Lascio scivolare via, come minuti ormai persi, le risposte a tutte le domande che non le ho posto. La risposta che invece lei aspetta mi sta salendo dallo stomaco. Sale ma accompagnata da un'altra domanda sentinella. *Qual è la cosa più grande che puoi fare nella vita?*

Eccola.

Creare vita.

È dare altra vita.

Prenderò la vita che c'è in me e la donerò al bimbo che vorrà arrivare. Voglio far vedere a mamma quale sarà il mio futuro, voglio cominciare a costruirlo insieme a lei.

Prendo fiato, riempio i polmoni di nuova aria, raccolgo tutta la forza che ho: «Voglio tornare alla clinica e riprovarci. Questa volta diventerò mamma. E questa volta, tu verrai con me».

La Stranamica

Questa notte in clinica la situazione è davvero calma. Il silenzio che si respira è particolarmente intenso, sembra che le emergenze si siano date appuntamento per un altro giorno, o meglio, un'altra notte. Al momento nessun incidente né imprevisto. Ho appena fatto il giro delle cucce e i due gatti, Principessa e Orazio, stanno dormendo profondamente, l'effetto dell'anestesia svanirà tra almeno tre o quattro ore. Il labrador in convalescenza, Baldo, ha gli occhi chiusi ma so che non dorme; il furbo sta lì col muso appoggiato alle zampe seguendo i rumori con piccoli movimenti delle orecchie, non vuole rimanere solo ma per ora non è molesto. Gli ho fatto la medicazione ai punti che ha sulla zampa alle ventuno, appena arrivata; la prossima sarà da fare domani mattina al cambio turno.

Questa atmosfera sospesa e rarefatta è un piccolo regalo ogni volta che faccio il turno di notte perché quando arriva un'emergenza qui partono fulmini e saette.

I pantaloni della divisa cominciano a tirare un po'. Il pancino sta crescendo, sento una presenza *gonfiotta* che mi fa venire in mente il marsupio dei canguri.

Eppure, nessuno in ambulatorio si è ancora accorto di nulla, e fortunatamente direi. Siamo sempre troppo presi a prenderci cura dei problemi degli altri, dei padroni e dei loro animali, che spesso finiamo per non guardarci neanche in faccia per tutte le otto ore del turno. Figuriamoci notare una minuscola pancina sotto al camice.

In ogni caso, al momento non mi va di condividere una notizia così delicata. Se di solito si aspetta il terzo mese per scaramanzia, io penso che aspetterò qualcosa in più, non mi va di spiegare troppe cose. Il mio segreto cresce dentro di me, me lo porto in giro con gelosia e circospezione, mi fa compagnia quando, come stasera, sono sola, e il fatto di non condividerlo con nessuno mi dà una sensazione di protezione. Proteggo la parte più vulnerabile di me. Perché non basta il giudizio, spesso già molto severo, che tu hai di te stessa, che sei arrivata a un'età in cui non hai ancora fatto quello che la società si aspetta da te, perché poi c'è anche ciò che tua madre, i tuoi vicini di casa, le tue cugine, gli amici e pure la panettiera del quartiere si aspettano da te: sposarti e fare uno o più figli. E perché a giudicare sono sempre bravi tutti, soprattutto coloro a cui non chiedi un'opinione.

È così che in questo silenzio, in questa bolla sospesa in una notte qualsiasi, dopo uno dei tre caffè ammessi in gravidanza per tenermi sveglia, guardo il computer acceso nella stanza dell'ambulatorio uno e non resisto. Mi ributto nel forum. Lì dove i giudizi non sono invitati, dove le cattiverie non hanno terreno fertile, lì dove l'invidia lascia il passo al conforto e al tacito accordo del supporto vicendevole.

Dopo quello che è successo tra me e Gaia ne ho bisogno più che mai, di questo sostegno, di questo navigare in un fluido avvolgente e rassicurante. Questa sera ho proprio bisogno di non sentirmi sola.

Leggendo i nomi delle nuove iscritte mi sorprendo a sorridere perché, sembra quasi uno scherzo, ma alcuni sono grottescamente simili a quelli di alcuni animali ricoverati qui dentro. Principessa, Cleo, Sherry, e via così. E c'è anche Bea, una omonima ma anche la carlina anzianotta e asmatica che bofonchia a ogni passo e che negli ultimi anni ha dato prova di essere l'highlander della clinica. La qual cosa mi rassicura molto. Sarei curiosa di vederle in viso queste ragazze, magari assomigliano anche a degli animali!

Viste da qui, da dietro uno schermo, sembra di assistere a una gran parata in cui ognuna arriva con un cartello con su scritte le proprie disavventure. E per questo le ammiro, penso che non sia facile in nessun caso mettere nero su bianco le proprie esperienze di vita soprattutto in casi come questi in cui si parla di qualcosa di tanto delicato come la gravidanza, l'infertilità, la difficoltà a rimanere incinta. Il disagio di sentirsi delle donne a metà. Se il sesso in generale ormai non è più un tabù, questo argomento invece rimane comunque una delle verità più scomode di cui spogliarsi davanti a chiunque. Soprattutto di fronte a persone care.

È proprio su un ragionamento di questo tipo che la mia attenzione si sofferma. Cherry75 ha da qualche giorno aperto un thread molto interessante che, appunto, parla di quanto la suocera sia estremamente invadente e indelicata. Il titolo parla chiarissimo: *Una suocera di troppo*.

La ragazza si dice ormai esausta e imbarazzata per il modo in cui la suocera insiste a farsi gli affari suoi e del figlio, chiedendo se stanno facendo roba, se è il giorno giusto per lei, consigliando di non perdere tempo in cose stupide come andare al cinema o a cena con gli amici. Insomma, nella loro camera da letto, tra lui e lei c'è sempre di mezzo la suocera e così l'ansia da prestazione blocca la magia.

Penso a quella poverina e a tutte le altre nella stessa situazione, che scrivono sotto al suo messaggio per darle manforte, per raccontarle le loro storie molto simili, che le fanno capire che non si deve sentire sola. Che le consigliano di riprendersi l'intimità con suo marito e difenderla dalla strega. Poi penso a me, che non ho nessuna suocera a cui rendere conto, ma neanche un marito e nemmeno una madre minimamente interessata, se è per questo.

Come si dice, chi troppo e chi nulla.

Passo a un altro thread, quello del *Cosa c'è che non va?* in cui una moltitudine di donne, tendenzialmente piuttosto giovani, si confrontano sulla confusione generata dal fatto di non avere alcun problema fisico o ginecologico: gli esami sono perfetti, ma la cicogna non arriva.

Layla30 scrive:

> Ho appena compiuto 30 anni, io e il mio compagno stiamo provando dallo scorso anno, e... niente. Ogni gine o medico che mi ha visitata dice che non ho nulla che non va, fisicamente sono completamente sana. Il mio compagno ha figli dal precedente matrimonio, quindi non può essere lui.
> Il mio compagno mi trova piangente, mi abbraccia, mi ricorda che abbiamo tante cose per cui esser felici, ma io mi sento inadeguata, tutte attorno a me sembrano produrre bambini su bambini e io non ci riesco. A casa abbiamo tre camere vuote e ogni volta che ci passo davanti prima di andare a dormire mi prende male.

Ognuna di noi entra qui dentro sentendosi la peggiore, la più sfigata, quella a cui va tutto male. E invece, poi, una volta messi in piazza i propri guai, molto probabilmente nessuna li scambierebbe con quelli di un'altra. Perché qui c'è chi vorrebbe diventare mamma, ha tutte le carte per farlo, ha un marito stupendo che lo vuole quanto lei ma non riesce a rimanere incinta. C'è chi lo vuole disperatamente ma il compagno invece non si decide e prende tempo, chi ne ha già avuto uno ma non si dà pace perché il secondo non arriva. E poi c'è chi, invece, non ha neanche un compagno per poterlo fare. Come me. Ma c'è anche chi decide di rinunciare. Come Gaia.

Se ripenso alla sua fragilità, alla sua debolezza, alla sua mancanza di spinta vitale degli ultimi mesi mi torna un brivido. Ormai non la riconosco più.

Gaia, che già nel nome contiene una promessa, oltre a significare vivacità, allegria, leggerezza è anche, nella mitologia greca, la Dea Madre di tutti gli dèi. Mica uno solo. È la Madre Terra che dona la vita. Nel nome, un destino. Eppure, come per un malefico incantesimo, il nome, e colei che lo indossa, si è svuotato di tutti i suoi significati.

Ma Gaia non è la sola: trovo infatti lo stesso senso di svuotamento nel thread che mi è appena apparso sullo schermo del computer. Il titolo è lapidario: *Basta, io rinuncio.*

RoseFire, ha messo nero su bianco tutto ciò che ho visto succedere a Gaia negli ultimi mesi. Anzi, in realtà è tutto quello che in Gaia ora non c'è più. E pare, dai messaggi che fioccano in risposta, che non ci sia più in tante altre utenti del forum: la voglia di provarci, la forza stessa della vita, quella che fa girare il mondo.

Leggo tutto d'un fiato il suo lungo post, sento il senso di

pesantezza che sta vivendo in ogni frase che scrive. Ma di tutto il suo sfogo emotivo ciò che mi colpisce di più sono le parole che usa per chiudere il messaggio.

> Continuo a chiedermi: che cos'ho che non va? Ma ora BASTA, non sono in grado di sopportare altri mesi così. Mi sento inutile, sola e non compresa.

Penso che questo sia proprio ciò che ha sentito Gaia. L'essere sola. E non compresa. E io purtroppo mi sono sentita sola e non compresa a mia volta in questa avventura. Non ho più avuto la forza, non ce l'ho fatta a continuare ad annaffiare una piantina ormai secca. Era come se l'acqua andasse da tutte le parti ma mai al cuore.

Cosa avrei dovuto fare? Come avrei potuto aiutarla? Pensando di farlo l'ho portata su questa strada difficile, tortuosa, in cui la camminata in solitaria a me non spaventava più di tanto, mentre per lei era un percorso di sopravvivenza troppo difficile. Perché è vero, siamo diverse. Ognuno cerca la sua felicità; ha un suo modo di essere felice. Il senso di colpa per averle fatto fare qualcosa di così grande e di così tanto sbagliato per lei non mi dà pace. Non sono riuscita a capire che ciò che per me era una opportunità per lei si è rivelata una trappola.

Sono le cinque del mattino, mi sveglio con il miagolio insistente di Orazio, il micione arancione che abbiamo operato di calcoli renali. L'effetto dell'anestesia deve essere finito e il poverino avrà anche sete. Mi devo essere addormentata con la testa sulla tastiera del computer, anche la caffeina deve aver esaurito il suo effetto su di me. Riempio la ciotola del micio di acqua, faccio scivolare dentro qualche goccia di antidolorifico e due di un leggero sedativo per continuare a farlo dormire. Rimandare la percezione del dolore postoperatorio gli darà l'illusione che sia un po' più sopportabile.

Anche perché un gatto particolarmente battagliero come lui, per cui già il solo prelievo di sangue si era trasformato in un rodeo, al risveglio dopo un intervento simile ha tutte le ragioni per essere davvero molto incazzato.

Forse è così che piano piano il dolore può sembrarci meno penetrante. Non sentirlo, far finta che non esista, anestetizzare i nostri sensi. Però così facendo non sentiremmo neanche la gioia, l'entusiasmo, la voglia, eventualmente, di rischiare di nuovo. È il bagaglio che si sta portando dietro Gaia, un'overdose di anestetizzante con cui non sente più nulla.

Al contrario, dentro di me c'è ancora una vocina che continua a ricordarmi che, nonostante le delusioni e le difficoltà, ci sono così tante cose belle per cui vale la pena vivere e combattere... per esempio, anche solo quel rinnovarsi instancabile della speranza. È lì che risiede la linfa vitale per eccellenza. Quante volte nel corso di una vita, dopo una sconfitta, dopo una delusione, torna a trovarci la signorina Speranza?

È lei che ti sorprende quando meno te lo aspetti, è lei che ti contagia con ottimismo ingiustificato, è sempre lei che ti fa l'occhiolino per convincerti a lasciarti tentare da un'ambiziosa e tentacolare illusione.

Torno al PC e sullo schermo appare un nuovo thread:

Cara Trilly, innanzitutto auguroniii!!! Ho letto dei tuoi test finalmente positivi e vedrai, le beta saranno altissime, la cicogna è in volo e sta arrivando! Aspetto il lancio delle piume per beccarne qualcuna...

Mi è sempre più chiaro che in questo percorso l'elemento più importante è avere al proprio fianco i giusti alleati. Non ho un compagno innamorato, non ho una madre complice, ora non ho più neanche la mia amica del cuore. Ma diventare madre è, in fondo, un atto di incredibile, ingiustificato ottimismo.

Così mi aggrappo ancora di più a questa incoraggiante, ambiziosa e contagiosa speranza. È l'unica scelta che posso fare: da oggi sarà la mia nuova Stranamica.

Il punto zero
(del bello che verrà)

Sono trascorsi due mesi e mezzo da quel pomeriggio insieme a mamma. Esattamente settantacinque giorni. Ma, nel frattempo, quante vite sono passate? La mia percezione del tempo, dal momento preciso in cui sono venuta a sapere della sua malattia, non conosce tregua e in un solo giorno ne vivo due o tre, mentre tutto attorno a me sembra scorrere lentissimo. O forse sono io che il tempo me lo mangio.

Sono tornata alla clinica, lì dove tutto è iniziato. Sono tornata al punto zero. A volte penso sia inevitabile. Ci sono dei momenti in cui ricominciare da capo è l'unico modo per poter andare avanti. Alcune cose devono essere fatte una o più volte per essere capite davvero. Soprattutto se, come me, tendi a opporre resistenza.

A proposito di resistenza, anzi direi proprio di ostilità, la signorina Rottenmeier mi ha accolto con un bel rimprovero, proprio come avrebbe fatto con Heidi, come se fossi stata una bambina ribelle e incosciente. Il suo sguardo mi ha fulminato non appena le sono apparsa davanti, di nuovo con il mezzo camice. Ma, alla fine, sembra esserle sfuggito un leggerissimo moto di istintiva apprensione e si è raccomandata di stare più a riposo questa volta. Nonostante ciò, nessun sorriso, nessuno sconto, nessuna parola di conforto.

Non c'è stato nulla di nuovo, in questa seconda volta, dentro queste stanze come nei luoghi della mia mente, dove le informazioni erano già note; giocavo a riconoscere e catalogare nel "già fatto" ciò che mi stava accadendo.

La procedura si è ripetuta come un cliché, esattamente nello stesso identico modo, con gli stessi miseri tempi, ma questa volta senza la compagnia della paura. Perché ciò che conosciamo non fa più così tanta paura.

Quindi eccomi qui, sulla stessa sedia, in questa ormai meno estranea stanza azzurra, dove sono sicura di aver lasciato come soprammobili alcuni dei miei pensieri più fragili e con l'irrefrenabile bisogno di consolarli. Orfani di una Gaia che ormai non c'è più.

Siamo di nuovo in quattro, ognuna nel suo angolo. Non ho voglia, o forse il coraggio, di rompere il silenzio pesante che ci avvolge, per indagare con le altre se fosse la prima o l'ultima volta, oppure la numero X di una lunga serie. Io potrei dire "È l'ultima volta che tento" ma in realtà sento che non potrei mai prendere una decisione così definitiva qui dentro. A questo pensiero sento un brivido scorrere lungo la schiena, perché la sensazione, la vera nuova sensazione tra queste quattro mura è di essere come davanti a una slot machine in cui continui a metter dentro soldi e speranza, ma lei gira a vuoto e ti dà l'illusione che se questa volta non hai vinto, sicuramente la prossima sarà quella buona.

La prossima, però, non questa. È una sorta di febbre che conosce bene chi pratica il gioco d'azzardo, chi sfida ciecamente e ostinatamente le leggi della probabilità e della statistica strizzando l'occhio alla dea Fortuna. Allo stesso modo, noi qui, coraggiosamente folli o follemente coraggiose, sfidiamo le leggi della natura, della biologia, complici la scienza e – anche qui – tanta fortuna, e insistiamo a provare e riprovare. Perché c'è sempre quella vocina che arriva da dietro l'orecchio e ti sussurra: "Se la prossima fosse davvero la volta buona?". E la tua risposta è inevitabile: "Non posso mica fermarmi qui. In palio c'è il jackpot di una vita!".

Questa immagine mi lascia una sensazione di disgusto, non posso aver pensato davvero a una cosa così brutta. La maternità può essere paragonata a una roulette? Nonostante ogni mia cellula si rifiuti di credere che possa essere così, la ragione mi dice di sì.

O esce rosso o esce nero.

O sì o no.

O vita o morte.

Les jeux sont faits. Rien ne va plus. E se va male si rilancia, e si ricomincia, appunto, da capo.

Nelle pieghe buie di questi pensieri cerco un po' di luce sui visi delle altre donne. La più giovane guarda nervosamente il telefonino, l'altra si sta mangiando le unghie con così tanta foga che tra poco arriverà ai gomiti, e l'ultima, la più "matura", guarda semplicemente per terra. Gli occhi puntati in basso, sui piedi, lo sguardo assente. Sembra non aspettarsi nulla, sembra averne viste già tante, forse troppe vincite sfumate.

Eppure, in fin dei conti, ognuna di noi è qui per sfidare il destino.

La mia personalissima e ineguagliabile tombola, però, io l'ho già vinta. Ma, come spesso capita nella vita, per l'ironia che accompagna la sorte è una vittoria che non durerà a lungo. Almeno su questa terra.

La mia tombola mi sta aspettando nella sala d'attesa, e

risponde al nome di mamma. Come le avevo chiesto, mi ha accompagnato per questo secondo tentativo, e in un gesto così piccolo e semplice trovo tutto il senso di questa sfida alla vita.

La sua presenza assume il significato di un passaggio di testimone della sua natura di mamma nelle mie mani. Come il tedoforo che accetta, durante la sua corsa, di prendere la fiaccola olimpica e insieme a quel gesto accoglie la preziosa missione di portarla alla cerimonia senza far spegnere la fiamma.

Mamma mi aspetta in piedi. È la prima cosa che vedo quando esco dalla porta. Ha disegnato in viso un sorriso commosso, l'abbraccio aperto pronto ad accogliermi e le guance rosse di una vampata di gioia. Sono convinta che avesse la stessa espressione di stupore quando sono nata. E in effetti, oggi è nata davvero una nuova Gaia.

L'abbraccio è magnetico, ci incolla una all'altra, e non potrebbe essere diverso. La tensione che avevamo si scioglie come burro. Qualsiasi cosa succeda da oggi in poi, nel bene o nel male, siamo pronte ad affrontarla.

Mamma si allontana di qualche centimetro dal mio viso, giusto lo spazio per infilarci un sorriso più rotondo.

«Mamma, è andata» dico ancora intontita dalla sedazione.

«Adesso, Pupa, devi lasciare andare tutto il resto» mi sussurra fermamente.

Mi scoppia un sorriso da ebete mentre cerco di afferrare le sue parole. Sono in equilibrio tra uno stato di ubriachezza, dovuto alla sedazione, e a un'euforia frizzante per cui potrei ballare per ore come a un rave party e non sentire la stanchezza.

Mi sento improvvisamente fiera di me, del muro che ho abbattuto, seppure l'abbia fatto cadendoci rovinosamente sopra. In tutto questo tempo ho imparato ad accettare le porte che si chiudono, a brindare alle strade sbagliate, ad accogliere, nonostante il dolore, le storie che finiscono.

Perché forse è proprio lì, nella fine delle cose, che ti aspettano i nuovi inizi e solo una volta che arrivi alla fine tutto può ricominciare.

Mamma si avvicina e mi accarezza il viso, la mia guancia si arrende alla sua mano e si fa cullare. Sì, è proprio un modo bellissimo di ricominciare.

La voce della Rottenmeier interrompe questo momento magico e mi rincorre dalla stanza azzurra:

«Signorina Tessa, veda di non esagerare questa volta, deve stare a riposo!».

L'appellativo "signorina" mi ricorda che qui fuori non c'è un compagno ad aspettarmi, come dovrebbe essere nella normalità. Non c'è un marito emozionato, neanche un fidanzato in ansia. Nulla è come avrei voluto che fosse. Sognavo il matrimonio perfetto, l'abito bianco, i parenti e i confetti. Sognavo di diventare mamma naturalmente e di scoprirlo con il tradizionale rito dello stick.

Ciò che mi attende, invece, è un'altra vita. Ma oggi mi nutro di quello che ho; quello che non ho non mi avvelena più. Mi nutro di queste raccomandazioni, dell'abbraccio di mamma e perfino delle esortazioni della Rottenmeier, e mi suona tutto così rassicurante che va bene così, mi ci voglio crogiolare dentro ancora un po'. È un territorio accogliente, morbido e caldo e non c'è nient'altro che vorrei al posto di tutto questo.

Non appena riesco a mettere a fuoco, con la coda dell'occhio, vedo che due infermiere si sono fermate sulla soglia del reparto e assistono incuriosite alla scena come in una puntata di *Grey's Anatomy*; in fondo questa sceneggiatura non è così frequente. Qualche passo più in là, alle spalle di mamma, c'è anche un'altra ragazza che ci sta guardando in modo sfacciatamente invadente e che prima, troppo presa dall'emozione, non avevo notato. Continua a osservarmi con la testa leggermente inclinata verso sinistra. Rimetto a fuoco di nuovo sugli occhi azzurri da manga, è come se mi parlassero.

In un istante l'anestesia svanisce, un battito di ciglia e la vista torna limpida: è bionda, ha i capelli lunghi e il naso importante. È lei, è Bea, ed è qui, seduta davanti a me.

Mi volto verso mia madre per condividere la sorpresa ma il suo sorriso divertito mi fa capire che lei sa già tutto.

Bea si alza. Tra di noi pochi passi e un minuscolo ma impertinente pancino che ha tutta l'aria di volersi far notare. Con la mente rincorro i giorni e cerco di capire quanto tempo è passato, quando la sua voce mi anticipa:

«Siamo appena entrati nel terzo mese».

La mano destra esce dalla tasca e si appoggia sul pancino, anche lo sguardo scivola ad accarezzarlo dall'alto in basso quasi per sottolinearne la rotondità appena accennata. Bea è talmente magra che si sarebbe intravista anche la sagoma di un'oliva di troppo.

«E ci sei mancata tantissimo, zia Gaia» aggiunge guardandomi diritto negli occhi.

Un attimo di silenzio, poi anche le mie mani vanno istintivamente al mio ventre, le appoggio morbidamente, accarezzo la pancia, guardo mamma e poi di nuovo Bea, vedo davanti a me un percorso già scritto, come se il destino si stesse disegnando davanti ai miei piedi. Mamma con il nostro passato da una parte e Bea e i nostri piccoli cuori in mano in un futuro non troppo lontano. Esplodiamo in una risata fragorosa, liberatoria, che in meno di due respiri diventa un silenzioso e leggero pianto di felicità.

Dopo avermi detto della sua malattia, in quel famoso pomeriggio, mamma aveva chiamato Bea per raccomandarsi di prendersi cura di me quando lei non ci sarebbe stata più. Bea le aveva raccontato della nostra lite e insieme avevano capito che l'unico modo di aiutarmi era lasciar fare al tempo. Solo lui riesce a guarire certe ferite.

In questo caso era bastato davvero poco per farmi capire che, se non avessi preso coscienza in fretta di tutte le cose belle che avevo intorno e del tempo che stavo perdendo senza godermele, in un attimo avrei perso non solo mia madre, ma anche me stessa.

Io non solo ho già vinto. Ho fatto super bingo.

E ora è arrivato il momento di riscuotere tutto il bello che verrà.

Ricomincio da qui

E poi arriva il mattino a raccontarci come si fa, ogni volta, a ricominciare. Sono nel lettone della mia camera, ho appena aperto gli occhi e il soffitto sopra di me, ormai di un bianco sporco, mi suggerisce che è arrivato il tempo di dare una bella rinfrescata.

Il lampadario, sempre triste e depresso, pende su di me e anche lui sembra chiedermi quando potrà essere messo a riposo e lasciare spazio a una nuova plafoniera dalla cromatura smagliante.

Accanto a me, il letto è disfatto, le lenzuola arricciate raccontano finalmente di una presenza in quella desolata metà. Ieri, dopo la clinica, io, Bea e mamma siamo rientrate a casa mia. Mentre cercavo di far sedimentare il frappè di tutte le emozioni della giornata, mamma ha improvvisato, tra una chiacchiera e qualche immagine distratta al telegiornale, una deliziosa spaghettata al pomodoro e abbiamo cenato tutte e tre insieme sul mio terrazzo.

Dopo cena, papà è venuto a prendere mamma, un saluto affettuoso, poche parole e un abbraccio forte dei suoi mi hanno dato la buonanotte. Come spesso accade nella nostra famiglia lui sa ma fa finta di non sapere e non chiede, perché sa che per ora i dettagli possono aspettare.

Bea è voluta rimanere a dormire da me. Non voleva lasciarmi sola la prima notte dopo il transfer e come una chioccia ha vegliato sul mio sonno che, a guardare l'ora, deve essere stato profondo e molto lungo.

Sono le 10.27, e a sentire i rumori provenienti dalla cucina sembra che Bea stia preparando il cenone di Natale. È andata a correre, presto, mentre io ancora dormivo, è rientrata, si è fatta la doccia e ora, ancora con l'accappatoio addosso e i capelli gocciolanti, si muove tra tazze, latte e biscotti.

Mi affaccio alla porta della cucina, non si accorge subito che la sto osservando. Mi piace vedere che si muove tra le mie cose come se fossero sue. La capacità di adattamento di Bea ha qualcosa di camaleontico.

«Buongiorno...» le sussurro in quell'atmosfera da pubblicità. Purtroppo la solita voce di Gollum mi tradisce, rendendo il tutto un po' meno bucolico.

«Alla buon'ora!» Bea si gira di scatto e con la moka tra le mani lancia il primo avvertimento: «Questa per un po' la mettiamo da parte, meglio evitare la caffeina, d'accordo?».

La guardo e arriccio il naso, mi aspettavo un attimo di dolcezza di prima mattina, anche se per lei è già passata quasi mezza giornata.

«Buongiorno anche a te, Bacolo, come ti senti? Benone, grazie, ho dormito profondamente. E tu? Ah, io mi sono svegliata presto e come sempre ho cominciato a correre come una dannata...» mimo il balletto di botta e risposta, cambiando anche voce e tonalità.

Mentre a me piacciono queste piccole formalità, Bea salta i convenevoli e va sempre dritta al punto. Sarà una deformazione professionale della runner che vede in ogni cosa un traguardo da raggiungere nel minor tempo possibile.

Ridiamo come abbiamo sempre fatto; prenderci in giro non è mai stato un problema per noi. A maggior ragione dopo tutto questo tempo senza vedersi, senza parlarsi, senza abbracciarsi. Mi è mancata davvero tanto.

Ieri sera, prima di addormentarci, ci siamo abbandonate a un lungo flusso di coscienza dicendoci con trasparenza e libertà tutto ciò che era successo in queste settimane, sia dentro che fuori di noi, incassando l'una i colpi dell'altra. Era giusto così. Non avremmo lasciato mai più niente di non detto.

Sento un profumo particolare nell'aria, intenso ma che non riconosco subito. Bea sta armeggiando con il bollitore dell'acqua calda, con delle radici che non riconosco e un barattolo di miele.

Mi appoggia davanti una tazza colma di acqua e mi dice che quella sarà la mia colazione da oggi in poi.

La assaggio, pizzica e sa di detersivo. «Ma cos'è?!» chiedo io contorcendo ogni muscolo della faccia che alla fine si allunga nell'*Urlo* di Munch.

«È una tisana allo zenzero! Ti aiuta a combattere le nausee da gravidanza.»

«Ma io non ho ancora la nausea.»

«Per ora» ribatte lei, piccata.

«*Bleah*, con questa schifezza mi verrà sicuramente» le rimbalzo la battuta.

Lei mi guarda e addentando un pancake al cioccolato sorride.

Rido anch'io, con il viso tuffato nella tazza fumante, mentre il vapore dell'acqua calda mi appanna lo sguardo e poi mi scalda lo stomaco.

Al di là delle parole, lo sguardo vivace di Bea dall'altra parte del tavolo mi dà il buongiorno che vorrei sempre avere. La sua premura, la sua allegria contagiosa è ciò che potrebbe darmi ogni giorno la voglia di ricominciare.

Inghiotte il boccone, beve un bel sorso di latte dalla tazza e appena la allontana dal viso mi trovo davanti a una delle immagini più buffe ma più tipiche di Bea. Tutto intorno alla bocca ha dei pezzettini di cioccolato e briciole spiaccicate, mentre la sua espressione si è fatta più seria.

«Io le ho le nausee e ti assicuro che non è per niente divertente.»

Allungo una mano verso di lei e le passo il tovagliolo sulla bocca; lei, come una bambina, finisce di pulirsi con il dorso della mano. Anche questo è tipico suo, ogni macchia per lei è una medaglia.

Mi rendo conto che Bea ha attraversato i primi tre mesi di questa incredibile avventura in assoluta solitudine. Le nausee devono essere state il minore dei mali e quella che si lamentava ero io. Non posso neanche immaginare cosa deve aver provato e come deve essere stato triste non avere qualcuno accanto con cui condividere questi momenti, a cui affidare i giorni di stanchezza, le paure della notte.

«E le voglie?» chiedo con delicatezza. «Anche quelle ti sono venute?»

«Eh, accidenti, sì… ma me le sono fatte passare. Anche perché durante le notti in ambulatorio andare a cercare dei pistacchi di Bronte era un po' fuori mano…»

Ride, prima di rituffare il viso nel latte.

Vorrei continuare a farla ridere sempre. Ma soprattutto non farle mancare l'aiuto che durante questi primi mesi non sono stata capace di darle e che, invece, ci eravamo promesse.

Io non so ancora se questo secondo tentativo andrà a buon fine, se il mio embrione attecchirà, se questa volta il mio corpo si farà casa per una nuova vita. Ma indipendentemente da questo, voglio comunque essere la "casa" per chi nella mia vita c'è già. Lo voglio essere per mamma, per il tempo che le rimane. Voglio essere rifugio, protezione, accoglienza quando ne avrà bisogno. Voglio esserlo per Bea, e per la vita che porta in sé.

In fondo, ognuno ha la famiglia che si crea. E la famiglia è casa. Noi due potremmo non avere mai una famiglia tradizionale. Potremmo avere un futuro sbilenco, monco, che per molti non ha né capo né coda, che per molti non ha un senso, perché non si basa su un rapporto ufficiale che rientra in una delle categorie socialmente riconosciute e tradizionalmente accettate. Non siamo una coppia. Ma non siamo solo amiche, siamo molto di più. Non siamo neanche amanti. Non siamo sorelle, non siamo cugine, non abbiamo lo stesso sangue. Ma abbiamo nel nostro DNA la stessa voglia di condividere un momento unico e irripetibile. Come due compagne di viaggio, due mamme gemelle, due embrioni di una strana famiglia-non-famiglia che sta nascendo dentro e intorno a noi. Ed è condividendo uno dei periodi più importanti della nostra vita che potremo creare ciò di cui abbiamo davvero bisogno: un porto sicuro.

Perché senza condivisione la felicità avrà sempre un gusto dolceamaro. E non potendo condividere questo percorso con colui che ci sarebbe piaciuto avere al nostro fianco, secondo il famoso piano A, abbiamo dovuto aprire la casella del piano B, scegliendo di viverlo così, insieme.

Mi ritorna in mente ancora una volta la frase di Bea all'alba di tutto questo: «E se lo facessimo insieme?». Ricomincio da qui, tra un sospiro a colazione e pensieri felici che si fanno sempre più nitidi via via che i vapori della tisana si dissolvono. È proprio su questa frase che sento entrare quel profumo nuovo nei polmoni e poi, di getto, mi esce l'idea.

«E se andassimo a vivere insieme?»

In due sarà più facile restare svegli

«Poi qualcuno mi spiegherà perché la chiamano "dolce attesa"!»

Bea fa appena in tempo a pronunciare quella frase che tuffa, per la quarta volta, la faccia nel water.

La domanda ha un tempismo perfetto. Cerco di trovare la parola più adatta alla situazione per risponderle ma mi perdo a seguire questo suo sali e scendi.

Le sostengo la fronte, raccolgo e trattengo i capelli che le vanno inevitabilmente davanti al viso e, a ogni sussulto, chiudo gli occhi, sempre più stretti.

Lei vomita. E io stringo gli occhi.

Finalmente rialza la testa e cerca di respirare profondamente.

«Bevi un po' d'acqua fresca, Bea. Magari ti fa sentire meglio.»

«Ti do questa notizia, Gaia: con le nausee anche l'acqua ti fa vomitare.» Bea è tranchant, ma il suo humor non l'abbandona mai.

Lo sapevo, lo sapevamo tutte e due che sarebbe arrivato questo momento, solo che, quando ci sei dentro, non è esattamente come quando te lo spiegano.

Mi fulmina con uno sguardo, stavolta però i suoi occhi

blu danno sul grigio. Sono spenti e sofferenti. Deve stare davvero male.

Siamo in bagno da almeno due ore, lei è china sulla tazza del WC e tiene le mani appoggiate alle ginocchia, proprio come quando, dopo aver superato il traguardo di una maratona, ti appoggi a te stessa, orgogliosa, stanca ma felice. Ecco, questa sembra proprio un'altra delle mille maratone di Bea, ma il traguardo è ancora molto lontano e lei è sfinita, sì, ma tutt'altro che felice.

«Sarà stato il muffin al cioccolato?» le chiedo timidamente.

«Macch...» Bea non fa in tempo a formulare la risposta che un nuovo conato fa uscire anche quel poco che è rimasto nel suo stomaco. Sembra la ragazzina dell'*Esorcista.*

Sento la mia pancia contorcersi e non vorrei mai essere nei suoi panni, e mentre lo penso mi viene in mente che, invece, forse, presto lo sarò.

Ci passano quasi tutte sotto questo flagello, solo una su quattro non lo sperimenta. Ma poche poi se ne ricordano, e quando ormai sono mamme fatte e finite, ti dicono: "*Massì*... cosa vuoi che sia un po' di nausea?!".

Bea sembra avere un attimo di tregua. Riapro gli occhi e vedo che stiracchia un sorriso malefico, deve avermi letto nel pensiero, perché con voce roca sussurra: «E comunque presto toccherà a te...».

Istintivamente chiudo di nuovo gli occhi, lo faccio spesso quando mi trovo davanti a momenti difficili, importanti. Ho vissuto questi ultimi mesi così, a occhi chiusi. Come per trattenere la forza che mi serve per affrontarli. Come per non disperdere quell'energia vitale che viene da dentro. Come, a volte, per non guardare in faccia la realtà. Ma è arrivato il momento di aprirli e di farlo. Quindi prendo fiato e li apro.

La tregua continua, sento i muscoli di Bea rilassarsi sotto le mie mani, il respiro tornare a poco a poco più calmo e lo sciacquone finalmente arrestarsi.

Si tira su, di nuovo dritta sulla schiena, si lava la faccia, respira profondamente e, guardandosi allo specchio, scosta i capelli dal viso pallido. Con passi lenti e ben calibrati torna verso la cucina, io le sto alle calcagna. Acchiappa il cellulare sul tavolo, digita il numero della ginecologa della clinica e mette il vivavoce, vuole essere rassicurata su cosa succede all'embrione durante questi episodi di vomito.

Dopo qualche minuto di musica di cortesia, riesce a prendere la linea per parlare con la dottoressa.

«Sì, mi è capitato altre volte ma non con questa frequenza, almeno fino a ora. Stamattina è la quinta volta in due ore.»

«*Mmm*, a che settimana è lei?»

Bea fa uno strano cenno con la testa, come a dire questa la so! E la mano va fieramente al pancino, lo accarezza disegnando dei grandi cerchi attorno all'ombelico.

«Sono alla decima più due, la prossima settimana ho l'ecografia e lo screening.»

«Allora signorina, in genere la nausea ha il suo picco tra la dodicesima e la quattordicesima settimana, quando è massima anche la concentrazione dell'ormone HCG, e se ne va entro la fine del quarto mese: è improbabile che continui anche nei mesi più avanzati della gravidanza. Deve avere ancora un po' di pazienza. Certo che...»

Bea non la lascia finire, la sua urgenza è un'altra: «Ma lui soffre mentre io vomito?».

Lo sguardo di Bea è fisso, arrampicato da qualche parte sul muro di fronte a lei e non molla la presa. Lei è qui ma con la testa è dentro la sua pancia.

«Allora... l'embrione di per sé non sente nulla. Tuttavia, il vomito, se prolungato, può portare ad alcune complicazioni poiché altera l'equilibrio elettrolitico fondamentale di sodio e potassio che regola, tra le altre cose, il battito cardiaco. Certo, se lei non riesce ad alimentarsi non avrà la forza di portare avanti tutto, ed è chiaro che prima o poi si dovranno prendere provvedimenti. Se dovesse ricapitare con questa frequenza può prendere il Plasil, una iniezione intramuscolo al dì.»

Bea si volta verso di me, gli occhi spalancati, terrorizzati e, ne sono convinta, non per la paura di una stupida iniezione. L'idea che il suo stesso corpo possa nuocere al piccolo che sta crescendo dentro di lei è quanto di più spaventoso potesse sfiorare il suo pensiero.

«Plasil...» ripete Bea come un automa. «Uno al dì. Va bene grazie dottoressa.»

Lo sguardo è di nuovo perso, lanciato da qualche parte dietro di me.

Dei gran lacrimoni cominciano a rigarle il viso. La bocca si piega all'ingiù come in un cartone animato, il mento comincia a tremare e il labbro inferiore lo segue.

Mi butta le braccia al collo e una vocina stridula e lamentosa esce dal suo petto: «Ma io non sono malata, sono solo incinta! Io non voglio prendere medicine, non le ho mai prese...».

Questa non è la Bea che conosco ma una gestante in preda a una classica tempesta ormonale. Nel microdramma che si sta consumando tra le mie braccia, immagino i suoi ormoni che ballano impazziti al ritmo di musica techno, che neanche la natura riesce a spiegare. Figuriamoci noi due. L'unica cosa che so è che deve essere assecondata e capita, accolta.

Perché uno degli aspetti più assurdi della gravidanza, che di per sé è già un mistero inspiegabile, è che le donne in stato interessante, per tutti i nove mesi di gestazione, siano in preda agli effetti schizofrenici del saliscendi dei livelli ormonali, e di conseguenza non siano del tutto padrone delle proprie emozioni. Sono più nervose, suscettibili e spesso piegate da una stanchezza che sfida la pazienza. È proprio così che, senza alcun preavviso, la crisi di pianto isterico e immotivato prende il sopravvento e si abbatte sulle poverine. E su tutto ciò che le circonda. Come sta succedendo a Bea. E come sta succedendo a me.

In questi momenti, non si sa bene il perché, ogni cosa può diventare un dramma, una tragedia senza precedenti né rimedio. Come vedere lo spot di una casa di riposo per anziani in TV, oppure non trovare il tuo numero di scarpe in negozio o persino se ti cade due volte di fila il rotolo di carta igienica dalle mani.

Sono drammi, drammi veri. Per te che sei incinta. Per il resto del mondo è uno sketch comico.

La fatidica "dolce attesa", come posso constatare, per alcune tanto dolce non è. Lo stato di grazia di una donna incinta si misura nei chili presi, nelle crisi isteriche, nei mal di schiena e nelle scale fatte a metà, perché è troppo faticoso continuare a salire fino in cima ma lo è altrettanto scendere e tornare al punto di partenza.

Certo si dice che quando sei incinta sarai più luminosa con pelle e capelli bellissimi, entrerai magicamente in uno stato di pace col mondo intero perché tanto, tu e la tua creatura, vivete in un mondo a parte e vi nutrite solo del vostro amore reciproco. Ma la gravidanza è davvero quel rifiorire della donna capace di cancellare ogni preoccupazione, le spanne di smagliature che la vita lascerà sulla sua pelle? Funzionerà anche per le cicatrici sul cuore?

Io non lo so. E non solo perché non sono ancora mamma, ma perché ognuna di noi vive questo percorso in modo completamente e unicamente suo. Se il tragitto sembra uguale, con le stesse tappe scandite da mesi e settimane, non lo è il modo in cui risponde il corpo di ognuna di noi, e il modo in cui ciascuna di noi reagisce a ciò che il corpo fa o non fa. E, soprattutto, come la nuova creatura reagisce a tutto ciò.

Forse è proprio in questo passaggio che bisogna ricercare il cuore della "dolce attesa", una situazione che suscita sensazioni o reazioni affettive di tenerezza e abbandono, di non resistenza. È necessario saper attendere e accogliere dolcemente ogni cambiamento.

Mi ritrovo a stupirmi di quanto io sia già cambiata, quanto oggi mi senta più disposta ad accettare ogni trasformazione che è già avvenuta in me o che, prima o poi, si verificherà.

Se dovessi immaginare un atlante delle mie nuove emozioni e disegnare il viaggio che ci aspetta, mi vedo seduta al molo di un piccolo porto ad aspettare la mia nave. Guardando lontano e sperando nel suo arrivo. Ho già comprato il biglietto, ahimè, in seconda classe perché in prima avevano già prenotato tutte le coppie felici e innamorate. Il bagaglio non è troppo pesante ma con una buona scorta di ottimismo; ho messo scarpe comode, perché sarà un lungo cammino, e una piccola confezione di ricordi, ma quelli belli, perché saranno il balsamo per lenire i momenti peggiori. Ho con me, piegata in tasca, anche la mia nuova mappa emotiva.

So che dovrò navigare a lungo, so che il mare sarà a volte calmo e altre in tempesta. So bene quale sarà la mia destinazione finale. Quello che non so è se dovrò scendere qualche fermata prima.

Sono sicura che la navigazione non sarà in solitaria. Accanto a me avrò chi mi darà il cambio a tenere il timone quando sarò stanca. Chi mi butterà il salvagente se cadrò in acqua, chi ammirerà il tramonto insieme a me nelle serate più limpide.

So che, comunque vada, sarà un viaggio bellissimo.

E che in due, sarà più facile restare svegli.

Talmente presa dal mio viaggio mentale non mi sono resa conto del tempo che è passato. Bea ha ancora la testa sulla mia spalla, il suo respiro caldo si è calmato, sento la cassa toracica espandersi e contrarsi con un ritmo lento e costante.

Ecco, è proprio questo che significa essere un porto sicuro. Quello che sa accoglierti sempre, che ci sia mare calmo o uno tsunami. Quello che non c'è bisogno di dire tante parole, basta uno sguardo e il messaggio arriva.

Tlin!

Ancora una volta con un tempismo perfetto, sento un messaggio arrivare sul mio telefonino. Butto lo sguardo sul tavolo e da lì lo schermo illuminato mi mostra, come se fosse servita su un vassoio d'argento, la notifica di un WhatsApp:

LUCA (Schettino)
Ho bisogno di vederti.

Sette centimetri

Avevo aspettato quel momento per mesi. L'avevo sognato nelle mie notti di solitudine nel letto sfatto a metà. L'avevo desiderato così fortemente che mi sembrava di averlo già vissuto centinaia di volte nella mia testa.

Ma vederlo lì, su uno schermo luminoso e lampeggiante, come se volesse assicurarsi di essere visto, di attirare tutta la mia attenzione, be', quella era un'altra cosa. I miei occhi non riuscivano a staccarsi dal telefono. Aveva qualcosa di magnetico. Continuavo a leggere e rileggere quelle misere quattro parole, incredula, confusa, stordita. Quattro parole così potenti e devastanti che ancora non mi sono ripresa.

Ieri non gli ho risposto, e non ho neanche voluto dirlo a Bea. Non ancora. Prima devo capire che cosa voglio fare. E in questo momento lei ha una vulnerabilità che non ho intenzione di mettere alla prova.

Perché tornare dopo nove mesi di silenzio?

Perché vuole vedermi?

Perché rientrare così violentemente nella mia vita dopo aver fatto di tutto per essere dimenticato?

La mia testa è un formicaio di pensieri, minuscoli e velocissimi puntini neri che vanno in ogni direzione e io non so come prenderli. Non so da dove iniziare. Non so, in verità, dove e quando sia finita.

Bea è andata alla clinica veterinaria; oggi ha il turno di giorno e dopo la puntura di Plasil sembra stare meglio. Nelle prossime settimane abbiamo deciso di andare a vedere delle case dove trasferirci insieme per creare un piccolo mondo tutto nostro da cui ricominciare. Da quando ho deciso di prendermi qualche giorno di riposo dall'Accademia, per il secondo transfer, le giornate mi sembrano più vuote. Ma quella di oggi si prospetta tutt'altro che noiosa.

Sto camminando nervosamente su e giù per il corridoio, tra la camera da letto e la sala. Stringo il telefonino in una mano, mentre con l'altra continuo a toccarmi i capelli: oggi proprio non stanno. Lo specchio indiano di fronte all'ingresso, con il suo mosaico di vetrini colorati, mi rimanda un'immagine scomposta, migliaia di piccole me. È la rappresentazione perfetta di come mi sento, agitata ma compiaciuta, a disagio ma determinata, coraggiosa ma terrorizzata da ciò che potrebbe succedere. In ognuno di quei vetrini c'è una delle emozioni che sto provando, uno stato d'animo che *Boom!*, come un fuoco d'artificio, dopo l'esplosione fa una lunga parabola discendente per poi andare poco più in là da dove è partito.

Il citofono suona. La prima volta timidamente. Lo guardo e rimango immobilizzata come quegli animali che, nei momenti di pericolo, fingono di essere morti. Sono una marmotta imbalsamata. Pochi secondi dopo, il citofono suona ancora, questa volta in modo più insistente.

Dovrei rispondere, ma non ci riesco. Dovrei muovermi ma il fiato mi ha lasciato un vuoto nei polmoni che mi sembra di non respirare da chissà quanto. Eppure sono stata io a dirgli di sì. O meglio, non gli ho detto di *no*.

Rileggo nel telefonino lo storico dei messaggi, voglio tornare indietro nel tempo quanto basta per capire come sono arrivata fin qui, come diavolo sono ritornata al punto di partenza. Devo riprendere il controllo.

È successo tutto in 5 minuti.

Ciao Luca. Come stai?

Poco fa ho risposto al messaggio di ieri, fredda ma non troppo distaccata. Ventiquattr'ore di attesa mi sembravano giuste. Non volevo che pensasse che fossi lì in attesa da mesi. Anche se invece era proprio così.

Male, e voglio vederti, Gaia.

La sua risposta è arrivata in dieci secondi netti insieme a un potente tuffo al petto. Un'altra domanda è apparsa subito dopo sullo schermo.

Sei a casa?

Allora ho cominciato a preoccuparmi, una donna innamorata alla fine lo fa sempre. Ho passato in rassegna tutte le casistiche di disgrazie possibili e immaginabili che potevano essersi abbattute su di lui negli ultimi mesi. Essendo una *drama queen*, è un territorio in cui sguazzo felice. E quindi potrebbe aver avuto un incidente, forse gli è andata a fuoco la casa, magari è morto qualcuno che conoscevo anche io e ha bisogno di me.

Ecco, ha bisogno di me. Questo, semplicemente, desideravo più di ogni altra cosa al mondo.

Sì, ma che cosa è successo?

Ho incalzato.

Devo dirtelo a voce. Ti prego quando possiamo vederci?

È andato dritto al punto. Avevo pensato di poter gestire questa comunicazione molto meglio via messaggio e con i giusti tempi di decantazione. Lo avrei rimbalzato, avrei replicato con lentezza, facendolo rosolare ben bene nell'attesa, avrei dato risposte vaghe e inafferrabili.

E invece in tre messaggi, dico *tre*, eravamo già arrivati al primo appuntamento. E quel primo appuntamento sarebbe stato tra pochi istanti.

Le farfalle hanno cominciato a volare nel mio stomaco. Lo conosco. So che è bravissimo nel corteggiamento, nel farti sentire desiderata, quando davvero ti desidera; so che è capace di diventare irresistibile. Ma avevo deciso: resisto. Non volevo rispondergli. Non subito almeno.

I miei occhi erano fissi sullo schermo del telefono; non ero riuscita a formulare in tempo una risposta, che era apparsa un'altra domanda.

Sono sotto casa tua, posso vederti?

La marmotta è stata colta da un infarto. La tanatosi dell'ultimo quarto d'ora non stava funzionando e il predatore stava per lanciarsi sulla sua preda.

Il campanello suona per la terza volta, instancabile, e io mi ritrovo ancora immobile davanti al citofono. Quel primo appuntamento è già quasi sulla soglia di casa.

La chat è ancora aperta sullo schermo. Il cursore nel campo dei messaggi da scrivere pulsa, così come il mio cuore che sta correndo all'impazzata anche se dove cazzo vorrà andare non l'ho ancora capito. Ma se non altro, dopo tanto tempo lo percepisco battere di nuovo. Pensavo si fosse fermato per sempre.

Luca sta salendo le scale, sento i suoi passi, sta correndo, di nuovo, da me.

E sì, mi sento stupida, ma per quanto mi abbia fatto soffrire, per quanto mi abbia trattata male, per quanto sia stato tutto così difficile, non riesco a vederci qualcosa di sbagliato, non sono in grado di fermare questa sua corsa.

Poi ripenso anche a tutte le lacrime versate per lui. Ai suoi silenzi incomprensibili, gli sguardi senza amore. Ripenso alle sue bugie, alla sua indolenza, alla codardia di non saper lottare per difendere il nostro amore. Mi torna in mente tutto ciò che c'era di sbagliato, perché lo so che c'era e solo così potrò affrontarlo.

Mi appoggio alla porta di ingresso con tutto il corpo, è quasi un abbraccio; i miei occhi, ancora una volta, sono chiusi ma le braccia spalancate, i palmi delle mani aperti e distesi e una guancia sfiora la superficie liscia del legno.

Luca è arrivato, sento che si appoggia alla porta, sento il suo respiro affannato. Lo immagino esattamente come me, nella mia stessa posizione, a pochissimi centimetri.

Solo sette centimetri ci separano: sette centimetri e nove mesi d'inferno.

Ancora una volta, Gaia: respira e resisti.

«Gaia...»

La sua voce che pronuncia di nuovo il mio nome squarcia le cicatrici; ed eccole, mi appaiono una dopo l'altra tutte le carte da gioco del nostro mazzo, la paura, il dolore, l'ansia, l'insicurezza, lo stordimento, gli anni perduti, il vuoto dentro.

Sono quelle perdenti, che sappiamo essere in ogni mazzo, di un gioco al massacro che non ha lasciato nessuno dei due vincitore. Perché in giochi di questo genere nessuno vince mai.

«Amore aprimi sono qui per te.»

AMORE.

Amore? Che coraggio ha di chiamarmi amore? Solo io so quante volte ho sognato di sentirmi chiamare così.

Respiro e resisto.

Riaprire gli occhi. Mi vedo da fuori, riflessa nello specchio, quasi crocifissa alla mia porta di ingresso, da cui dovrebbero entrare cose belle e invece sto per accogliere di nuovo il mio carnefice. L'unico modo per resistere è cercare la rabbia, viscerale, sepolta dentro di me, ma è lei a trovare me. Sento le mie mani contorcersi, le dita arricciarsi per graffiare e diventare pugni.

«Gaia, ho capito tutto, ti prego, fammi entrare.» Luca continua a parlare da solo.

Mi sta venendo la nausea e sono certa che non sia per

l'eventuale gravidanza. Che coincidenze: forse, dentro di me, si sta formando una nuova vita mentre a soli sette centimetri di distanza è riapparso colui che mi ha condannata a morte.

«Da cosa stai scappando Gaia? Da una cosa che non vuoi o da una cosa che hai paura di volere?» La voce di Luca si fa più calma, sta riprendendo il ritmo normale del respiro.

La sua provocazione rimbomba nella tromba delle scale, l'eco di ogni sillaba mi arriva più volte come se non l'avessi sentita bene. E invece mi è arrivata eccome.

Sì, ho paura. Lo penso da sempre che questa paura sia la mia più grande spina nel fianco. Ho paura di volere e combattere per qualcosa di sbagliato. Ho paura di rimanere sola. Ho paura di non saper scegliere per me stessa.

E come nelle migliori profezie, ogni mia singola paura si è avverata proprio adesso. Ho combattuto, testardamente, per ciò che avrei dovuto lasciare andare prima; ho scelto molte volte la strada sbagliata e così sono rimasta sola.

In questo momento però la collezione di paure si arricchisce: ho timore nel rivederlo, di trovarmi davanti i suoi occhi verdi con le pagliuzze color oro, quegli occhi grandi e dolci che tra i banchi dell'università mi avevano fatto innamorare. Ho paura di ricominciare da capo: come potrei fidarmi di nuovo di lui? Ancora di più adesso, perché forse siamo in due. E non posso sbagliare per due.

È una scossa elettrica. È questo che mi dà la forza di staccarmi dalla porta, fare un passo indietro e aprirla, senza pensarci più. Lo devo a me, a tutto ciò che ho passato, e lo devo a questa creatura, e a tutte le scelte che ha portato con sé. Non si torna indietro.

Luca è qui, in piedi davanti a me. Fra di noi, ora, c'è solo una soglia che non gli do modo di oltrepassare. Nessun cenno, nessun arretramento, neanche un battito di ciglia. Voglio che capisca che non c'è margine, che resterò ferma, immobile ad ascoltare ciò che mi deve dire, ma che la mia collaborazione sarà pari a zero.

Mi fissa; eccoli quegli occhi! Sono esattamente e maledettamente come me li ricordavo. Sembra davvero emozionato, ha ancora le guance rosse per aver fatto le scale di corsa e, nonostante tutto, il vestito gli cade perfettamente ed elegantemente addosso. Le spalle larghe, le mani giunte davanti al petto a mo' di preghiera mi ringraziano per avergli aperto la porta.

«Che cosa mi dovevi dire, Luca?» riesco a pronunciare finalmente con voce un po' tremante, ma almeno non esce il solito Gollum.

Cerco di mantenere lo sguardo serio, di non far affiorare nessun sorriso, spero così di sembrare più decisa.

Luca invece sorride radioso, indietreggia con una gamba e piano piano si china verso il pavimento. Le mani giunte si aprono a nido verso di me. Dentro uno dei palmi c'è lui, il brillocco.

E lì, sotto il suo ginocchio, uno zerbino con su scritto: «MI VUOI SPOSARE?».

Il cuore poi capirà

La casa è immersa nel silenzio, mi muovo al buio, conosco ogni centimetro di questo posto. Sto rovistando nei cassetti della biancheria, prendo a caso manciate di calzini, slip, canotte, un paio di maglioni e una tuta, tanto dovrà stare comoda. Mi sento una ladra a frugare così in un armadio non mio, ma non ho tempo da perdere.

Devo portarla via, devo assolutamente portarla lontano da lui.

Ieri pomeriggio, quando sono rientrata a casa dall'ambulatorio veterinario, Gaia mi ha telefonato in preda al panico. Mi ha raccontato tutto. Durante il racconto ho fatto finta di niente ma mi si è gelato il sangue quando, dopo così tanto tempo, ha pronunciato di nuovo il nome di Schettino. Al di là del banale cliché da commedia romantica, con cui si è ripresentato, mi ha lasciata basita il *coup de théâtre* finale. Non tanto per la proposta in sé, quanto per la sfacciataggine e l'arroganza di pensare che, dopo mesi di silenzio e di rifiuto di qualsiasi contatto, sarebbe stato sufficiente alzare la posta in gioco per farla cedere. Ovvio che da un narciso egoriferito non ci si poteva aspettare altro.

Grazie a Dio Gaia sembra aver retto a questo primo colpo, ma temo che ci vorrà davvero poco per farla vacillare pericolosamente. Perché lui tornerà, lo so.

Spero che Gaia non si sia accorta che, mentre mi parlava, la mia testa stava già cercando sul mappamondo il posto più lontano, inaccessibile e irraggiungibile per scappare, per portarla via.

A pensarci bene, l'unico posto giusto sarebbe la luna ma ad oggi i miei potenti mezzi non arrivano a tanto. E poi abbiamo entrambe una creatura in pancia: dove cazzo andiamo senza metterci in pericolo? Dove posso portarla affinché non possa ritornare facilmente? Ma soprattutto, come sarà possibile trascinarla via senza che lei si opponga?

L'impresa è davvero difficile ma non posso permettere a quel mezzo uomo di rovinare la vita a Gaia una seconda volta. Ha appena cominciato a riprendersi e soprattutto ha in cantiere un progetto di vita che, semmai volesse condividere con un compagno, dovrà trovare qualcuno che lo meriti. E lui non merita un regalo così grande.

La borsa con le nostre cose è pronta, quel che c'è basterà e di quel che manca faremo a meno. Le medicine di Gaia le ho prese, nel dubbio, per me, ho fatto scorte di Plasil. Se i miei ormoni impazziranno ancora, questa volta ballerò con loro. Non so bene a cosa andremo incontro. So però che dobbiamo partire.

Ora, però, io devo andare da Gaia e farla salire in macchina. È sufficiente questo. Abbiamo appuntamento tra un'ora sotto casa di sua madre, le ho detto che voglio farle vedere un appartamento e che passerò a prenderla. E nonostante sia una bugia, non ho il minimo senso di colpa.

«Come sta mamma?» Gaia è appena salita in macchina.

«Benino, ha fatto il primo trattamento ed era un po' affaticata. Ma ha il morale alto e questo aiuta, sempre.»

Mi regala un sorriso dolce e consapevole; questo motto è un salvagente che ci siamo lanciate più volte a vicenda.

Servirà anche a noi il morale alto, penso tra me. Ma non glielo dico.

Metto in moto sapendo che per nessuna ragione al mondo mi fermerò fino a che non saremo arrivate a destinazione. E a proposito di destinazione…

«Dove andiamo? Dove si trova l'appartamento?» Gaia incalza curiosa, mentre io comincio a fare manovra nel parcheggio un po' nervosa.

«Dall'altra parte della città. Ci vorrà un po' ma ne varrà la pena.» Non so dire bugie, quindi cerco una via di fuga nello specchietto retrovisore. «Allaccia la cintura che partiamo.» Tengo le mani salde sul volante e il piede sull'acceleratore, più schiaccio più sento l'adrenalina attraversarmi tutto il corpo.

So che quello che sto facendo non è corretto nei suoi confronti ma so anche che è la cosa più giusta. Se le dicessi di non rivederlo non capirebbe.

Ci siamo passati tutti: in questi momenti non si è nella condizione di prendere decisioni razionali e quindi lo facciamo con il cuore. Per carità, è tutto così schifosamente romantico ma ormai sappiamo bene che spesso il cuore, purtroppo, si fa prendere per il culo.

Allungo una mano verso la colonnina dei comandi, con un movimento il più disinvolto possibile, e inserisco il blocco chiusura delle portiere. La chiamano "sicura per bambini" e nonostante qui non ce ne siano ancora, le prossime reazioni di Gaia sono altrettanto imprevedibili.

Gaia non ci fa neanche caso, il suo cellulare ha cominciato a squillare e lei lo sta cercando con la testa dentro la borsa.

Ho chiesto a Filippo di chiamarla esattamente pochi minuti dopo che è uscita dalla casa della madre, in modo da tenerla occupata per il tempo necessario a raggiungere la tangenziale.

A quel punto non mi fermerà più nessuno.

Gaia chiacchiera con il fratello, che si rivela un complice perfetto. Il gioco regge fino a che Gaia guarda distrattamente la strada e mentre chiude la telefonata realizza che stiamo superando il casello in direzione Venezia.

«Ma… la casa è fuori città?» È vagamente confusa, per il momento però sembra non capire che l'appartamento da vedere non esiste. Posso aspettare ancora un po' a dirglielo.

«Sì, più o meno.» Faccio la vaga e provo a offrirle un altro stupido sorriso.

«In che senso, Bea?» chiede perplessa, il suo sguardo indagatore salta da me alla strada e viceversa. Comincio a sentirmi una merda.

«Avevi da fare questo pomeriggio?»

«Ehm… sì, più o meno.» Lei sa la verità ma non la vuole dire, io so ma faccio finta di non sapere.

Qualche istante di silenzio e poi si fa un po' più seria e lanciando lo sguardo fuori dal finestrino cede timidamente: «Avevo detto a Luca che forse ci saremmo rivisti. In fondo ieri gli ho chiesto un po' di tempo per pensarci. L'ho mandato via così, senza dargli una risposta».

Ecco, giusto in tempo. Il mio cuore perde un battito, inciampa e poi si riprende; sa che il primo passo è stato fatto, ma è solo il primo di una lunga serie prima di essere fuori pericolo davvero.

Il mio sguardo diritto sulla strada, il rumore ovattato dentro l'abitacolo e il mio silenzio, che deve essere piuttosto eloquente, cominciano a suggerirle che qualcosa non è come sembra.

«Perché, quale risposta vorresti dargli?» pochi istanti e rompo il silenzio.

Gaia rimane interdetta, vaga con gli occhi alla ricerca di una risposta attorno a sé, poi con un filo di voce sussurra: «Non lo so.» Sembra volersi giustificare, quasi a disagio nel non essere capace di fare quello che sarebbe giusto, ovvero chiudergli la porta in faccia e basta.

«Non pensi ti abbia fatto male abbastanza? Vuoi dargli modo di darti il colpo di grazia?»

«Ma è cambiato, Bea.»

Stacco gli occhi dalla strada per un istante, quell'attimo che basta per fulminarla, come penso di non aver mai fatto in tanti anni di amicizia. Torno a guardare la strada, non devo mollare l'obiettivo: non devo portarla via solo da lui, ma soprattutto da se stessa.

«Tu invece non sei cambiata, Gaia.»

La mia provocazione è una bomba silenziosa che improvvisamente scoppia tra di noi e lascia macerie e frammenti sparsi qua e là.

«Dove stiamo andando, Bea? Dove mi stai portando?»

«...»

Penso ormai abbia capito, il suo tono di voce diventa freddo.

«Non c'è nessuna casa da vedere, vero? Pensi che io non

sappia badare a me stessa? Che non sappia cosa sia giusto e cosa sia sbagliato?»

Gaia mi travolge, ma non mi giro, non riesco a sostenere il suo sguardo penetrante. La sua reazione è esattamente quella di una persona dipendente da una sostanza tossica che ha appena scoperto che non potrà averne ancora. Una reazione tipica di chi sta andando in astinenza; di chi, da un momento all'altro, ti odia. Non sono diventata cattiva, insisto e mi aggrappo a ciò che siamo sempre state.

«In questo momento no, Gaia. Te l'avevo promesso: dove non arrivi tu arriverò io.»

Rimane zitta, pietrificata. So che il suo cuore poi capirà.

Ci siamo passati tutti. E nessuno, o pochi, in questi momenti sapeva cosa fosse giusto fare. Perché gli occhi dell'amore trasformano la percezione che hai della realtà. Per troppo amore, a volte, si prendono abbagli. Quindi potrebbe sbagliare lei ad accogliere di nuovo nella sua vita una persona che l'ha distrutta. Ma è anche vero che potrei sbagliare io, invece, a entrare così tanto nelle sue scelte. Il mio istinto mi dice che anche se non so dove stiamo andando, è da qui che dobbiamo passare. In questo momento più che mai il mio senso materno sembra avermi trasformato in una leonessa pronta a tutto pur di proteggere i suoi cuccioli. E non ne ho solo uno in pancia. L'altro è seduto sul sedile accanto a me.

Mare nero

Siamo in viaggio ormai da cinque ore, direzione nord-est. Gaia non mi ha più parlato. Forse è necessario soffrire oggi per stare meglio domani. E domani, magari, mi ringrazierà.

È sera tardi; questo lungo viaggio mi ricorda tanto la mia ultima infinita maratona di New York. Ritmo costante, respiro profondo e un continuo lavoro nelle retrovie del mio pensiero per mantenerlo pulito, libero da brutte interferenze.

Un pensiero grigio e ingombrante, tuttavia, è partito con noi e ancora non mi ha lasciato. Ho tuttora la sensazione che sia seduto sui sedili posteriori e stia viaggiando insieme a noi. Come gestirò il dopo?

Una volta finito questo piccolo terremoto, quale sarà il modo giusto di affrontare l'onda d'urto che arriverà? Oppure mi dovrò aspettare la quiete dopo la tempesta?

Perché in ogni cosa che si sceglie di fare sarebbe opportuno calcolare non solo se sia giusto o sbagliato, ma anche quali saranno le conseguenze. Io non ce l'ho fatta. Ho agito e basta, ma dovevo farlo. Ed è questo che mi lascia un prurito addosso che non va via.

Il "dopo", per ora placido e silente, sembra essere già iniziato. Il telefonino di Gaia, appoggiato nel portaoggetti del cruscotto, si illumina e vibra a ripetizione, è ormai alla settima chiamata. Con la coda dell'occhio vedo che sullo schermo lampeggia il nome di Luca. Vorrei tanto rispondere ma non posso, non spetta a me, devo solo sperare che si stanchi di insistere.

D'altro canto, invece, Gaia non è in vena di risposte, non mi rivolge parola da diverse ore, e non risponde neanche al cellulare: davvero non so cosa stia pensando. Ma nonostante il silenzio, i suoi pensieri sembrano far rumore.

È offesa, arrabbiata con me? Si sente tradita, incastrata o umiliata? Per tutto il viaggio ha continuato a guardare il paesaggio scorrere veloce fuori dal finestrino, braccia conserte e lacrime silenziose. Ma a ben vedere è stata una resa pacifica, sembra non aver voglia di lottare. Pare in qualche modo che voglia lasciare andare, farsi salvare, affidarsi. Non voglio chiederle niente, né disturbarla ulteriormente; ascoltare ciò che lei ora non dice è necessario.

La guardo, accoccolata sul sedile, inerme, senza difese e completamente nelle mie mani. Mi sento addosso tutto il peso della responsabilità di questa scelta. Da qualche minuto sembra essersi addormentata profondamente, il respiro lento, viscerale e un leggero broncio le danno un'aria da bambina. La tensione ha deciso di darle tregua ma l'ha lasciata stremata, accasciata sul sedile del passeggero, arrotolata in una piccola cuccia che racconta come si sia, da sempre, abbandonata nelle mani di qualcun altro. Passeggera nella sua stessa vita, mai alla guida. Forse è questa la vera missione impossibile: aiutarla a far sì che lei diventi guida di se stessa, che sappia cosa vuole e soprattutto cosa *non* vuole. Per questo, nonostante la mia irresistibile voglia di aiutarla, non mi ha mai abbandonato il dubbio che non dovessi immischiarmi, che fosse libera di sbagliare, di vivere la sua vita. Proprio come una madre che deve lasciar andare il figlio, quando sa che può cavarsela da solo, allo stesso modo voglio mettere Gaia nella condizione di avere gli strumenti per difendersi. E quel momento, per lei, non è ancora arrivato.

Probabilmente ora sta sognando, ha dei leggeri tremolii, immagino che in questo stato di incoscienza i suoi incubi stiano andando a trovarla. Ogni tanto noto degli scatti improvvisi, probabilmente sta lottando contro un nemico feroce. Spero di non essere io quel nemico. Ho cercato di mantenere un'andatura morbida, il movimento della macchina è dolce e, nonostante tutto, il viaggio finora è stato piacevole. La sensazione è quella di essere cullate, mi sembra di fluttuare, come fossimo in un liquido amniotico, anestetizzate da tutto ciò che c'è fuori da questa bolla di sonno e veglia.

Comincio a sentire la stanchezza, il classico calo di tensione, l'adrenalina ormai ha esaurito la sua carica propulsiva.

Prima di partire per questo viaggio ho pensato che ci fosse solo un posto dove poterci sentire veramente al sicuro. Non sarebbe andato bene un hotel, seppur di gran lusso, seppur con la SPA, seppur con camera vista mare. Non avremmo potuto soggiornare ospiti di amici, neanche i più simpatici e socievoli: la faccenda è estremamente delicata e squisitamente privata, ci dobbiamo gustare questo piatto freddo e a piccoli bocconi noi due da sole. Quindi c'era solo un'opzione. Una casa tutta per noi.

Di nuovo il concetto di casa si riproponeva; era quello che mi aveva chiesto Gaia: trovare un posto dove vivere insieme.

Doveva essere un luogo non luogo che potesse accoglierci e isolarci allo stesso tempo dal resto del mondo, che ci permettesse di tirare fuori tutti i nostri panni sporchi senza paura di essere giudicate, e infine sufficientemente grande perché, se avessimo avuto bisogno ognuna dei propri spazi, come i gatti avremmo trovato il nostro angolo preferito in cui rintanarci.

Finalmente, nonostante il buio, vedo in lontananza delle lucine tremolanti. Siamo quasi arrivate.

La strada scorre veloce sotto di noi, è completamente libera, non c'è anima viva in viaggio. In una manciata di secondi vedo l'addetto all'imbarco, giubbotto verde con due linee orizzontali catarifrangenti, cappellino con la visiera abbassato sugli occhi, che sta sonnecchiando chiuso dentro la garitta. La testa sembra essergli caduta indietro. Fuori, appiccicato al vetro, un cartello: "Prossima corsa h 23.30".

Guardo l'orologio del cruscotto, sono le 23.23. Rimetto a fuoco il buio davanti a noi, la nave si sta lentamente avvicinando alla banchina. Ricordo di aver letto che vedere i numeri doppi, in particolare nell'orario, è un buon segno. Significa che gli angeli ti stanno aiutando. E mi sembra che sia proprio così, perché da quando il viaggio è iniziato pare che una regia dall'alto si sia allertata per coordinare alla perfezione i diversi piccoli miracoli che ci stanno accompagnando a destinazione.

L'addetto agli imbarchi si è svegliato e viene verso di me. Un lampo e con la torcia mi fa cenno di avvicinarmi a lui con la macchina. Gaia è crollata in un sonno così profondo che per fortuna pare non svegliarsi con niente.

«*Dober večer*, shhh...» sussurro all'addetto mentre abbasso di una spanna il finestrino facendogli segno che la mia amica sta dormendo. Sono le uniche quattro o cinque parole che conosco in sloveno, ma anche quelle che mi servono per cavarmela sempre quando vado lì.

L'uomo fa una smorfia buffa, appoggia il naso sul bordo del vetro e infila lo sguardo dentro l'abitacolo per controllare che sia vero. Il suo fiato appanna il finestrino, gli avvicino il telefonino, lo schermo mostra i biglietti che nel buio illuminano il suo viso; anche lui deve avere parecchio sonno, si vede dagli occhi ancora mezzi chiusi.

Mi dà il via libera con il pollice rivolto verso l'alto. Ha capito che questo dialogo sarebbe potuto avvenire solo attraverso il linguaggio dei segni e ci ha preso gusto. Non ha molto da fare stasera, la nostra è l'unica macchina in attesa. Ma a volte è proprio questo che stanca di più. Forse per questo la nostra presenza sembra risvegliare in lui un guizzo di vivacità prima della chiusura del servizio.

In un simpatico eccesso di zelo comincia a indietreggiare verso il bordo della banchina e con le braccia fa dei movimenti simili a quelli degli addetti al decollo degli aerei: le rotea nell'aria con ampi gesti per farmi posizionare l'automobile in modo corretto all'interno delle strisce disegnate per terra, poi mi fa cenno di fermarmi ripetutamente come se avesse davanti a sé un TIR lungo venti metri. Soddisfatto della riuscita dell'operazione, si avvicina al cofano e a mo' di complimento dà due buffetti sulla carrozzeria che rimbombano dentro tutto l'abitacolo. Trattengo il respiro e mentre lo maledico mi giro verso Gaia pregando che il rumore non l'abbia fatta svegliare.

Pare di no. Forse dovrei cominciare a preoccuparmi, sembra caduta in un letargo pesantissimo. L'addetto si volta e dalle tenebre a poco a poco si palesa davanti a noi il traghetto.

Le manovre di attracco sono agili e svelte, di gente che ripete lo stesso movimento decine di volte al giorno. Salgo piano piano sulla pedana che ci porterà all'interno della pancia della nave.

La navigazione durerà una mezz'ora, giusto il tempo per appoggiare un attimo la testa e riposarmi. Come per un riflesso condizionato prendo il giubbotto e me lo tiro su fin sopra il mento, come fosse una coperta; in queste situazioni mi piace avere l'illusione di ricreare il tepore tipico di un letto anche se per pochi minuti.

Passano davvero pochi attimi prima che, improvvisamente, uno scossone scuota tutto il traghetto, la macchina e noi due dentro. La chiusura del portellone alle nostre spalle ha sancito, e anche rumorosamente, il punto di non ritorno di questo viaggio. Guardo nello specchietto retrovisore, ormai è serrato, ce l'ho quasi fatta, non riesco a crederci.

Gaia però, a causa dello scossone, ha bruscamente riaperto gli occhi e si è svegliata di botto.

«Ma dove siamo?»

Il suo sguardo è stralunato, perso, sta cercando di collocarsi all'interno dell'universo.

Appoggia il naso e le mani al vetro del finestrino, attorno a noi solo una distesa di mare nero.

Alcatraz

Apro gli occhi. Ho sentito dei rumori poco distanti da me, sono quelli che forse mi hanno svegliata. Ancora sdraiata nel lettone sbatto ripetutamente le palpebre per pulire lo sguardo, dopo un letargo che credo sia durato giorni. Mi stropiccio gli occhi, mi stiracchio per ridestare i muscoli, uno sbadiglio mi riempie di ossigeno i polmoni e scuote a poco a poco anche gli altri sensi.

Come tutte le mattine mi giro alla mia sinistra ma sul comodino non c'è la mia abat-jour, né i tre libri in attesa di essere letti. Non c'è il telefono e in verità non c'è neanche il comodino. Nulla di tutto quello che sono abituata a vedere accanto a me.

Alzo lo sguardo, e al posto del mio solito triste lampadario, sul soffitto bianco sporco, ci sono delle travi di legno antiche. Sembra di essere in una baita.

Le lenzuola hanno dei ricami da antico corredo della nonna, delle iniziali abilmente intrecciate con del filo écru su cotone bianco latte, morbido e setoso. Disegnano le lettere R.N. che non riconosco come familiari.

Niente qui intorno parla di me. Niente sembra dirmi: "Tranquilla, sei a casa".

Dove mi trovo?

Una cassettiera di legno massiccio appoggiata alla parete di fronte al letto mi guarda come farebbe una vecchia governante, più larga che alta; un centrino fatto all'uncinetto ne decora il ripiano superiore come uno scialle sul capo, tre grandi cassetti con due pomelli ciascuno sembrano disegnare gli occhi e la bocca che mi guarda severa. Alla mia sinistra la persiana della porta finestra, con le listarelle sgangherate, fa filtrare una luce fioca che chiede gentilmente di entrare. Sembra sia quasi l'alba.

Scendo dal materassone, è così alto che devo fare un saltino per atterrare sul pavimento. Sotto i miei piedi trovo un tappeto antico, un via vai di colori e fili intrecciati ad arte che riscaldano il pavimento in pietra. Tutto mi ricorda qualcosa ma non ricordo cosa.

Rammento che ieri sera siamo arrivate qui che era buio e non ho capito dove fossimo. Bea mi ha riscaldato un bicchiere di latte in cui ho inzuppato dei biscotti e mi ha fatto fare la puntura di progesterone. Devo aver pianto così a lungo che mi facevano male gli occhi e nonostante avessi dormito in macchina sono crollata di nuovo in questo lettone.

Mi affaccio con la testa fuori dalla porta semi aperta della stanza, sulla parete di fronte a me un orologio segna le 5.27.

La porta si apre esattamente a metà di un corridoio. Già a quest'ora mi mette davanti a una scelta: da che parte vado?

Scelgo la mia sinistra, supero una porta socchiusa da cui si intravedono i sanitari di un bagno. Proseguo ma la porta successiva si rivela un *cul-de-sac*. Sono finita dentro una cabina armadio mezza vuota, pochi abiti appesi qua e là, un Barbour marrone che conserva il suo classico odore di cerata, due paia di stivali di gomma verde bottiglia e maglioni di lana grossa piegati ordinatamente sui ripiani in legno.

Torno sui miei passi e, superato l'orologio, sulla sinistra trovo un'altra porta socchiusa, il buio lì dentro sembra più intenso. Apro piano piano la porta e infilo la testa. Qualche istante e gli occhi si abituano all'oscurità; tutti i dettagli di quella fotografia cominciano a emergere come in una camera oscura, e nella penombra intravedo il profilo di Bea. Sta dormendo. Non voglio svegliarla, ma la guardo per qualche istante. Perché siamo qui? Perché ha voluto fare questo? Perché mettermi ancora una volta in una situazione di disagio? Perché non lasciarmi fare ciò che volevo?

Le mie domande sembrano arrivarle addosso e disturbare il ritmo del suo respiro, forse si sta svegliando.

Rimango immobile, trattengo il fiato uno, due, tre secondi. Si è girata nel lettone ma sembra continuare a dormire. Mi sfilo veloce dalla soglia e chiudo delicatamente la porta.

Non ho più sonno e ormai ho capito che siamo nel cottage di cui Bea mi aveva parlato. Tanto vale continuare la mia esplorazione di questo posto che penso ci accoglierà, volente o nolente, per non so quanto tempo.

Alla fine della sua corsa, il corridoio si apre su un grande salone con due divani in tessuto damascato verde scuro e bordeaux che abbracciano un grande camino in pietra. Credenze in legno massiccio dipinto di bianco ospitano intere collezioni di servizi classici da tè in porcellana di prima qualità, cornici in argento con foto. In una c'è Bea da bambina con i nonni materni, tutti biondissimi, felici e sorridenti. Un'altra cornice è dedicata al primo grande amore di Bea, Beo, il suo storico Golden Retriever, pelo fluente e dorato; anche lui sembra sorridere felice con la bocca aperta e la lingua penzoloni da un lato. Accanto c'è una foto con la famiglia, la Gran Madre e il Non-Padre con le loro figure severe, rigide e in posa formale. Bea lì non sorride.

Il salone dà direttamente sulla cucina, anche questa in legno bianco, aperta a ferro di cavallo e in un inconfondibile *old style* americano. Sul tavolone grande di marmo bianco grezzo, c'è un cestino pieno di frutta coloratissima e, infilato tra un frutto e l'altro, spunta un foglietto con i bordi un po' stropicciati e un messaggio scritto a mano. Non resisto, lo prendo e leggo.

Cara Bea, bentornata finalmente al cottage! Ho visto la macchina in giardino, ti ho preso un po' di frutta raccolta stamattina dai nostri alberi, le albicocche e le ciliegie sono dolcissime! Nel pomeriggio passo a portarti il resto della spesa, se nel frattempo hai bisogno di altro chiamami pure al negozio.
Kasper

Non resisto neanche alla tentazione di assaggiare un'albicocca. Il gusto è zuccheroso, come quello dell'allegria di una primavera in anticipo.

Kasper deve essere il guardiano del cottage, di cui Bea mi aveva raccontato; penso che sia stato lui a svegliarmi, facendo rumore quando è entrato a lasciare la frutta. Sarà passato dalla vetrata che dà sul giardino, la stessa che ora mi offre una visione incantevole del lago.

È fermo e sembra dipinto dai colori tiepidi dell'alba. La luce si sta facendo più chiara e l'acqua e il cielo hanno morbide tonalità pastello. La quiete tipica di quest'ora è risvegliata dal cinguettio degli uccellini che mi invitano a uscire fuori in giardino. Il loro canto allegro è il miglior comitato di benvenuto che potessi desiderare. I piedi nudi sull'erba fresca, spruzzata di rugiada, solleticano i miei sensi.

Muri di montagne all'orizzonte ma attorno a me, attorno a questa casa, c'è solo acqua. Una distesa calma e vellutata, rigata solo da una piccola barca a vela che procede lentamente verso la riva, che da qui sembra lontanissima. Tutti i contorni hanno una definizione perfetta, nitida, pulita. Tutto sembra dipinto con pazienti pennellate da un pittore. Mi ritrovo così in un'altra dimensione, all'interno di uno dei quadri che di solito devo restaurare per lavoro. Mi sento proprio al suo interno. Non sono cornice, non sono osservatrice, non sono più solo fuori.

Bea mi aveva parlato tante volte di questo luogo, è il suo posto preferito nel mondo. E ora capisco tutti i perché.

Allo stesso tempo trovo nei confini di questo posto il motivo della scelta di portarmi qui. È un'idea che ha in sé qualcosa di diabolico. Il cottage, infatti, si trova su un'isoletta grande quanto un francobollo, al centro di un lago, in mezzo al nulla e in terra straniera. Praticamente Alcatraz.

Se non sbaglio siamo in Slovenia e questa è la casetta delle vacanze dei suoi nonni materni, gli unici della famiglia con cui lei avesse un bel rapporto.

È chiaro che ha cercato di portarmi nel posto più lontano da tutto per evitare che scappassi, che opponessi resistenza, che facessi di testa mia. Qui sono completamente nelle sue mani. O meglio, non sono nelle mie.

Il cielo ha piano piano virato sui toni del rosa e del lilla nei contorni del monte che si affaccia su di noi, con qualche velatura color pesca dove nascono le nuvole che poi diventano fiamme di fuoco. Faccio un passo con lo sguardo all'insù, sono ipnotizzata da questa atmosfera rarefatta, un arcobaleno che mi avvolge nel suo arco.

L'acqua riflette tutti i colori di questa palette, il cielo sembra infinito, è sopra e sotto di me, mi sembra di camminare tra le nuvole. Una forza magnetica mi attira senza che io compia il minimo sforzo. Un altro passo e sento una morsa di freddo alle caviglie. Mantengo l'equilibrio camminando su ciottoli tondi e levigati, che mi fanno strada verso dove l'acqua diventa più profonda. Ora è alle ginocchia, un passo ancora e lentamente accarezza le gambe, si avviluppa sulle cosce come un serpente maliardo, poi un sussulto, è arrivata alla pancia. Mi fermo un istante, porto subito le mani al ventre. Prendo un respiro, ora non c'è più bisogno di resistere.

Lascia andare, Gaia, lascia andare.

È il momento della schiena, i capelli fluttuano come una medusa, brividi veloci corrono sulla mia pelle.

L'acqua ora è al collo, è qui dove mi lascio davvero andare. Finalmente. L'ultimo respiro, la testa si fida di quel rosa e si appoggia lentamente all'indietro. Un istante e il mio corpo è leggerissimo. Le gambe tornano a galla come salvagenti, la schiena si distende e le braccia si aprono come in un volo fermo.

Sopra e sotto di me un cielo di nuvole e lenzuola su cui planare leggera.

Mi solleva, mi sostiene, mi fa volare.

Ora, da qui, non ho paura di cadere.

Naso all'insù

«Se sei depresso, vivi nel passato. Se sei ansioso, stai vivendo nel futuro. Se sei in pace, vivi nel presente.»

«E questa di chi sarebbe?» Gaia ha lo stesso trasporto di un cane che viene trascinato nella sala del veterinario.

«Del grande Lao Tzu» le rispondo convinta nella mia perfetta posa zen.

«*Ahahahahahah*» Gaia scoppia a ridere e io la seguo a ruota come al solito.

«Però ha ragione!» le dico cercando di riprendere un minimo di serietà e credibilità. «La prima sei tu. La seconda sono io.»

«E la terza?» Gaia mi sfida pungente, lo scherzo sembra lasciare spazio a una lingua di verità.

«La terza è quello che diventeremo sia io che te. Ed è il motivo per cui siamo qui.»

Gaia smette di torturare il bordo ormai smangiucchiato del tappetino da yoga e guardandomi piega leggermente la testa di lato, un movimento automatico come per mettermi meglio a fuoco. Minuscoli pezzettini di gommapiuma viola sono sbriciolati sul pavimento del patio.

«Quindi non siamo qui solo per me...»

Non è una vera domanda, ma non posso non rispondere: «No. Anche se non avrei voluto ammetterlo per nessuna ragione al mondo».

«Non me l'hai mai detto.» Gaia è stupita, e mi apre una porta finora rimasta sempre socchiusa.

«Non me l'hai mai detto neanche tu» le rispondo di botto. «Fino a che non abbiamo litigato al parco. E ci ho pensato, è vero. Devo rallentare. Devo imparare a vivere la vita al giusto ritmo. Devo imparare a rispettare il Tempo. La vita non andrà più veloce se la spingo più forte.»

Gaia sembra sollevata dalle mie parole. Quando i dolori sono condivisi, sembrano più leggeri. Scioglie quella specie di posizione yoga in cui era arrotolata e si sdraia a pancia in su; sembra giocare con lo sguardo a rincorrere le nuvole, bianche, veloci e ballerine come fossero risposte da acchiappare. Accorgersi di non essere sola a trovare un senso la fa sentire meno difettosa. Meno sbagliata.

Tra le colonne del patio sussurra un leggero fruscio di foglie di edera, e i nuovi gelsomini profumano il vento. Anche la grande quercia in giardino sembra seduta in posizione yoga, le robuste radici si intrecciano sulla superficie del prato come gambe a fiore di loto, il largo tronco ben piantato nel terreno dà un forte senso di stabilità mentre i suoi rami, come braccia sollevate in adorazione, si lanciano torniti e rigogliosi di germogli verso il cielo. I suoi cento anni e più li porta davvero bene. È sempre stata qui, da quando ero bambina, e da che ne ho memoria.

Questo posto ci ha accolte come una grande mamma che tutto sa e tutto acquieta. Le ore scorrono lentissime, anzi sembrano proprio ferme in questo tempo non tempo, in questo luogo non luogo. Ed è esattamente ciò di cui abbiamo bisogno. È un lusso che vogliamo e dobbiamo permetterci di vivere: questo momento non tornerà mai più.

L'idea nella mia mente, e penso ormai anche in quella di Gaia, è molto chiara. All'interno di questo silenzio, non dobbiamo fare altro che prenderci cura di noi stesse, farci spazio tra tutto quello che nelle nostre vite sta succedendo. Ma il problema, per entrambe, è proprio questo: allinearsi al tempo, stare nel qui e ora.

Questa mattina abbiamo provato con la meditazione. Ne ho sentito parlare spesso e consiste, se ho capito bene, in una tecnica di mindfulness che ti insegna a respirare in maniera corretta e consapevole, nel non pensare, nel liberare la testa da ogni peso. Sembrava semplice e invece…

Io e Gaia resistiamo per pochi minuti, poi ogni minima distrazione ci porta via. Un moscerino volteggia impertinente proprio attorno al naso; perché i leggings di lycra danno questo fastidioso prurito? Cosa mangiamo stasera?

Perché se le domande non ci mancano, non è detto che siano quelle giuste. E una domanda sbagliata porterà inevitabilmente a una risposta sbagliata. Sebbene tutti pensino di sapere cosa vogliono, quanto più è semplice la domanda, tanto più è difficile scegliere la risposta esatta.

Quindi occorre trovare gli strumenti giusti per ricavare quel tanto di spazio che basta per poterci mettere ciò che vogliamo davvero. E lì troveremo la risposta giusta. Sapere cosa tenere e cosa lasciare andare.

Ora che siamo qui da qualche giorno mi sto chiedendo:

È giusto cercare risposte nel silenzio? Il silenzio può dare delle risposte? Mentre sto per girare queste domande a Gaia, lei mi precede quasi telepatica.

«Tutto questo silenzio mi spaventa, non so come affrontarlo, mi mette ansia, non so da dove cominciare.»

«Allora cominciamo con un gioco.» Tiro fuori il mio asso nella manica.

Gaia mi risponde con il solito sguardo, perplesso ma comunque pronto.

«Ci stai?»

«Ci sto. Ma lo fai anche tu.»

«Okay. Dimmi tutto quello che in questo momento non ti fa stare bene. Spara a zero e non risparmiare i dettagli. Io non mi offendo.»

Gaia non si fa pregare, comincia la sua lista, è chiaro che i colpi erano già pronti in canna. «Mi sveglio ogni mattina con la voglia di tornare a ciò che era mio. Ciò che conosco. Alla vita che ho perso. Ora che Luca è ritornato mi sembra che tutto si sia risolto. Anche se poi so che non è così.

«È difficile affrontare un mondo completamente nuovo e tutte le paure che questa novità porta con sé.

«Mi sveglio ogni mattina con l'ansia di essere in un letto vuoto, in un posto nuovo, mi chiedo "dove sono le mie cose?! A cosa mi posso aggrappare?" E penso che qui non ci voglio stare.

«Siamo qui da tre giorni ed è un posto incantevole. Ma questo non è il nostro mondo, questa non è la vita vera. Questa non è la mia vita.»

Il fiume ha rotto la diga. Il contenuto lo conoscevo già: rigurgiti di acqua sporca, ma la verità sta finalmente venendo fuori a fiotti e ci sta investendo mentre rimaniamo ferme, immobili ad aspettare che diventi più limpida.

«Mi sembra di stare ferma, Bea, mi sento un criceto che

continua a correre dentro la sua ruota ma non va da nessuna parte. Sono sempre allo stesso punto. E non capisco più se è il punto d'arrivo o la partenza.»

«Hai troppo rumore dentro di te Gaia. È quello che continua a confonderti, penso. Non è il silenzio fuori, è il caos all'interno, tutti i tuoi dubbi, tanti pensieri che ti distraggono dall'unica vera domanda a cui devi rispondere: cosa vuoi oggi?»

Come ieri, questa domanda sembra l'eco delle mille altre volte in cui gliel'ho chiesto. E in questo silenzio che non le dà risposte si sente persa...

Ma in questo posto, che a noi può sembrare un deserto, in cui ci sentiamo proprio così, perse, lo smarrimento e il buio diventano un'esperienza inevitabile. E per quanto può far paura, dobbiamo educarci a imparare a stare dentro anche alle assenze di significato. Perché siamo immersi in una cultura che pretende di sapere tutto, di avere tutto sotto controllo, tutto chiaro; quindi continuiamo a darci risposte preconfezionate rendendoci molto fragili, perché se è vero che la fatica di stare dentro una situazione di deserto e di assenza di senso sembra insopportabile, è invece qualcosa che andrà a irrobustire la nostra vita psichica e spirituale. Se ci pensiamo bene il non avere una risposta è ciò che spinge verso il cambiamento: non accettando soluzioni facili, ma mettendoci nella condizione di saper masticare con fatica anche tutto ciò che è indefinito e che quindi ci sembra senza significato. Occorre rimanere qui, in questo deserto anche se fa paura, anche se si sta scomodi, perché se è vero che il deserto è un luogo di smarrimento, di fatica e impegno, spesso diventa preludio per l'incontro con la verità. E che può diventare per noi salvezza, che può renderci più forti e farci affrontare le vicissitudini della vita. È vero, Gaia non le trova né fuori né dentro di sé. Non appena afferra una nuova fragile consapevolezza, non appena risponde a una delle tante domande a cui la vita la mette davanti, ne arriva un'altra, ancora più grande. Ancora più difficile. Che mette di nuovo in discussione ciò che aveva appena deciso.

È un dialogo sordo e muto quello che sta avvenendo dentro di lei. Cerco di scegliere le parole da non dire, quelle che possono spaventarla. Le vorrei urlare in faccia che tornare con Luca non la farà felice. Che certi tradimenti non si superano, che certi dolori non passano mai. Che lei stessa non sarà più quella che era prima.

Ma stiamo ricostruendo piano piano il nostro mondo e deve essere trattato come un bocciolo delicatissimo.

Mi sdraio anch'io, accanto a lei, con lo sguardo rivolto al cielo. Prendo la sua mano e la appoggio delicatamente sul mio pancino, che sta diventando più tondo giorno dopo giorno. Poi con movimento speculare allungo la mia mano e l'appoggio sul suo ventre. Sono convinta che nonostante tutti i pensieri e le paure che ci ronzano intorno come falene attorno alla luce, è sempre e solo qui dentro che si nasconde il senso ultimo della vita. Chissà, cosa starà succedendo quaggiù. Forse si starà costruendo la più grande impresa della vita. E quindi anche noi qui fuori dobbiamo continuare a costruire il nostro nuovo mondo.

«Sai perché non riusciamo a meditare?» chiedo a Gaia.

«Perché?»

«Perché abbiamo sbagliato posto.»

«E qual è quello giusto se non questo?!»

«L'unico posto in cui meditare è dentro di te.»

Tanto non entra nessuno

In totale sono trentacinque chiamate e ventisette messaggi in cinque giorni. Mi aspettavo anche di peggio, quando si mette in testa un obiettivo non c'è niente che lo faccia desistere. Come il più capriccioso dei bambini, intestardito davanti a una vetrina piena di giocattoli. Per il momento, però, non avendo ancora ricevuto risposta, pare essersi fermato in attesa di un mio cenno. Anche se l'ultimo messaggio di ieri sera, più che una vera resa, suona come una minaccia di resistenza.

Non mi arrenderò fino a che non sarai tu a dirmelo in faccia.

Leggo e rileggo i suoi messaggi nella chat e cerco di seguire a ritroso il percorso di questa curiosa evoluzione psicologica. Ho capito che un soggetto di questo genere, in psicologia, appartiene a una categoria ben precisa e viene chiamato "Narciso". Un essere mitologico mezzo uomo e mezzo stronzo che, secondo la leggenda, si comporta in modo estremamente crudele, disdegnando ogni persona che lo ama e amando invece solo se stesso. E a quanto pare non è così difficile incontrarlo, anzi, il mondo di oggi sembra esserne davvero pieno. Proprio quando dici: "A me non succederà mai, me ne accorgerò e lo allontanerò!". Ma non è vero, ci sei già dentro.

Dopo dodici anni di fidanzamento è riuscito a scomparire per nove mesi con un "non abbiamo più niente da dirci" e poi tornare con il "mi vuoi sposare?". Senza neanche chiedere il permesso di entrare di nuovo nella mia vita. Se per lui l'obiettivo era ritornare insieme, per me era un biglietto omaggio verso la follia.

Il mezzo, neanche minimamente giustificato dal fine, era una selezione varia di messaggi tra il classico "solo ora che ti ho perso mi rendo conto che non posso vivere senza di te", al sempre efficace "mi odio per tutto quello che ho fatto", all'immancabile "eravamo felici insieme e io non me ne accorgevo".

Se non fosse che situazioni come queste per molti, innamorati dell'amore, sono tragicamente dolorose, il tutto potrebbe anche avere un sapore quasi comico.

Leggo e rileggo quei messaggi sullo schermo illuminato del telefonino, indugio tra quelle parole che mi arrivano come frecce di Cupido andate a male, come vecchie parole d'amore che sanno di marcio e che con grande contorsionismo emotivo sto cercando di evitare. Alcune le schivo, altre le acchiappo al volo. Cerco di pesarle come non ho mai fatto prima, provando con lucidità a dare a ognuna il giusto valore. È ovvio che parole così cariche di vita vissuta facciano ancora tanto effetto ma piano piano, lasciandole sedimentare, cominciano a puzzare d'ipocrisia e collosa falsità. Mi rimangono intrappolate tra le dita.

Ma soprattutto mi rendo conto che, come dice Bea, parlano di passato. Mi trascinano con forza, a strattoni, in un luogo che non esiste più, se non nella mia testa. Parlano di ciò che è stato ed è inevitabile che, ripronunciandole, una si illuda di sentirne di nuovo quel gioioso sapore che ti ha fatto felice e ti ha nutrito per anni.

Sarebbe giusto o sbagliato tornare indietro? Ma soprattutto, io, in quel passato, ci voglio davvero tornare? Ne varrebbe davvero la pena?

Se è vero che capita quasi a tutti prima o poi nella vita di essere mollati da un giorno all'altro e nei modi più impensabili, nessuno sa mai come uscirne indenne, senza il cuore rotto. Non ci sono istruzioni per l'uso, un vademecum contro le delusioni amorose, una ricetta salvacuore. Nessuno potrà mai dirti cosa è giusto fare. Infatti, Bea non me l'ha detto. Mi sta facendo capire cosa NON fare. Il che, nonostante tutto, è già un buon punto di partenza.

Sono sveglia da ormai venti minuti ma ancora mollemente abbandonata sul lettone della camera degli ospiti, una combinazione perfetta tra un abbraccio morbido come il cachemire e una solida struttura che mi sostiene. Le qualità che alla fine, neanche a farlo apposta, tutte noi cerchiamo in un uomo, mai avrei pensato di trovarle in un letto.

In più sono anche in ritardo. E odio farmi aspettare. Bea stamattina ha detto di volermi mostrare l'isoletta nell'interno, era così entusiasta che ora non posso dirle di no. Anche se mi ributterei nell'acqua gelida piuttosto che fare la turista.

Amore mio, non vedo l'ora di renderti felice.

Un nuovo messaggio di Luca squarcia il tempo e mi proietta come una catapulta verso il futuro dei miei sogni, che in fin dei conti non ho mai abbandonato.

È un attimo. Ci sono dentro di nuovo. Quante volte, in

questi mesi, ho guardato il telefono muto, nero, e ho sognato di veder arrivare quelle parole a illuminare di nuovo, oltre lo schermo, anche la mia vita. Quante volte ho avuto bisogno di sentirmi ancora amata, desiderata, cercata. Quante volte, poi, ho fatto finta di non guardare quel maledetto cellulare, l'unico che, tra le foto e i vecchi messaggi, mi parlava ancora di lui. Perché lui da tempo non lo faceva più.

Quella sua assenza, però, aveva parlato per lui, aveva detto molto più di tante parole false e cattive con cui mi aveva ferito durante le ultime liti. Quel silenzio mi aveva raccontato ciò che Luca era davvero, togliendogli la maschera e rivelando il suo vero volto.

Le lacrime mi riempiono gli occhi. È arrivato fino a qui. È riuscito a entrare anche in questo angolo di mondo dove nessuno lo ha invitato.

Rimane per me un mistero come il passato riesca ad allungare le mani sul presente, modificandolo. La sua ombra lunga e nera si sta posando di nuovo sul mio oggi, la vedo arrivare a grandi passi con un rumore sordo e pesante. Fino a qualche secondo fa non avrei ceduto per nulla al mondo, leggevo e ironizzavo con sarcasmo i suoi messaggi d'amore ma quest'ultima freccia mi ha spalancato ancora e d'improvviso la porta del domani. Poco importa sapere che dopo la soglia c'è un burrone.

Come in un flash mi vedo, vestita da sposa, che cammino lungo una navata senza fine, mi trascino dietro un velo di tristezza che pesa una tonnellata e in mano stringo un bouquet di germogli di rabbia nascosti sotto strati di tulle. Quest'incubo non finirà mai, lo sento addosso come una maledizione a vita.

Ero certa che se ne fosse andato per sempre, e questo rende ogni suo nuovo messaggio una piccola scossa elettrica. Per il solito ironico scherzo del destino, ancora una volta, la teoria dei miei genitori si sta distendendo davanti a me implacabile e beffarda: mai e poi mai essere sicuri di qualcosa.

«Toc toc! Gaiaaa, sei pronta?» Bea si affaccia dentro la mia stanza con i capelli svolazzanti e uno sguardo frizzante.

Il gesto è istintivo e fulmineo, nascondo il telefonino sotto il cuscino. Mi alzo a sedere sull'attenti anche se non so perché. Bea non nota nulla, è distratta dalla fretta e dall'euforia.

«Andiamo? Oggi c'è il mercato in Piazza Grande.»

«Sì, un minuto e arrivo»

Assecondo e taglio corto.

Bea scompare nel corridoio. Mi butto giù dal lettone, sento il freddo che arriva fino ai piedi. È sempre così fastidioso lasciare un caldo abbraccio.

Mi vergogno anche solo a pensarlo ma da quando siamo arrivate qui al cottage sto nascondendo a Bea tutti i messaggi che Luca mi manda ogni giorno. Nascondo a chi mi sta salvando le seducenti e ammaliatrici dosi quotidiane di gustoso veleno che ancora arrivano da chi mi ha intossicato.

Un brivido mi corre sulla pelle e adesso capisco. È come un gioco erotico, la ricerca di quel dolore impalpabile che, in fondo, ti dà piacere. Perché il confine è davvero molto sottile. Perché si sa, a volte, per conquistare qualcosa, per tenercela stretta, per accaparrarci ciò che desideriamo, ci è stato insegnato che occorre soffrire un po'.

A volte tanto, altre volte troppo. Con la promessa che però ne varrà la pena.

E così mi rendo conto che, alla fine, quello che è successo

è certamente colpa del mio carnefice, ma in parte anche mia. Che ruolo ho avuto io? Cosa ho fatto, o non ho fatto, perché tutto prendesse quella deriva? Come avrei potuto evitarlo? Cosa non ho capito in tempo? Perché mi sono accanita?

Sono stata un ingranaggio dentro uno schema malsano che faceva funzionare tutto.

Ecco arrivare, puntualissimo, il senso di colpa, lui che c'è sempre, lui che è da sempre il mio amico più fedele.

Infilo le sneakers che Bea ha preso a casa mia insieme ad altri quattro stracci e sono pronta. Ormai la mia immagine riflessa allo specchio non mi guarda neanche più. Poco cambia se sono in tuta o ancora in pigiama. La borsa su una spalla, il cappellino con visiera in testa e una sciarpona se dovesse fare fresco.

Con le tasche piene di questi pensieri raggiungo Bea che mi sta aspettando alla porta d'ingresso. È davanti a noi e guardandola ho l'impressione di aver raggiunto un varco nel tempo. Qui dentro casa, in questa isola felice circondata da un giardino che si adagia fin dentro al lago, mi sento sospesa in una bolla temporale in cui nulla può succedere. Ma appena tornerò fuori, sarà come imparare a camminare di nuovo.

Esattamente sull'uscio Bea mi precede di un passo e, mentre scende il primo dei tre gradini di pietra, si volta per dire:

«Non c'è bisogno di chiudere la porta, lasciala pure aperta. Tanto non entra nessuno».

Già, tanto non entra nessuno, penso. *Come nel mio cuore.*

Non siamo ancora uscite e la mia ombra più scura e negativa sta già bruciando il terreno dietro di me. Non è il migliore degli inizi, ma la lascio cadere alle spalle. Devo solo pensare a mettere un passo dopo l'altro.

Il mercato delle emozioni

Il mercato è un circo di colori e vociare allegro. I profumi arrivano come ossigeno puro dalle narici dritti al cervello, mi inebriano così tanto che mi gira la testa.

Bea aveva detto che il mercato si tiene in Piazza Grande ma a considerare le dimensioni di questo piccolo isolotto, le proporzioni sono a dir poco fuorvianti. La piazza è più una piazzetta, o un grande cortile e, nonostante sia deliziosa, le bancarelle sono appoggiate quasi una sull'altra e ricordano vagamente un souk marocchino.

Bea scivola veloce tra i banchi ricolmi, sfiora mele gialle, cuori di lattuga e cassette di pomodori che esplodono nei loro colori primaverili. Ci sono banchi di pesce fresco che offrono lucci, trote e tinche tipici del lago.

Ci sono altri banchi invece che vendono dall'abbigliamento agli accessori per la casa, cavatappi, pentoline, presine e sottobicchieri. Non ci sono molti turisti, in fondo siamo in bassa stagione e questo dà al mercato un'aria di autenticità, di vita di tutti i giorni.

Nonostante ciò, il balletto allegro e confuso degli avventori sembra una sfilata, una parata organizzata ad arte per accogliermi e risvegliarmi dall'apatia. Non mi stupirebbe veder uscire, da una delle viette che danno sulla piazza, la banda con le majorettes accompagnate da trombe e rulli di tamburi.

Ci infiliamo nello sciame di gente che brulica tra le bancarelle, le voci si fanno più nitide ma non riconosco la lingua, le facce buffe dei mercanti sembrano arrivare da un'altra epoca. Hanno guance rosse, cotte dal sole, sorrisi aperti e occhi pieni di chi vede l'alba tutti i giorni.

«*Kupujte dame, kupujte!*» (Comprate, signore, comprate!)

«*Lepo sadje!*» (Frutta bella!)

Bea cammina veloce davanti a me, il braccio teso all'indietro, io mi aggrappo a lei, che mi apre la strada. La seguo senza paura, trascinata nella risalita di un fiume di emozioni che sanno di nuovo, sono fresche e profumate. Ogni tanto mi stringe la mano in un alfabeto Morse che mi fa capire dove lanciare lo sguardo di volta in volta e a cosa devo prestare attenzione.

«Guarda che grosse quelle ciliegie!»

Il sole alto di mezzogiorno è sopra di noi.

«Andiamo a vedere quei fiori laggiù!»

I profumi del banco rosticceria stuzzicano la fame. «Compriamo il pollo arrosto per pranzo?»

I bambini sonnecchiano nei passeggini e si lasciano cullare dalle mamme.

Senza di lui non potrò diventare mamma.

Tra le voci confuse mi arriva dritta in faccia anche questa. Un pugno in pieno viso. Ma non arriva da fuori, è dentro di me.

La mano di Bea mi strattona, lei sta continuando a camminare ma io mi sono bloccata. Sono diventata di marmo. Le persone attorno mi spintonano, mi sento un birillo che ruota impazzito sulla sua base e, un colpo di qua, un colpo di là, fatalità, non cade.

«Ehi, tutto bene, Gaia?» Bea capisce che qualcosa mi ha trafitto.

Le faccio un minuscolo cenno che va tutto bene ma nella mia testa invece risuona ancora:

Senza di lui non potrò diventare mamma.

Non è vero, e lo so benissimo, ora. Ma ecco perché per mesi sono rimasta aggrappata a lui. Questa era la verità venuta a galla dopo il fallimento del piano A, e cioè farmi una famiglia felice e avere dei bambini che, dopo dodici anni di relazione, avevo avuto la presunzione di dare per scontato.

Quando tutto è crollato mi è rimasto in testa solo ciò che mi sarebbe stato precluso. Certamente una persona da amare, ma soprattutto un sogno infranto. È questo il ricatto psicologico a cui mi sono piegata, questa la trappola in cui sono rimasta incastrata.

Nella mia deriva emotiva l'unico pensiero che riuscivo a mettere a fuoco cancellava ogni idea di futuro. Come avrei fatto, a quarant'anni, a uscire indenne da una storia così importante e ricominciare da zero? Come sarei riuscita a fidarmi di nuovo di un estraneo? Come avrei potuto ricostruirmi una vita rincorrendo l'opportunità di metter su una famiglia prima che fosse troppo tardi?

Il ticchettio dell'orologio biologico, quel maledetto, mi inseguiva ormai da tempo. Correvo, cercavo di fuggire, allontanarmi da quell'inesorabile conto alla rovescia ma nel correre mi ero persa per strada la cosa più importante: la mia dignità.

Io che avevo puntato tutto su di lui, su di noi, mi sentivo delusa dalla vita, dall'amore ma, prima di tutto da me stessa, dalla mia capacità di scelta. In fondo, siamo dotati di libero arbitrio e quindi non c'è scampo. Ero stata io a scegliere di continuare a crederci. Quindi era colpa mia, punto.

Ecco perché avevo accettato di tutto pur di salvare il mio progetto di vita e quella che sembrava la mia felicità. Perché volevo rimanere coerente con quella scelta, volevo provare a me stessa e agli altri che non mi ero sbagliata. Era lui quello giusto, avevo scelto bene. Che sì, magari un momento di stallo poteva pur capitare, ma sarei riuscita ad aggiustare tutto in nome del famoso "E vissero felici e contenti". Della favola perfetta.

Contavo su di lui, contavo su di noi, sull'idea ridicolmente romantica dell'unione che fa la forza. Contavo su tutto quello che avevamo costruito per anni. Ben dodici.

Ma, all'improvviso, di quel castello incantato non era rimasto nulla. E io non avevo un piano B.

Senza di lui non potrò diventare mamma.

Ecco perché oggi questa domanda è ancora qui, presente come allora, che tamburella nella mia gola, rimasta per mesi a metà senza riuscire a venir fuori prima d'ora. Come io sono ancora innamorata dell'idea di noi, di lui e di ciò che ha sempre rappresentato per me: un perfetto quadretto felice. Avere un uomo che mi ami, una famiglia mia. Avere dei figli. Questo è la felicità. E nonostante abbia cercato maldestramente di far andare avanti vita e pensieri, sopravvivendo a questa tortura emotiva, pur sapendo che un abbandono immotivato non ha alcuna chance di passare dalla parte della ragione, io mi sento comunque dalla parte del torto, complice ingenua e incosciente di un rapporto fallito. Dove avrò sbagliato? Perché è così difficile farsi amare?

Senza di lui non potrò diventare mamma.

Questa sentenza mi martella continuamente, e mentre mi accarezzo la pancia ripeto che non è così, che sarò mamma anche senza di lui. Cerco di intercettare un segnale di ciò che mi aspetta, di quanto sta succedendo laggiù nel mio ventre, di tornare al mio oggi. Ma poi rivedo gli anni sprecati, i momenti belli buttati, le energie sperperate. Penso al contadino che, dopo aver perso tutto il suo raccolto a causa di una tempesta più forte delle altre, aspetta pazientemente la stagione successiva per iniziare a preparare il terreno e seminare di nuovo. Mi torna così in mente quel mio ostinato voler investire ciò che avevo di più prezioso, il mio tempo, in un vuoto a perdere. Mi ero convinta, grazie all'educazione sentimentale data dall'esempio dei miei genitori, che quanto più avessi amato, tanto più sarei stata corrisposta. Se avessi dato tutto il mio amore, il mio tempo, il mio progetto di vita a quella che immaginavo essere una S.p.A. ovvero una Società per Amore, avrei avuto in cambio altro amore e i frutti di quel progetto con tutti gli interessi. Aspettarsi di riavere indietro tanto quanto si dà è, invece, un concetto totalmente fallimentare. E no, francamente non avevo mai immaginato un fallimento.

Perché è questo che l'amore fa. Ti illude anche nella fine, che ci sia una possibilità. Cerchi di salvare il salvabile, lotti per la sopravvivenza. Combatti per la vita. E lo fai, appunto, fino alla fine. Perché l'amore è vita pulsante e non contempla mai la morte.

Questo è ciò che ho fatto io.

Questo è ciò che sta facendo oggi mamma.

Mentre Luca, potendo scegliere, ha preferito l'eutanasia del nostro amore, mamma, non avendo altra scelta ha deciso di lottare con tutte le sue forze per celebrare ciò che rimane della sua vita. Immersa in questo brulicare di vita chiassosa e inebriante non posso non pensare a lei, che vede la fine vicina davanti a sé mentre io non ho neanche un inizio sotto i piedi.

Faccio segno a Bea di darmi qualche minuto, mi sposto alle spalle di una bancarella dove c'è meno viavai di gente. Il venditore mi intercetta e mi fa cenno di provare gli slip in puro cotone esposti su un triste manichino di plastica. Tre per dieci euro, è una vera occasione. Lo prendo come un simpatico monito, cominciare dalle cose principali, dagli strati più basilari, da ciò che deve esserci sotto per poi mettere sopra tanto altro.

Prendo il telefono, apro la chat e mi appaiono tutti i messaggi in sequenza che io e mamma ci scambiamo ogni giorno. Quanta vita c'è qui dentro. Potrebbe essere un libro, le nostre giornate trascritte in brevi messaggi e un arcobaleno di istantanee. Non la sento da ieri e a guardare l'ultimo WhatsApp mi si gela il sangue a pensare che ogni volta potrebbe essere l'ultimo messaggio, il suo ultimo giorno, l'ultima frase dell'ultimo capitolo.

Dentro a questa sensazione di fine incombente io mi sento come se dovessi fare ancora tutto da capo, come se fino a questo momento non avessi vissuto. Come fossi appena nata e dovessi imparare a respirare, guardare, parlare. Sono al giorno zero ma di quell'entusiasmo tipico degli inizi non c'è traccia e mi sembra sempre più impossibile ricominciare. Perché forse dentro di me sono ancora ferma alla soglia della parola fine, di un'altra epoca, di un'altra me. Non ho ancora avuto il coraggio di oltrepassarla quella soglia, di buttarmi oltre. Come se fossi stata risucchiata all'interno di un buco nero da una forza centripeta da cui sono tuttora imprigionata. Ecco, non ho ancora avuto la forza di ripartire dal nulla, ricominciare da quel vuoto e riempirlo di nuovo significato.

Sulla tastiera del telefonino le mie dita scorrono veloci tra i tasti, digitano le lettere ben determinate:

Un pensiero per te. Ti voglio bene, mamma. Mi manchi.

Non voglio farla preoccupare, le avevo detto che qui sta andando tutto bene.

Pochi istanti e mamma compare online. Attendo la sua risposta restando in apnea.

Pupa mia, sei sempre con me, ti voglio bene anche io.

L'aria torna a riempire i miei polmoni. Riparto da questo piccolo mattoncino d'oro che vale tutto. Quel "Ti voglio bene" attraversa lo spazio e le regioni che ci separano e mi riporta l'amore di una mamma che muove il mondo e tutto l'universo.

Occorre davvero tanto amore e altrettanta pazienza perché il vuoto non significhi più solo il nulla, la mancanza di qualcosa, ma perché diventi pieno di tutto il possibile.

Al mio braccio, penzolante e triste, la mia sportina per la spesa. In questo mercato delle emozioni aspetta solo di essere riempita.

L'inverno addosso

Un buon sugo, per avere quel tipico gusto intenso, il colore profondo e un caldo profumo di tradizione, deve cuocere molto lentamente ma soprattutto non deve mancare un pizzico di zucchero. Così diceva sempre nonna Alba e così mi ha tramandato, rispettando la preziosa ricetta classica, anche mia mamma. Non ci si fa più molto caso in questi nostri giorni frenetici, ma è un piatto che esprime, nella sua essenza, bolle di pazienza e sbuffi di riflessione.

Ieri al mercato abbiamo fatto una piccola spesa, comprando pomodori freschi, una piantina di basilico, qualche formaggio e una pentola di terracotta. Con il proverbiale stupore che solo le cose semplici sanno regalare, ho scoperto che questo è un modo per sentirsi a casa anche se sei dall'altra parte del mondo.

Stiamo preparando, nella flemma di un annoiato e sonnacchioso tardo pomeriggio, la cena per stasera. Da come si stiracchia lento, preannuncia una di quelle serate morbide in cui sembra proprio che le cose aspettino il momento giusto per accadere. Alcuni giorni sono così, sai che ti devi sedere e aspettare che la vita accada. Limpida e silenziosa, l'acqua del lago riflette uno spicchio di cielo pulito, sembra velluto cangiante tra l'indaco e l'arancione. Il tramonto si sta aprendo, srotolandosi come la coda di un pavone sopra di noi.

La cucina del cottage è grande, bianca e spaziosa, di quelle che sono sempre pronte ad abbracciare quanti più amici possibili, qualcuno appollaiato sui trespoli lungo il bancone, altri seduti a sorseggiare un bicchiere di vino sui davanzali delle grandi finestre che danno sul giardino. Altri ancora in movimento tra il frigorifero e il lavandino in pietra come in una coreografia scandita, di tanto in tanto, dal tintinnio di un brindisi. Al momento, però, qui ci siamo solamente io e Bea.

Alzo il coperchio della pentola in terracotta e una vampata di vapore al sapore di pomodoro mi appanna la vista ma in compenso mi accende un languorino in bocca e il ricordo di quei pranzi lenti della domenica a casa di nonna Alba.

Con un cucchiaio di legno giro il sugo che ribolle ormai da quarantacinque minuti, non ci vorrà molto prima che sia pronto. Ma occorre rispettare il suo tempo.

Non so perché ma trovo questa immagine quasi commovente e mentre lo penso capisco che, certo, ci sono scene decisamente più toccanti da vedere, che so, quando finalmente Sam dice "Ti amo" a Molly nel film *Ghost* e lei risponde "idem"; il cucciolo di Akita che aspetta il padrone fuori dalla stazione nel film *Hachiko*, o quando Dumbo va a trovare la mamma rinchiusa in gabbia e lei lo culla sulla proboscide. Sarà che sto attraversando, ormai a grandi bracciate, un infinito momento di fragilità emotiva, saranno gli ormoni, ma in questo istante il sugo che ribolle mi fa commuovere, mi dà un senso di straziante nostalgia della normalità. Forse è solo questo ciò di cui abbiamo tutti un disperato bisogno. Cucinare per chi ami, fare una passeggiata senza fretta e perdersi a osservare il mondo, annoiarsi anche un po' per avere la spinta di accelerare di nuovo domani.

Gesti piccoli, semplici, quasi banali, che tuttavia hanno la potenza di ancorarti alla realtà. Al qui e ora, il posto dove Bea mi ha portato.

Occorre però anche tanto allenamento per prestare attenzione a ciò che ci circonda senza dare tutto per scontato, per evitare che le cose ci passino accanto senza che noi ce ne accorgiamo.

In questi esercizi di stile, in questi giorni di fermo, sono ripartita da qui, dalla base, dando spazio a ciò che più mi piace fare: osservare. E questo pomeriggio mi sono sorpresa perché sono riuscita a perdermi di nuovo: dentro uno dei quadri appesi nel salone.

Stava lì, sopra il camino, sembrava indolente, appoggiato al muro quasi per riposarsi ma tradiva ancora la sua velleità di essere ammirato insieme al fuoco acceso. È una vecchia tela che probabilmente apparteneva al nonno di Bea. Aveva l'hobby del collezionismo di antiquariato e molti dei pezzi di arredamento del cottage devono esseri arrivati grazie a lui. Mentre il fuoco riempiva il silenzio con il suo crepitio, mi sono avvicinata al quadro per cercare di leggerne i dettagli.

La tela era ormai crepata e la vernice rinsecchita. Sembrava nessuno lo guardasse più da troppo tempo. Ed è questo che fa l'essere ignorati, ti fa spegnere, morire, ti prosciuga lentamente.

Quante volte mi sono sentita così? Quante volte la mancanza di amore e attenzioni, di uno sguardo gentile su di me ha asciugato la mia linfa vitale e affievolito i miei colori?

Nel dipinto sono riuscita a intravedere un campo di fiori,

teste di papaveri rossi piegate al vento e due fanciulle che camminano al riparo di un ombrellino bianco. Alle loro spalle, in lontananza, una grande casa coloniale un tempo colorata. Da lì, non c'è un vero sentiero ma dopo il loro passaggio, con gli abiti ampi e le gonne lunghe fino ai piedi, lasciano una scia più chiara sull'erba alta. Come a non dimenticare la strada. Ma la stagione, i colori, la temperatura, invece, quelli erano stati dimenticati. Le fanciulle sembravano ferme lì da secoli. I loro occhi spenti, l'incarnato del viso giallognolo, l'erba aveva ormai l'aria appassita.

Ho istintivamente allungato le dita a sfiorare con delicatezza la superficie della tela. Non importa se il quadro è di valore o è un semplice, e a volte mal riuscito, esperimento amatoriale. Provo sempre un gran rispetto nei confronti di chi ha dedicato del tempo a creare qualcosa dal nulla per restituire la sua visione della realtà; se queste due fanciulle erano lì a camminare in un campo, un significato, per qualcuno, doveva pur esserci.

I miei polpastrelli scorrevano lievi sulle figure trovando le rughe e i grumi del tempo. La lucentezza del colore steso era solo un lontano ricordo ma ne raccontava ancora qualche soffio. Le pennellate delicate tracciavano i respiri di una vita passata. Chissà dove si trovava questo campo. Chissà chi erano le due fanciulle. Come era arrivato in questa casa il dipinto?

Penso che le storie non raccontate, spesso, siano quelle più affascinanti. E più mi addentravo nei dettagli, tra i solchi di pittura, più cresceva la curiosità di vedere cosa c'era sotto ogni pennellata. Sentivo risvegliarsi in me la passione di riportare alla luce antiche storie, vite e verità. Ritrovavo ancora una volta lì, sempre e ancora lì, il senso della mia voglia di ridare un valore a ciò che è perduto, ciò che è rotto o che può avere tuttora molto da dire. Quella voglia inesauribile di ridare la vita a qualcosa. Il messaggio era sempre più chiaro. Ma questo, stavolta, lo dovevo fare con me.

Come per un istinto naturale ho cominciato a rispolverare le regole di base: in un intervento di restauro la pulitura si configura, tecnicamente, come una delle azioni che contribuiscono a ridare l'originale stabilità chimico-fisica ed estetica all'opera. Ed è la primissima cosa da fare, prima di qualsiasi altra operazione. Solo dopo aver tolto lo sporco, i residui di inquinamento, gli accumuli di polvere degli anni passati si può proseguire con il resto.

Mi sono avvicinata sempre di più, il naso sfiorava la tela, potevo quasi sentire l'odore stantio di quella vernice secca. Nel vedere a occhio nudo lo strato che sarebbe stato da togliere, mi scoprivo addosso lo stesso sporco incrostato da mesi. Quella patina di grigiore che impediva alla mia pelle di respirare, ai miei occhi di vedere lontano, alla mia immaginazione di ricominciare a volare.

Per pulire un dipinto occorre eliminare le sostanze estranee presenti sulla superficie, tutti gli elementi di alterazione che ne mettono in pericolo l'integrità e la conservazione, la sopravvivenza dello stesso, arrivando a comprometterne la leggibilità visiva. Le alterazioni sono in genere provocate da cause naturali legate alla costituzione dei materiali o alla loro interazione con l'ambiente. Allo stesso modo percepivo quanto tutto ciò che avevo vissuto e assorbito negli ultimi mesi avesse trasfigurato i miei lineamenti, avesse crepato la mia pelle; il mio sorriso troppo ingenuo si era lasciato maltrattare fino a spegnersi. Le mie emozioni non si leggevano più chiaramente, in superficie non arrivava più nulla e neanche io sapevo francamente cosa provassi ancora.

La delusione si era infilata come polvere nel tessuto dei miei giorni rendendolo rigido e pesante. Sentivo addosso tutto il peso di un inverno freddo dopo essere stata abbandonata in una soffitta buia e umida. Nonostante fuori fosse primavera, io quell'inverno lo avevo ancora addosso.

Dovevo quindi prendere il coraggio di togliermelo, spogliarmi e, se necessario, anche rimanere nuda. Senza provare vergogna di ciò che avrei visto e affrontando la paura di non riconoscermi più con dodici chili in meno, la tonicità muscolare di una vongola e i capelli sempre legati in una coda pur di non dovermi guardare allo specchio per pettinarli. Ma forse, là sotto, sotto una di quelle crepe, c'era ancora l'opera originale.

Se ci pensiamo bene, ciò che nel linguaggio comune viene definito sporco, è semplicemente qualcosa che è in un posto in cui non dovrebbe stare. Ma l'abilità più grande per un restauratore, in realtà, non è soltanto rimuovere questo strato, quanto affrontare l'operazione di pulitura senza rovinare i materiali originali che costituiscono il dipinto stesso.

Perciò avrei dovuto anche eliminare tutto ciò che inquinava la mia vera natura. Togliere il marcio e far riemergere il buono. Perché, si sa, dopo certe esperienze non si torna più quelli che si era. Questo è ciò che fa la vita.

Dovevo procedere con cautela a ripulirmi pelle e anima dai residui di quel no categorico, da quel dolore appiccicaticcio, dalle croste di rabbia, facendo ben attenzione a preservare ciò che era rimasto del mio slancio vitale.

Dovevo cominciare, innanzitutto, guardandomi.

Io e la tela. Io e lei, una di fronte all'altra ci guardavamo cieche senza vedere chi o cosa fossimo diventate veramente. Entrambe in attesa di trovare qualcuno che ci riportasse in vita.

Una vertigine mi restituisce la vista del sugo che cuoce, ogni sbuffo libera una bolla, come i miei pensieri che stanno venendo a galla uno dopo l'altro. Avvicino il viso alla pentola, respiro quel profumo che, alla fine, sa sempre un po' di casa. Ecco qual era la sua vera essenza.

Il sugo è pronto. Bea alle mie spalle traffica con piatti, posate e bicchieri per apparecchiare la tavola in giardino. Il servizio è quello di sua nonna, fine porcellana color latte rifinita con un filo d'oro. I bicchieri di cristallo di Boemia intagliato anni Settanta con i loro tumbler troneggiano ai due lati dei piatti e le posate in argento luccicano ancora. Questa sera ci siamo proprio invitate a cena. Il tavolo è nudo, ho srotolato sul piano di maioliche solo un runner di lino grezzo che collega i nostri due posti a sedere.

Un cerino si illumina nel buio davanti al viso di Bea che accende uno a uno gli stoppini delle tre candele, larghe e bianche, legate tra loro con uno spago. Sembrano abbracciarsi a creare insieme una promessa di luce.

La pirofila finalmente arriva sul tavolo, la appoggio con il piglio tronfio di chi sa di aver fatto un piccolo, semplice capolavoro. Gli spaghetti si arrotolano sinuosi attorno agli steli della forchetta, il sugo avvolge la pasta con il suo profumo intenso. Alzando i calici al cielo brindiamo a tutto quello che abbiamo, perché a volte vedere il bicchiere mezzo pieno è l'unica scelta che hai.

È un po' come nella favola di *Alice nel paese delle meraviglie*, in cui il cappellaio matto le suggerisce di festeggiare il non-compleanno per 364 giorni all'anno invece di accontentarsi di un unico giorno all'anno.

Quindi stasera non abbiamo nulla da festeggiare ma, a ben vedere, abbiamo tutto da celebrare. Abbiamo la nostra amicizia più solida che mai, il pargolo che Bea si porta già in pancia, un posto incantevole che ci sta accogliendo come nessun altro luogo avrebbe mai potuto fare. E poi, io non so ancora cosa stia accadendo dentro di me, e in tutti questi giorni ho quasi avuto paura a pensarci, ma è sempre bene mantenere l'allenamento nel celebrare la vita.

Attorno a noi c'è ancora un po' di luce, le giornate stanno diventando più lunghe, i grilli si sono riuniti in un concerto d'inizio primavera e il cielo, sopra questo fazzoletto di terra, sembra più grande. Stasera il sole che va a dormire ci sta regalando uno spettacolo che attraversa mille colori, perché quando la natura gioca con se stessa, fa giravolte variopinte, si spoglia e con un inchino lascia scendere il sipario del buio, che segna la fine di un ciclo.

Cenare durante il tramonto e guardarlo attentamente svolgersi davanti ai tuoi occhi capita raramente, ed è come se ci si sedesse a teatro per assistere a uno spettacolo che va in scena solo per te.

Così, io e Bea stasera abbiamo mangiato quasi senza proferire parola e col naso all'insù, per non perderci il passaggio evanescente delle nuvole e nessuna delle sfumature di colore che hanno attraversato il cielo. Ma, a ben vedere, ogni aspetto di questa cena ci sta servendo su un piatto d'argento un arcobaleno di emozioni: dal sentire sotto ai piedi nudi la freschezza del prato verde smeraldo, allo sguardo che inciampa sui boccioli di lavanda che punteggiano i cespugli, passando sull'acqua che riflette l'evoluzione inafferrabile del cielo, fino al sugo rosso intenso come questi giorni.

È così che si apre ogni anno questa danza in cui la decadenza dell'inverno cede il passo a una primavera raggiante ed esplosiva. Che poi quando arriva la luce non ti ricordi più quanto buio fosse poco prima. E non ti rendi conto che per far spazio ai nuovi boccioli, le foglie vecchie, secche e ingiallite devono cadere. E che solo i rami rimasti nudi, come me, sono pronti a un'altra rinascita.

Allo stesso modo anche il cielo più brillante deve far spazio alle tenebre perché possano vedersi le stelle.

Ed è proprio tra le stelle di questa sera che tutto assume ai miei occhi un significato nuovo. Perché guardando la loro luce si svela ciò che pochi sanno. Cioè che anche se sembra un tuffo nel futuro, in verità è un ritorno al passato. Ancora una volta tornava protagonista. Infatti, tanto più una stella è lontana da noi, tanto indietro negli anni è stata emessa la luce che vediamo, carica di tutto il tempo e lo spazio che ha impiegato per raggiungerci.

Se una stella è a mille anni luce, noi la vediamo com'era mille anni fa. Vuol dire che nel cielo ci sono astri che si accendono e si spengono e noi non li vediamo ancora, come tutte le cose belle che passano inosservate sotto i nostri occhi. Oppure continuiamo a vederli anche se non ci sono più.

Ecco forse io continuo ancora a scorgere nella mia vita ciò che ormai non c'è più.

E questa è una prima risposta.

Per quanto carichi di passato possiamo presentarci all'appuntamento con il nostro futuro, dobbiamo cercare di comportarci come le stelle, con tutta la luce di cui siamo fatti.

E ancora, come nelle stelle, magari una parte di noi è già morta, ma la luce, quella deve continuare a brillare forte e chiara.

Come stanno continuando a brillare le lucine delle candele sul nostro tavolo. Non importa quanto intenso, quanto nero sia il buio, non importa quanto grande o piccola sia la fiamma. Gli occhi continueranno a indagare nel buio e, prima o poi, vedranno la luce. Ed è quella che io devo continuare a cercare.

Tra strati di sporco, silenzi vuoti e pugni chiusi alzo di nuovo gli occhi verso il cielo: le stelle questa sera continuano a guardarmi come fossero gli occhi del mondo. Mentre mi interrogano, mi sfidano: cosa vuoi fare della tua luce, Gaia? Dove è finita quella luce?

Una passeggiata tra le stelle

La pirofila degli spaghetti conserva ancora qualche filo di sugo, l'insalata è sparsa qua e là tra i piatti e la ciotola. Tra tutte e due anche stasera abbiamo onorato a dovere uno dei piccoli piaceri della vita.

I tanti pensieri sedimentano strato dopo strato, le nostre emozioni si srotolano sfoglia dopo sfoglia come una grande torta che stiamo preparando insieme. In questi giorni ci siamo lasciate attraversare dal dolore, dalle paure, abbiamo imparato a impastarle con attenzione a tutti gli altri ingredienti che ogni giorno arrivavano freschi sulla nostra tavola, come la voglia di ricominciare, il calore del sole, i sorrisi dei vicini di casa. L'ingrediente principale però poteva essere solo uno, la nostra amicizia fortissima, che come lo zucchero, rende più sopportabile anche il piatto più amaro. Abbiamo accolto la noia, l'abbiamo lasciata entrare come uno strumento di connessione con la parte più fragile di noi, abbiamo cercato di colmare quel vuoto apparente nutrendoci di ciò che ci ha offerto, del tempo prezioso, dandogli un nuovo nome e un significato più profondo. È proprio necessario fermarsi, a volte, prima di poter ripartire.

Gaia è accoccolata sulla sedia con lo sguardo perso nel blu

e le gambe rannicchiate tra le braccia. Abbiamo appena finito di cenare tra un tramonto incandescente e piccoli brividi sulla pelle. Qui nel giardino, sotto il patio, ci fa compagnia un'orchestra di grilli in festa.

«Hai visto quante stelle?»

Gaia è incantata, sussurra per non svegliare quel luccichio vibrante e silenzioso, sembra apprezzare i doni di madre natura che in questo posto si rivelano e si concedono a noi, come fosse la prima volta.

«Già… Tu le sai riconoscere?»

«Un po' sì, le ho studiate all'Accademia, nel corso di Geografia astronomica e poi mi sono appassionata. Quella è Cassiopea se non sbaglio» dice allungando un braccio in direzione della costellazione.

«Quella invece è la stella più luminosa, si chiama Sirio. Da non confondere con Venere che è la cosiddetta prima stella della sera, quella cioè che appare in solitaria subito dopo il tramonto oppure appena prima dell'alba.»

«Non sapevo di questa tua passione.»

La guardo incuriosita, mi stupisco ogni volta che scopro qualcosa di nuovo di Gaia, io che penso di conoscerla come conosco me stessa.

«Trovo che i nomi delle stelle siano molto evocativi» Le confesso. «Sì, è vero. Alcuni però sono davvero strani…» Gaia prende tempo e si capisce che le stanno passando per la testa pensieri curiosi. «Daresti uno di questi nomi a tuo figlio?»

È così che parte il gioco, Gaia stuzzica la mia capacità di azzardo.

«Se pensi che sono riuscita a chiamare Baudo il mio Bull

terrier, capirai che scegliere il nome di una stella per un figlio potrebbe essere quasi banale per me.»

«Ah, ah, ah, è vero, me n'ero dimenticata.»

Gaia sembra divertita, mi rendo conto che effettivamente dei nomi non avevamo ancora mai parlato.

«Per esempio?» incalza.

«Be', per esempio, Vega non è una stella?»

Gaia annuisce.

«Ecco, se dovesse essere femmina, Vega Novak suona proprio bene!» butto lì.

«Vega Novak potrebbe essere un'attrice di fama mondiale. Me la immagino alta, bionda e con i tuoi occhi azzurri. Praticamente una Barbie!»

«Guarda che in effetti c'è un'attrice proprio così, ma si chiama Kim Novak.»

«Ah vedi? Non lo sapevo, però è vero che il nome fa tanto, parla già di chi sei prima ancora che ti presenti.»

«Certo!» rispondo prontamente, pensando che alla fine il liceo classico a qualcosa è servito. «Come dicevano i latini, no? *Nomen omen*, nel nome è contenuto un destino, un augurio o anche un presagio…»

Il discorso, fatalmente, sta finendo lì dove non so se andare o meno. Perché mentre lo dico, oltre alla mia adolescenza sui banchi di scuola, mi ritorna in mente il flash di quando avevo fatto questo ragionamento a proposito di Gaia, del suo nome e di tutte le promesse in sé disattese. Non gliel'ho mai detto, ci sono pensieri che, a volte, devono rimanere nascosti là dove sono nati. Inoltre, forse neanche io mi sento tanto beata, come il mio nome aveva promesso. Men che meno sarei mai diventata una musa ispiratrice per il mio fantomatico Dante.

Un momento e scaccio via il pensiero, ci sono ancora tanti nomi, tante storie, tante vite da inventare. Mi piace pensare che questo nuovo terreno di gioco e ricerca possa ospitare le nostre proiezioni più positive e stimolanti, non i nostri fallimenti.

«Se è maschio? Che ne dici di Sirio?» Gaia mi propone la sua prima stella.

«*Mmmhhh*, sì, interessante, non se ne sentono molti in giro.» Mentre le rispondo vago anch'io con gli occhi tra le stelle in cerca di alternative.

«Oppure, per andare sul classico, c'è una stella che si chiama Arturo.» Gaia mi osserva indossando il solito stupido sorriso di quando vuole farmi ridere ma è già sul punto di esplodere.

«Arturo?! No! Arturo proprio no!» Le rispondo di getto.

Scoppiamo in una risata fragorosa. Questa cosa dei nomi sta diventando divertente e inaspettatamente molto coinvolgente.

Perché nella semplice scelta di un nome c'è un mondo che non ti aspetti. Il nome ti parla di un *se fosse*, traccia le linee guida di una personalità e di caratteristiche in questo momento ancora inimmaginabili. E si sa, spesso è il primo passo verso l'esistenza di qualcosa di nuovo. Non esiste cosa al mondo che non abbia un nome. E dare il giusto nome alle cose nella vita è fondamentale. Significa riempirle del loro vero significato. Significa riconoscerne l'esistenza, il percorso, la funzione, la missione, vuol dire mettergli il vestito giusto con cui si presenteranno al mondo.

E quindi, io, cosa voglio per questa creatura che sta crescendo dentro di me?

«Se è maschio vorrei dargli un nome importante ma non troppo altisonante, tipo Leonardo?» Ecco che la risposta viene automaticamente fuori dalla mia bocca.

«Be', non è per niente impegnativo, nooo... è solo il genio per eccellenza!» Gaia mi prende in giro. Poi si sofferma su un pensiero: «Però c'è anche una stella che viene chiamata Leo, in verità è una costellazione il cui nome tradizionale è Regulus e richiama in sé qualcosa di regale, significa "il piccolo re". Quindi prendi due piccioni con una fava...».

«E tu invece? Che nome darai alla tua creatura?»

Silenzio. La domanda rimane sospesa tra me e lei. Un aereoplanino di carta che non sa se andare avanti o tornare al mittente. Gaia non si aspettava di essere tirata dentro al gioco, in fondo lei non sa nemmeno se questo embrione sta crescendo o meno. E dopo il primo tentativo andato male, illudersi di nuovo sarebbe come correre su un terreno minato.

Non risponde, insisto ma delicatamente, forse togliendo questo tappo verrà fuori anche tanto altro. «Dài, provaci. Al massimo ti sarai fatta una passeggiata tra le stelle.»

Il buio raccoglie le nostre parole, so che verranno custodite tra i rami di questi alberi, nei boccioli dei fiori di lavanda, tra i fili d'erba, come fossero gioielli preziosi all'interno di uno scrigno. Nonostante ciò che stiamo dicendo abbia la consistenza della polvere di stelle, so che un giorno ci ricorderemo di questo momento e ne faremo gioiose palle di neve.

Gaia sospira, poi un piccolo tentativo per dare fiato a ciò che ancora, dentro di lei, forse non c'è. «Non saprei, non ci ho mai pensato a dire la verità. Forse il non dare un nome a questa "cosa" l'ha resa meno reale, meno viva. Sarà stata la paura di sognare che mi ha accompagnato fino a ora a farmi evitare l'argomento.»

Ecco, piano piano la verità sta uscendo. Io sto cercando di fermarmi, di rallentare, di vivere il presente. Ci sono dentro, lo sento. E sento anche che Gaia sta facendo esattamente lo stesso sforzo ma in direzione opposta, nello spingersi un po' più in là, verso il domani. Ma in questo nuovo territorio sconosciuto si sente persa, il suo terreno è fragile.

«Gaia, la paura non va condannata, è ciò che ha permesso all'uomo di sopravvivere nel tempo e nei secoli. Per questo va accolta, anzi va accudita.»

Lo sguardo di Gaia si sposta di nuovo all'insù, tra le stelle.

«Liberarti dai tuoi mostri consiste proprio nell'amare la tua insicurezza che altro non è che una domanda che ti chiede una risposta. C'è una spinta vitale in tutto questo. Siamo insicuri perché vogliamo dare un senso a ciò che siamo, una risposta a tutte le domande che siamo. E finché avremo domande dentro di noi saremo vivi.»

Gaia vaga ancora tra le stelle.

«Che domanda vorresti si facesse tuo figlio?»

Le lancio un altro interrogativo che cadrà nel prato, tra la lavanda e i fili d'erba. Ma so che prima o poi si farà strada, arriverà a destinazione.

C'è un momento, quando si sta soffrendo, in cui capisci chiaramente che è finita. Che sei uscita dal buio. Che sei diversa o che vedi le cose in maniera diversa. È come i contorni del paesaggio di questa sera, non c'è foschia, non ci sono nuvole. È tutto chiaro, nitido e luminosamente vivo.

Senza che ce lo aspettassimo questo momento è arrivato adesso, in questa serata primaverile in cui stiamo parlando del nome che darò al mio bebè.

Forse è qui e in questa scelta, in questo sguardo proiettato verso il futuro, che la prospettiva si fa più chiara. Gaia non sa ancora se diventerà mamma. Gaia non sa come affrontare la valanga che si è risvegliata e ha ricominciato a franare.

Ma stasera, finalmente, dopo tanto peregrinare avanti e indietro nel tempo si è fermata, ed è qui e ora. Ci è voluta una passeggiata fra le stelle perché le si illuminasse la strada e diventasse chiaro il cammino davanti a sé.

La notte continua a scendere su di noi come il sipario di un teatro e porta con sé lo spettacolo di tante piccole lucciole fluttuanti che si illuminano felici una dopo l'altra. Piano piano attorno a noi si accende una miriade di lucine che punteggiano il giardino e si riflettono vibranti sul filo dell'acqua. È una magia che non capita di vedere spesso. È una magia, a pensarci bene, che la natura regala solo in ambienti non minacciati da pesticidi, da cemento, dove non c'è inquinamento luminoso. È in questi posti sicuri e incontaminati che le lucciole, per un rito d'amore, illuminano il loro ventre di luce pulsante, proprio lì dove nascerà la vita.

È così semplice, ora che è sotto ai nostri occhi. Occorre far pulizia di tutto ciò che inquina l'esistenza per riuscire a vedere la luce.

«So quello che voglio, in fondo l'ho sempre saputo.» Gaia sembra decisa, improvvisamente risoluta. Come se rispondesse a una domanda che non le ho fatto.

Si alza e si tuffa in mezzo allo sciame luminoso con le

braccia aperte, sta volando come una lucciola; sta ballando in mezzo a loro.

Nulla può succedere se prima non accade dentro di te.

E così mi rendo conto che dentro di lei, piano piano, era già successo tutto senza che se ne accorgesse. Finalmente aveva acceso la luce dentro di sé.

«Bea, partiamo stanotte. Voglio che il mio futuro inizi il prima possibile.»

La danza della vita

Le tende bianche di lino grezzo, uniche superstiti dentro queste mura, svolazzano davanti alle tre finestre spalancate. Da quando sono stati portati via tutti i mobili, qui sembra non essere più entrato nessuno. Neanche l'aria, e si direbbe da fin troppo tempo.

Appena fuori dalla finestra principale un albero di magnolia esplode di bianco e viola, i suoi fiori aperti annunciano il prepotente arrivo della primavera.

Abbiamo spalancato tutte le persiane, fatto entrare il sole che è già alto, i suoni della città, i colori, l'odore di aria fresca. Noi siamo entrate nella casa, e la vita è entrata insieme a noi.

«È questa. È lei.»

Mi giro verso Bea che annuisce complice, con gli occhi diventati più grandi per lo stupore che devono contenere.

«Sì certo, *ehm*... non volete sapere a quanto ammontano le spese condominiali?» si inserisce l'agente immobiliare.

«Se vogliamo scendere nei dettagli faccia pure ma non saranno quelle a farci cambiare idea» risponde Bea.

«Ah, va bene. Benissimo. Allora possiamo andare subito nel nostro ufficio e firmare il contratto.»

L'agente per un eccesso di zelo aveva tirato fuori tutta la

documentazione, la piantina dell'appartamento, la certificazione energetica, l'eventuale contratto d'affitto, tutto ciò che serviva, ma non si sarebbe mai aspettato di chiudere un affare così, senza il minimo sforzo.

L'appartamento è piuttosto grande, centocinquanta metri quadri, al terzo piano con ascensore, dotato di un piccolo terrazzo dove però staremo comodissime.

Ampia cucina per stare a tavola con gli amici, due bagni per la nostra privacy, doppio salone per condividere gioie, giochi, chiacchiere e relax, e un piccolo sgabuzzino per le rogne che non si devono vedere. Ognuna ha la sua stanza più una camera extra per gli ospiti. I piccoli ospiti che stiamo aspettando e che non vediamo l'ora che arrivino.

Bea era riuscita a prendere l'appuntamento prima di partire, una settimana fa. Non era la casa del tranello per cui era riuscita a ingannarmi e rapirmi. Questa, appunto, sarebbe stata visitabile solo dopo sette giorni, e quindi stamattina, di ritorno dal cottage, siamo venute direttamente qui.

«In due sarà più facile restare svegli.»

Me lo ha detto Bea prima di partire accarezzandosi il pancino. Ascoltare la musica che amiamo o i necessari silenzi che parlano per noi, guardare nella stessa direzione, darci il cambio alla guida ha reso il tragitto meno pesante. I paesaggi che abbiamo intravisto accarezzando l'alba sono stati molto suggestivi.

Il viaggio più bello però, è quello che siamo riuscite a fare dentro noi stesse. Insieme, una accanto all'altra, ma ognuna all'interno del suo mondo. Con il proprio tempo. Con le proprie tappe. Con la certezza di non essere sole.

Dopo un percorso così intenso non si torna uguali, dopo essere andata così in profondità, quella che torna a galla è una persona nuova.

Come siamo cambiate? Cosa siamo diventate? "Lo scopriremo solo vivendo", diceva una canzone di Battisti. E mai una frase così semplice mi è sembrata tanto illuminante.

Dopo la visita dell'appartamento siamo rientrate a casa mia. Tutto è immerso nel silenzio, tranne il frigorifero in cucina che respira come il solito pachiderma. I cuscini giallo ocra sonnecchiano appoggiati uno all'altro sul divano ad aspettare un abbraccio, il lampadario sul mio letto è sempre appeso e triste.

Qui, ciò che abbiamo lasciato è rimasto immobile ad aspettarci, eppure c'è qualcosa di diverso. Sembra tutto nuovo… sarebbe troppo banale pensare che siamo noi ad aver cambiato prospettiva. Spostandoci anche solo di poco, la traiettoria del nostro sguardo ora incontra qualcosa che prima non vedevamo? Le difficoltà, quelle ci saranno ancora e probabilmente per molto tempo. Forse però la consapevolezza diventa, in momenti come questo, uno strumento prezioso per affrontare un futuro che sarà sicuramente impegnativo. Una cosa su tutte abbiamo imparato, e cioè che è fondamentale che la delusione apra gli occhi senza però chiudere il cuore.

C'è ancora una cosa da fare ora che siamo tornate.

Sono seduta sul WC. Bea è appoggiata alla vasca che mi guarda.

«Niente?»

«Eh, no, ancora nulla.» Mi prendo un attimo per provare di nuovo. «Niente, non mi viene.»

Dal mio telefonino esce una voce preoccupata.

«Pupa, ma da quante ore non fai pipì?!» Mamma è collegata in videochiamata.

«Non lo so ma con tutte queste emozioni forse ora mi si è bloccato il sistema idraulico.»

«Io l'avevo detto che avremmo fatto prima con un prelievo di sangue.» Bea è sempre la solita, tre passi avanti, per lei non c'è il come, l'importante è il quando. Che naturalmente deve essere il prima possibile.

«Lo so! Ma volevo provare anche io l'emozione di fare un test di gravidanza. Come nelle pubblicità. Come si fa di solito. Come è normale.»

La scatola dello stick è appoggiata sul mobile sotto la finestra, il foglio delle istruzioni è dispiegato sul davanzale ed è stato studiato per interi quarti d'ora, manco dovessimo far partire uno Space Shuttle.

Tengo lo stick con due dita penzoloni dentro la tazza, pronta per acchiappare l'acchiappabile, ma dall'alto non arriva neanche una goccia.

Ci voglio provare. Almeno questa volta. L'emozione di leggere su un test, a casa tua, insieme alle persone a te care, che stai diventando mamma, non è la stessa cosa che farti comunicare un freddo *sì* o *no* al telefono da una segretaria della clinica di cui non sai neanche il nome o che faccia abbia.

E poi, se non lo faccio ora, quando mi ricapita? Questa cosa però non la dico a mamma e a Bea. Non è questo il momento.

«Forse se ti lasciamo da sola qualcosa ti viene...» Mamma ha sempre una sensibilità molto sviluppata, mentre Bea mugugna uscendo dal bagno, neanche si stesse per perdere i fuochi d'artificio di Capodanno.

«Però chiamami appena ti viene!» urla da fuori.

Rimango da sola, seduta con le mutande alle ginocchia sulla tazza del WC in attesa della risposta più importante della mia vita; be', un po' di tristezza me la fa.

Anzi, molta.

Forse è questo il problema.

Per quanto la mente sembri collaborare, liberarsi di pensieri, paure, dubbi, preoccupazioni e pensare positivo, deve fare i conti poi con il corpo che, se non vuole, si blocca. Non c'è niente da fare.

È una legge tanto surreale quanto implacabile.

È questo che spiega l'infertilità di coppia; gli esami assolutamente perfetti in due soggetti sani ma il bimbo non arriva. E spiega alcune patologie risultanti da emozioni represse e somatizzate dal corpo, perché ignorate o mai affrontate dalla mente.

E, forse, spiega anche perché sono ancora qui sulla tazza del cesso a chiedermi se ce la farò. Perché quella domanda, dentro di me, non passerà mai.

Perché la mente, appunto, sembra collaborare, ma è il corpo alla fine che decide.

Il pavimento di marmo è gelido. Sono seduta per terra, sempre qui nel mio bagno. Meno male che nella nuova casa c'è il parquet. Ah, già, presto ci dovremo trasferire, il trasloco è una delle cose considerate più stressanti insieme al parto e al matrimonio, senza considerare ovviamente il lutto. Nascita, movimento (in senso lato e non) e morte sembrano quindi lo spauracchio più grande per l'essere umano. E penso di sapere bene il perché. Alla base di tutti questi eventi c'è sempre e solo una cosa che li accomuna: il cambiamento.

Abbandonare la casa che ti ha accolto per trasferirsi in un altro luogo, abbandonare uno status per assumere un nuovo ruolo all'interno di una coppia, accettare poi che chi amiamo non ci sia più da un giorno all'altro. Tutto questo ci obbliga a spostare lo sguardo, ci fa uscire dalla nostra comfort zone. Perché dobbiamo diventare diversi, affrontare quotidianità diverse, persone diverse, posti diversi. E non sai se ti piacerà.

La mia schiena è appoggiata al water, se poco fa era un trono, ora è diventato uno scomodo schienale, che spinge la sua curva di ceramica tra le mie costole. Fuori sta diventando buio e le prime luci della sera iniziano a illuminare la strada sotto casa. Vedo il fascio dei fari delle macchine proiettarsi sul soffitto, le seguo con gli occhi in una girandola di luci che si avvolge attorno al lampadario. C'è il solito viavai, ma a quest'ora il traffico si fa sempre un po' più intenso. La chiamano *rush hour*. Significa "ora di punta" e deriva dal verbo *to rush* che si traduce con "correre".

Che poi, che cazzo avrà la gente da correre così tanto? Dove mai dovrà andare?

Più il mondo intorno a me gira veloce, più mi aggrappo a ciò che ho accanto. Poco male se c'è solo un bidet e il mobiletto dei cosmetici.

Sono qui, adagiata sul pavimento, immobile. Non riesco a muovermi, non riesco a parlare, non riesco a mettere un pensiero dietro l'altro che abbia un senso. Non piango, non rido. Come mi sento?

So solo che ho gli occhi incollati a questo test di gravidanza e il resto di me ad ascoltare la vita che scorre là fuori. Mentre già un'altra vita, dentro di me, si sta facendo spazio.

Due lineette. Due belle, chiare, nitide e inequivocabili linee blu.

È l'inizio di un lungo viaggio da cui non si torna indietro. Non posso più cambiare idea. Io e Bea abbiamo appena trovato la casa giusta per noi, e il mio corpo è diventato una casa accogliente per l'embrione. Qualcosa è cambiato, lo so.

Cambiamento. Ecco ritornare il pensiero di prima e cioè che uno degli eventi più traumatici è il parto. Perché lì, davvero, cambia tutto. È la vita che crea altra vita. La vita che fa spazio al nuovo.

Non riesco a non pensare a mamma che se ne andrà presto, che lascerà un vuoto, e a questo bambino che forse arriverà a riempirlo, in un'alternanza di esistenze sincronicamente e diabolicamente beffarda.

È la danza della vita, che dà e toglie.

Tuttavia, in questo pendolo emotivo non so più se è presto o tardi. Ormai la linea spazio-tempo della mia esistenza si è disintegrata e mi sento come un astronauta che volteggia nello spazio in assenza di gravità. Non c'è più un sopra e un sotto, un avanti e un indietro, non ho più la percezione dei confini. Non c'è più un bene o un male. Perché lungo questo ragionamento ho trovato l'eccezione. Qualcosa di vecchio e rotto, invece di lasciarmi per sempre, è tornato, mentre il nuovo sta già nascendo dentro di me. Luca e, ironia della sorte, il test positivo. Questa combo esplosiva non l'avevo proprio considerata.

Sento il panico che sale dalla pancia e mi stringe la gola.

È tutto lì. È sempre tutto lì dove nasce ed è lì che si ferma. Non va su e non ritorna giù.

E io, cosa devo fare ora? Devo tornare da lui, riaprire le porte al mio sogno, a ciò che ero oppure tradirlo, andare avanti e accettare la mia nuova vita, la nuova me?

Prendo il telefono.

Apro i messaggi.

Seleziono il destinatario:

Luca (Schettino)

Devo vederti.

Ti aspetto domani sera da me.

La cena

«Forse ho messo in tavola dei piatti troppo grandi, sai?»

Luca è entrato in casa, ha varcato finalmente la soglia. Il mio cuore ha accelerato i suoi battiti, lo sento tamburellare ritmicamente nel petto.

Dopo tanto tempo è qui, proprio davanti a me, ciò di cui avevo così paura. È uno di quei momenti in cui hai la netta percezione di ogni secondo che passa. I miei sensi sono stati tutti richiamati all'ordine e hanno una soglia di attenzione pari a un corpo militare in missione.

Ho preso maldestramente la giacca dalle sue mani, senza che ci sfiorassimo. Un timido imbarazzo serpeggia tra di noi, nella gestualità, nella confidenza, negli occhi che inciampano gli uni negli altri ma non si soffermano e scivolano via. Non mi sono mai spiegata come due persone, dopo essere state insieme per anni, possano tornare perfetti estranei in un soffio.

Faccio strada ed entriamo nella sala, in tavola le bollicine di champagne brillano impazienti dentro i calici, pronte a celebrare un nuovo Big Bang.

«Eh sì, in effetti sono molto grandi» commenta lui in risposta, avvicinandosi alla tavola apparecchiata.

Prendo il mio calice e lo alzo al cielo per proporre un brindisi: «Sono grandi quanto tutti i miei perché. Spero che stasera riuscirò a trovare risposta a ognuno di loro».

Mi parte così, senza far troppo rumore, il primo colpo in canna esploso a salve.

Luca sembra far finta di niente, ma questa prima stoccata forse se l'aspettava.

Con nonchalance afferra il suo calice, apre il suo miglior sorriso e mi rassicura. «Sono pronto a darti tutte le risposte di cui hai bisogno, Gaia. Sono pronto a tutto per te.»

Mentre come un radar cerco di intercettare i suoi occhi, apriamo le danze con il brindisi d'inizio. Lui scola quasi tutto il contenuto del bicchiere, gli ci vuole qualche secondo di silenzio per digerire la mia battuta e per rassegnarsi al fatto che in questa serata non sarò carina e coccolosa come si è immaginato subito dopo il mio invito. Sa che dovrà schivare delle frecciatine ma si aspetta anche di dover incassare qualche colpo più forte. Mi guarda a lungo, accenna persino un occhiolino, un audace patto di non belligeranza per alleggerire un po' questa tensione palpabile. Le pagliuzze dorate sono sempre lì, irradiano luce dentro a quei maledetti occhi verdi. Il suo sorriso, che mesi prima si era trasformato in un ringhio rabbioso, è tornato più incantevole e maliardo di quanto non ricordassi. Mi chiedo se sono io a vederlo diverso o se è sempre la solita storia dell'amore che trasforma ogni cosa?

Gli faccio cenno di sedersi e, come ai primordi della nostra storia, si affretta con solerzia a scostare la mia sedia dal tavolo per permettermi, come un vero gentleman, di farmi accomodare prima di lui. Ci sediamo uno di fronte all'altra, il tavolo quadrato lascia tra di noi lo spazio sufficiente per poter allungare una mano e toccarci; ma le mani, per ora, cercano altro. Luci soffuse ci avvolgono, la tavola è apparecchiata da gran serata, come me, stretta dentro la mia *petite robe noire*, uno chignon e un velo di rossetto rosso. Volevo sentirmi, di nuovo e finalmente, bellissima.

«Possiamo iniziare?» La mia non è una vera domanda, ma dal tono si capisce che non vedo l'ora di stare seduta davanti a lui e guardarlo negli occhi per una cena intera, senza distrazioni. «Spero tu abbia fame» aggiungo con un sorriso.

«Assolutamente sì» risponde con lo sguardo di un bambino alle prese con un gioco che non si ricordava di avere e che ha ritrovato, dimenticato in un cassetto, dopo tanto tempo.

«E allora… buona cena, Luca.» Prendo la campanella che avevo messo accanto al mio coperto e do il segnale per l'ingresso del servizio.

La prima portata entra nella sala con passo sicuro, con uno stile perfetto ed elegante degno di un maître e si avvicina al tavolo con la prima pirofila. A servire è mio fratello Filippo.

«Ciao, Luca, che piacere rivederti.»

Luca rimane sbigottito. Dalla sua bocca esce un mormorio confuso, nascosto dietro un piccolo rigurgito di champagne, che però è costretto a mandare giù.

«Filippo… ciao» riesce ad articolare mentre si pulisce la bocca con il tovagliolo. Poi raddrizza la schiena già troppo rilassata e si mette quasi sull'attenti.

Gli avevo detto che, per dedicarci completamente l'una all'altro, ci sarebbe stato un catering che si sarebbe occupato anche del servizio al tavolo. Il mio cuore ora galoppa all'impazzata; mentre lo ascolto rimbombare dentro al petto, la voce di Filippo rompe il silenzio.

«Sono davvero onorato di aprire questa cena per voi con un grande classico. Come antipasto il menù prevede il fritto misto. Abbiamo scelto questa specialità perché è sicuramente uno dei piatti che piace a tutti, a cui non si può resistere, uno di quelle pietanze che mi ricorda sempre i tempi spensierati e leggeri dell'estate. Purtroppo, da qualche mese a questa parte mi ricorda anche altro.

«Perché tu non c'eri, Luca, ma Gaia questi mesi leggeri e spensierati non li ha avuti più. Avresti dovuto vederla friggere come se fosse in una padella di olio bollente, come questi calamari, come i fiori di zucca, come i gamberetti. Dopo che te ne sei andato le bruciava la pelle, la carne, fino a lasciare le ossa e quasi nient'altro di lei.»

Luca mi guarda, è imbambolato in attesa che io dica qualcosa, che forse è uno scherzo... Resisto alle pagliuzze e insieme a un respiro profondo prendo la parola, sento il bisogno di andare subito a fondo, dove la carne ancora brucia.

«È stata questa la prima sensazione, sai, quella che mi ha ustionato anche le papille gustative, e non riuscivo più a sentire il sapore della vita. Riesco ancora a sentire invece quella fiammata attorno a me e dentro la bocca dello stomaco, forse stanno ancora bruciando nonostante io faccia finta di non vederle. Sembrano spente ma io so che sono lì, assopite, come braci ardenti e basterebbe un soffio leggerissimo per riaccenderle.»

Non abbasso di un millimetro lo sguardo. I miei occhi lo inchiodano alle sue responsabilità. Poi, senza voltarmi:

«Grazie, Filippo, posa pure la pirofila in tavola».

Luca è colpito e spaesato ma cerca di rispondere: «Mi dispiace, davvero, ho avuto momenti difficili anch'io. Non volevo farti del male...».

Né io né Filippo rispondiamo. Luca prova a seguire le nostre parole e tenta di riacchiapparle come uno che rimane indietro di qualche istante; sa che lo porteranno da qualche parte ma non gli è ancora chiaro cosa stia succedendo. Poi segue con lo sguardo mio fratello che, con un inchino beffardo, si congeda e scivola di nuovo in cucina.

Con un sorriso cerco di minimizzare l'impatto che quell'esordio può aver avuto su di lui e sul suo appetito. Devo tenerlo seduto lì davanti a me. Ho il cuore in gola, ed è solo l'inizio.

«Se non ti va di cominciare con qualcosa di così pesante, non ti preoccupare, possiamo far entrare subito il primo piatto.»

Ancora dalla porta della cucina, alle spalle di Luca, entra mamma con una terrina chiusa da un coperchio che appoggia esattamente a metà tra me e lui.

«Buonasera, Luca!».

Un altro respiro mozzato, Luca davanti a mia madre non riesce nemmeno ad aprire bocca. Davanti a lei si è sempre trattenuto, ha sempre avuto un senso del rispetto che lo faceva indietreggiare. E anche ora, rimane incollato alla sedia e le mani attorno al bordo del piatto.

Mamma, tagliente come una lama non attende neanche un suo cenno e parte come da copione. «Dunque, mi sembra doveroso fare una precisazione.»

La sua voce è morbida e gentile, proprio come quella di una mamma che ti spiega il menù del cenone di Natale.

«Inizialmente volevamo fare un *consommé*, un bel brodo caldo, come quando ho detto a Gaia di lasciarti sbollire lì nel tuo brodo. Di solito si dà questa opportunità a qualcuno che poi sta a guardare cosa viene a galla, capisce dove ha sbagliato e se c'è qualcosa di bello da salvare. Purtroppo, anche noi siamo stati a guardare, ma non ha funzionato e il brodo ormai si è freddato.»

Luca è totalmente ipnotizzato da mamma e dal suo tono, quel modo magnetico di portarlo là dove non potrà fare altro che ascoltare.

«Quindi abbiamo deciso di preparare degli gnocchi: sai, ci si mette davvero un bel po' a farli. Devi prendere le patate, lessarle in acqua salata, lasciarle raffreddare… poi, una volta tiepide, pelarle una a una, tagliarle a pezzettoni, metterle nello schiacciapatate da dove usciranno piccoli vermicelli sottili. Farne poi una montagna, buttarci dentro un uovo, farina, olio e un pizzico di sale. E voi tutto questo ce l'avevate messo. Gli ingredienti per una relazione sana e felice c'erano davvero tutti.»

Mamma gesticola mimando con grande teatralità tutte le operazioni che sta descrivendo, si fa sempre prendere la mano in queste occasioni e in particolare stasera, sembra sia il saggio che aspetta da una vita.

Con un sorriso tagliente riprende di slancio: «Una volta amalgamato per bene l'impasto occorre prenderne dei tocchetti e farne palline, poi lavorarle con le mani e allungarle per fare dei serpentelli che successivamente taglierai in tanti piccoli gnocchi».

Luca è perso, ha l'espressione di chi non sa che fare, come comportarsi, non sa più neanche dove mettere le mani. Non sa più se si trova a una cena di riappacificazione con la sua ex fidanzata o a un corso accelerato di cucina. Si aggrappa con gli occhi ai movimenti di mamma, che alza il coperchio della terrina e svela la montagna di gnocchi al sugo. Hanno un profumo incredibilmente invitante.

«Solo a quel punto gli gnocchi sono quasi pronti e non resta che cuocerli. Bastano tre minuti di cottura. Solo tre minuti. Lo stesso tempo che ci hai messo tu, con grande facilità e menefreghismo, a scartare il piatto e passare alla portata successiva. E pensare che ti sono sempre piaciuti gli gnocchi, per almeno dodici anni. Vero, Luca?»

Luca non risponde. Se all'antipasto pensava a uno scherzo, un pegno da pagare per riaccoglierlo dentro casa, forse piano piano sta capendo che, invece, non sarà così scontato rientrare nella mia vita.

Non perdo tempo, il ritmo deve essere serrato e non devo dargli modo di reagire.

«Grazie, mamma. Be', visto che il primo in qualche modo è stato scartato direi che proviamo con il secondo, magari sarà di tuo gradimento.»

Come in una perfetta coreografia, mamma esce di scena ed è la volta di papà che entra trionfalmente con un vassoio d'argento dove, adagiato comodamente come Paolina Bonaparte, c'è un bellissimo astice rosso.

L'entrata nella sala da pranzo è, come per gli altri, sempre dalla stessa porta, Luca ormai si aspetta che alle sue spalle arrivi di tutto. Piano piano lo vedo sempre più ricurvo sul tavolo. La mano si è aggrappata al calice di champagne che ha esaurito tutte le sue bollicine.

«Oh! Questo è il piatto delle grandi occasioni! Papà, vuoi illustrare questa seconda portata?»

Lo accolgo simulando grande entusiasmo, il cuore ormai è impazzito, batte così forte che penso possano sentirlo anche loro.

«Con piacere, mia cara...» Papà mi sorride sornione, come se avesse una sorpresa anche per me, poi si volta verso Luca sganciando, in modo incredibilmente sofisticato, la bomba atomica.

«Buonasera, signor Schettino.»

Un istante, si gira verso di me e mi fa l'occhiolino. Sentirlo chiamare così da mio padre, la mia figura maschile di riferimento, riduce Luca a un esserino minuscolo di cui solo ora vedo la statura. Nonostante la situazione sia obiettivamente comica, non mi viene proprio da ridere. Dentro a quel soprannome ci sono tutte le lacrime di delusione e disperazione di chi aveva messo il proprio amore nelle mani di un vile pagliaccio.

Luca lo guarda di traverso con la coda dell'occhio, non riesce a reggere il suo sguardo di vero uomo. Sono sicura che tutta la sua attenzione sia concentrata lì, sul soprannome che non sapeva di avere.

Papà mette in scena l'atto principale.

«Qui abbiamo per lei, splendido nella sua corazza, un astice bollito, di primissima qualità, senza alcun contorno, né guarnizione. Abbiamo scelto di cuocerlo secondo la tradizione in acqua bollente per i primi minuti e poi a fuoco lento. Esattamente come lei ha fatto con Gaia. Avrebbe dovuto sentire quanto ha urlato al momento dell'immersione. E avrebbe dovuto vedere quanto si dimenava negli istanti successivi per salvarsi da quella tortura. Solo che poi si è arresa e ha smesso di muoversi. Lo serviamo così, tagliato a metà, per farle capire bene come stava, perché è così che si è sentita in tutto questo tempo. Spezzata in due, sola e senza più nulla attorno a lei.»

Luca è pietrificato. Forse fino a ora non si è mai reso conto di aver fatto del male non solo a me, ma anche a tutte le persone che mi amano e fanno parte della mia vita. Mentre papà si gira tronfio e se ne va, Luca tiene la testa china, come un cane bastonato, gli manca solo la coda tra le gambe.

Ma dopotutto è ancora qui. Non se ne è andato. O meglio, non ancora. Perché non è finita.

Lui lo sa, solo che da verme qual è, ora non gli resta che continuare a rotolarsi nella melma. Sa di meritarsi tutto ciò che gli sta tornando addosso. Luca sa, l'ha sempre saputo.

Allungo una mano verso la sua, ne accarezzo il dorso e gli sussurro dolcemente: «Se vuoi puoi andare via adesso. Non è ancora finita lo sai, ma sappi che la tua scelta è definitiva».

Tra di noi una serie di pietanze ormai fredde tra cui farsi spazio.

Ritiro la mano, la infilo nella mia scollatura, esattamente tra il reggiseno e il cuore. La tiro fuori in un pugno chiuso che allungo verso di lui. Si apre sotto i suoi occhi. Dentro c'è il brillocco che, nonostante non avessi accettato, mi aveva pregato comunque di tenere dopo la sua proposta.

«La tua scelta, adesso, è per sempre.»

Luca guarda la mia mano, la prende e la rigira tra le sue dita e stringe forte. Il senso di colpa lo sta divorando. Vorrebbe morire, lo vedo, vorrebbe sprofondare, vorrebbe sparire dalla faccia della terra. Ma la promessa fatta poco prima dell'inizio di questa cena della vendetta ce l'ha ancora in bocca. E prima che lui possa arrivare a decidere qualsiasi cosa entra in scena

Bea che, come al solito, non si fa annunciare. Il suo è il vero *coup de théâtre*.

«Ma signori, sbaglio o si dice *dulcis in fundo*? Avete aspettato fino a ora, non vorrete mica lasciare proprio il dolce?! L'abbiamo preparato con tanta pazienza, mettendoci così tanto zucchero per non sentire più l'amarezza e allungandolo con del rum invecchiato tanti anni, per l'esattezza dodici… E ora che è pronto è davvero uno spettacolo.»

Bea appoggia accanto all'astice, tra gli gnocchi e il fritto misto, un piatto di panna montata la cui forma ricorda una montagna ricoperta di neve, degna appunto del suo nome, Mont Blanc.

«Tuttavia, ci tengo a sottolineare che solitamente questo dolce viene servito su una base di purea di castagne e cacao. Ma essendo la panna montata esattamente come il tuo ego, Luca, in effetti è venuta un po' spropositata per volume e dimensioni e non è rimasto spazio per nient'altro. *Ops*, dovevo dire nessun altro, se non te stesso.»

Luca nasconde la testa tra le mani. Non ha neanche più il coraggio di alzare il viso.

«Nonostante ciò, quest'ultima portata rappresenta molto bene, con una simpatica metafora, quanto noi tutti, grazie a te, siamo finiti dentro a una specie di frullatore emotivo.

«Hai preso il tuo minipimer e senza pietà ci hai spappolato l'anima.»

Il silenzio è piombato nella sala da pranzo. Bea è dritta in piedi davanti a Luca, con le mani conserte, i muscoli tesi e lo squadra dall'alto in basso. Dire quelle parole le ha fatto male, un luccichio furtivo le fa brillare gli occhi. Dal suo sfogo si percepisce tutta la disillusione anche per le sue storie andate male. Sembra davvero uno di quei momenti a teatro in cui il pubblico attende qualche istante dopo che la battuta finale gli si è appoggiata addosso per esplodere in un vigoroso scroscio di applausi. Ma stasera qui non c'è spazio per nessun applauso.

Sento che è arrivato il mio turno. Faccio un piccolissimo cenno a Bea che scivola in cucina lasciandomi da sola con lui. Non c'è bisogno di infierire ulteriormente. Lascio cadere l'anello sul tavolo, a metà strada tra me e lui. Una sentinella luminosa che per brillare deve prendere la luce giusta. E qui stasera è ancora troppo buio.

«Sai, Luca, tutto ciò ti potrà sembrare una farsa, la messa in scena di una tragicommedia... Forse questo è solo il nostro modo di affrontare quello che è successo. Comunque con un sorriso... Perché a volte, un sorriso, è l'unica scelta che ti rimane.»

Luca appoggia le mani sotto il mento, la sua attenzione adesso è rivolta completamente a me e alle mie parole. Le uniche che forse si aspettava davvero. Ha l'espressione seria, gli occhi provati, le pagliuzze dorate non brillano più, ma ha deciso di arrivare fino alla fine.

«Però sappi che è stato difficile. Molto più difficile di ciò che stai passando tu in questo momento. E se vuoi saperlo no, non si muore di mal d'amore, ma penso che si possa morire di mal di vita. Quando improvvisamente niente ha più senso. Ecco, tu con la tua scelta hai tolto tutto il senso che avevo, anzi, che avevamo dato alla nostra vita.

«Il male che mi hai fatto non passerà. Però, come tutte le cose della vita, si trasforma. Come sono cambiata io. Il dolore che mi ha attraversato ieri è diventato oggi la mia forza.

Sapendo di aver affrontato qualcosa che reputavo più grande di me, ora sono più forte. Mi guardo allo specchio e penso "Ce l'ho fatta". Perché se nella vita hai un problema l'unica soluzione è sfidarlo. Solo così gli darai meno potere.

«E tu, da che eri il mio amore, sei diventato il mio problema più grande. Pensavo che amare con tutta me stessa potesse essere di per sé una ragione sufficiente per essere amata a mia volta. Purtroppo, ho scoperto che non funziona così.

«Quindi mi fa piacere che ti sia accorto di provare ancora dell'amore per me, ma francamente non so se questo mi basti più. Ti ringrazio per la tua proposta e per avermi reso facile la scelta di rifiutarla. Perché a volte la vita ti tira fuori un'idea migliore.»

Mi alzo, il cuore, in questo flusso di coscienza, ha ripreso il suo battito normale. Non sono mai stata così lucida.

«So che la cena può non essere stata di tuo gradimento, quindi ho pensato a una portata extra. Omaggio dello chef, come nei migliori ristoranti stellati.»

Le mie mani si allungano verso la credenza alle mie spalle, una cloche cromata è lì in attesa dall'inizio della cena. La prendo con delicatezza, non vorrei far cadere il contenuto prima del suo arrivo a destinazione.

La poso esattamente davanti a Luca, sul suo piatto ancora vuoto. Aspetto il tempo di un battito di ciglia, e al successivo respiro sollevo il coperchio della cloche: adagiato su una salvietta di seta bianca ricamata, il mio test di gravidanza.

Luca strabuzza gli occhi. Guarda me, poi la mia pancia, non capisce, non riesce a capacitarsi di ciò che sta succedendo. È stordito, incredulo, si porta le mani al viso, si stropiccia la faccia, i capelli, poi torna a guardare con attenzione il test.

Il mio cuore ricomincia a rimbombare nel petto, devo fare un'ultima cosa. Solo così potrò davvero avere la risposta all'ultima domanda. Quella più importante.

Con una mano prendo il brillocco ancora appoggiato sul tavolo, con l'altra il test di gravidanza. Da una parte il simbolo di ciò che guarirebbe il mio passato, dall'altra l'emblema del mio futuro. In un attimo tutto è incredibilmente nelle mie mani.

Con un movimento leggero infilo il test di gravidanza dentro il cerchio dell'anello e lo porgo a Luca.

«Allora, vuoi restare o vuoi andare via?»

La seconda fine

«Beaaaa… Dove vanno messi gli asciugamani?»

«Nell'armadio in bagno, quello lungo e stretto…»

«Ma nel primo ripiano ci sono già i fon, gli shampoo, i balsami, le maschere, le creme per gli impacchi, le creme corpo, gli scrub, le salviette detergenti, ovviamente tutto doppio…»

«E allora mettili sul secondo ripiano!»

«Sul secondo ripiano c'è l'olio "Sogni d'oro", il talco, e i pannoloni primi mesi, che prendono giusto un attimo di spazio. Ah! Poi ci sono tutti i trucchi, le spazzole per capelli, pettini, bigodini (che poi… ma quando mai li hai usati che ti fai sempre i capelli lisci?!), la piastra, appunto, elastici, assorbenti… che per un po' non ci serviranno ma non si sa mai… la valanga di campioncini sbagliati di cui ci riempie ogni volta la profumeria e che tanto non useremo mai. Non c'è più spazio!»

«Molto bene, non siamo ancora entrate e stiamo già scoppiando…»

Bea bofonchia qualcosa mentre sta cercando di infilare quante più mutande possibili nel cassetto del suo armadio. Sembra che in questa nuova casa si sia trasferita un'intera squadra di calcio femminile. Mentre invece, nonostante lei sia ormai al sesto mese, e io appena al terzo, siamo un po' più tonde del solito ma in fondo siamo sempre e solo due.

Bea aspetta un maschio, proprio come voleva. E sempre come voleva si chiamerà Leonardo. Io invece ho sempre saputo di volere una femmina e mentre penso di nuovo all'ecografia di stamattina il mio sorriso viene distratto dal citofono che suona come impazzito. I traslocatori stanno portando gli ultimi oggetti, le piante, i quadri, qualche scatolone lasciato indietro e allo stesso tempo i corrieri stanno consegnando i primi nuovi acquisti per i bimbi.

È già arrivata la carrozzina che ha comprato Bea, il fasciatoio, gli abitini, biberon e scatole di ciucci e altre cose, per ora inutili, tutto ordinato online. Nell'appartamento c'è un gran viavai, le vite si intrecciano e nel condominio si mormora già sull'arrivo di una strana coppia, almeno così abbiamo sentito dire.

Ci siamo divise le stanze, ognuna ha la sua, ma dei due bagni presenti nell'appartamento abbiamo deciso di dedicarne uno ai piccoli e l'altro a noi. Questo nelle intenzioni, perché al momento abbiamo messo un po' tutto alla rinfusa. Lo sgabuzzino con le cianfrusaglie che di solito non sai dove altro mettere è già pieno con un mix di elettrodomestici, stendibiancheria e la scarpiera, ovviamente, già zeppa. Meno male che abbiamo solo due piedi ciascuna.

Alla fine, in ogni trasloco che si rispetti capita sempre la stessa cosa. Non ti rendi mai conto realmente di quanto la casa che lasci riesca a contenere, e in questo caso sono addirittura due, fino a che non devi portare via tutto. Non sai mai quanto grande e pesante sia il tuo bagaglio fino a che non lo svuoti e rivedi pezzo dopo pezzo ciò che hai conservato. Ciò che continui a nascondere negli anfratti, di cui non vuoi o non sei capace di disfarti. Libri mai letti, pigiami vecchi, scarpe rotte e vecchie foto.

E così, allo stesso modo, ci comportiamo con il nostro carico emotivo. Ci trasciniamo dietro delusioni d'amore e sogni infranti, ricordi indelebili che andranno a sommarsi con le nuove esperienze e alla fine senti che non c'è più spazio. Un po' come succede anche per gli hard disk dei computer: prima o poi la memoria si esaurisce.

Sono passati tre mesi da quando abbiamo visto questa casa per la prima volta: era completamente vuota e ci era sembrata enorme. O forse eravamo noi a sentirci piccole piccole. Sono passati tre mesi da quando ho scoperto di essere incinta e non volevo crederci. E sono passati tre mesi da quando ho servito a Luca una cena fredda e pesante come ogni vendetta che si rispetti.

Ma, in verità, non si è trattato di una vera vendetta. Dopo tutto quello che era successo, perché vendicarsi? Chi ti ha perso, si è già punito da solo. Io ho capito quanto valgo, quanto so di poter dare, quanto sia al pari con me stessa. Non ho dato niente di meno di quanto avrei potuto e dovuto dare. E se chi ha ricevuto non ha capito o non ha apprezzato, il problema non è mio.

È stato quindi più un ironico, sarcastico, tragicomico saluto corale a una persona che in fondo è stata nella mia vita e in quella della mia famiglia per ben dodici anni. E per educazione, ogni volta che si va via, è buona abitudine salutare e chiudersi la porta alle spalle. Lo dovevo a me e alla mia paura sconfitta di non essere abbastanza.

Luca da quel giorno è sparito di nuovo. E questa volta non l'ho presa come l'inizio di un'altra attesa. Ma come l'ultima parola di una risposta mai data. E tanto mi è bastato. Anche perché mentre qualcosa fuori svaniva nel nulla, qualcos'altro dentro di me dal nulla si preparava a nascere. Quindi ho deciso di far spazio a una promessa d'inizio, non a una nuova fine. Ognuno di noi trova il senso della vita in qualcosa. E forse è vero che qualcuno lo capisce proprio quando comincia a sentirlo crescere dentro di sé.

È così che, finalmente, ho salutato le mie sofferenze, le mie convinzioni sbagliate, le mie paure. Sono loro che mi hanno accompagnato in questo viaggio all'inferno. Sono state loro le mie compagne di sventura e lì mi sono resa conto che, proprio come nei viaggi, anche in questo tipo di situazioni non si è mai da soli. C'è sempre con te qualcuno o qualcosa.

Io mi ero portata dietro loro. Le mie paure.

Ora posso dirlo, solo le nostre paure ci conoscono davvero, nel profondo. Là dove ti senti nuda e cruda, non ancora pronta per essere assaggiata dalla vita. E io, fino a poco fa, non mi sentivo pronta per un cambiamento così grande. Non da sola. Ma allo stesso tempo non ero più disposta a dare in pasto la parte più vulnerabile di me, il mio amore, a chi ne avrebbe fatto coriandoli. Questa è la vita.

Non ha senso opporre resistenza o illudersi di poter fermare il mondo, puoi solo tentare di intercettare e assecondare il nuovo movimento in arrivo e cercare di accompagnarlo. Forse, né io né Bea saremo mai davvero pronte per fare un salto così rocambolesco come diventare mamme single. Affrontare una gravidanza da sola, in verità, non rappresenta un'aspirazione per nessuna donna. Compiere in solitaria questa traversata oceanica non è solo una scelta coraggiosa, a volte è una scelta obbligata, è l'unica alternativa al nulla.

Il coraggio servirà poi per sfidare i diritti mancanti a nostra tutela, per affrontare i giudizi e le varie etichette che ci appiccicheranno addosso: di essere state incapaci di tenere assieme la coppia, di non essere state scelte da nessuno per fare una famiglia, di essere lo scarto mentre tante altre hanno raggiunto zitte zitte l'obiettivo.

Noi rimarremo sempre senza quel pezzo che, probabilmente, poi mancherà. Perché ci mancherà sapere di averlo fatto con una persona che amavamo talmente tanto da volerne creare insieme un'altra. Perché a questi bambini, che non hanno scelto di nascere in una famiglia sbilenca, mancherà la figura paterna. Ma in cambio di questo avranno la certezza di essere stati voluti davvero, la certezza di essere accolti con tutto l'amore che abbiamo in corpo e dal nostro immenso abbraccio affettuoso. Quello gli potremo dare. Ed è l'unica cosa che conta. Se nessuno di noi sceglie di venire al mondo, allora la differenza la fa solo ed esclusivamente quanto si è stati aspettati e desiderati.

La differenza, un domani non troppo lontano, la farà il saperci perdonare di aver donato la vita sapendo di non poter donare anche un padre. Di aver regalato un triciclo ma senza pedali. Forse il bambino imparerà a spingerlo da solo. O un piatto di spaghetti senza forchetta. Forse si arrangerà mangiando con le mani. Perché sono le condizioni eccezionali a rendere le cose straordinarie, ovvero fuori dall'ordinario. E noi, di ordinario non avremo molto. E saremo, per un bel po', sicuramente l'eccezione. Certo, avremo la libertà e la serenità di poter disporre della nostra vita, senza avere accanto un partner sbagliato, che forse ci farà risparmiare le fatiche di una continua, estenuante e malsana guerra domestica. Ma saranno tante le volte in cui ci sentiremo sole, anche in attività del tutto normali come restare sveglie la notte per allattarlo, andare a prenderlo a scuola, insegnargli a nuotare.

Dovremo imparare a schivare qualche sguardo di commiserazione, di quelli che ti fanno sentire la poverina senza marito, quella che ai tempi di mia nonna veniva soprannominata, tristemente, ragazza-madre. In fondo questo dimostra che la società non si è evoluta poi così tanto. Ma sono sicura che spesso quella sensazione di disagio sarà bilanciata dall'invidia di molti rimasti incastrati nel teatrino della famiglia perfetta. Perché, ahinoi, ne siamo circondati. La moneta di scambio sarà la consapevolezza di non aver ceduto al ricatto emotivo di sentirsi imperfetti, di mettersi nel ruolo di calzino spaiato, soprattutto in vacanza, durante le feste comandate o agli incontri con gli insegnanti, dove tu sei sempre dispari.

Aver guadagnato il diritto di poter scegliere di diventare madri è stata una conquista importantissima. Eppure questa libertà di scelta ci ha messe sotto ricatto, perché avere il diritto di decidere se nostro figlio possa avere un papà oppure no è un carico emotivo pesantissimo. E nostro figlio, una volta grande, ci potrà odiare per questo?

Se tutte queste considerazioni hanno un senso, è comunque vero che né io né Bea ci saremmo mai perdonate il fatto di non averci nemmeno provato. Tra la scelta di diventare mamma single o rinunciare totalmente al sogno, noi abbiamo scelto la prima opzione. Tra il fare e il non fare, abbiamo scelto di nuovo la prima.

Perché se c'è una cosa che ho imparato in questa discesa all'inferno è riconoscere l'unicità di ognuno di noi. Nessuno deve mettersi a confronto con la vita e le scelte di qualcun altro. Ogni persona è unica come ogni esperienza che vive e attraversa. Per questo, ogni vita meriterebbe di essere raccontata in un romanzo.

Il citofono suona ancora.

Il corriere mi dice che è una consegna speciale. Attendo sul pianerottolo con curiosità mista a una strana ansia; le sorprese mi sono sempre piaciute ma ultimamente il mio cuore è un po' provato e ho quasi paura di quello che potrà arrivare.

Gli faccio lasciare il pacco sul pavimento dell'ingresso, tra scatoloni, rotoli di scotch, forbici e metri di pluriball.

Bea ha mollato i cassetti della biancheria intima e mi ha raggiunto, siamo entrambe in piedi davanti a questa grossa scatola. Sulla parte superiore c'è il nostro nuovo indirizzo; è una novità alla quale dovrò presto abituarmi. Sotto al cartello con l'indirizzo e su ognuno dei quattro lati, a caratteri cubitali, la scritta FRAGILE.

Bea mi guarda: «Lo vuoi aprire tu?».

Una domanda retorica; le restituisco un sorriso complice, sa che amo scartare i regali, soprattutto quelli degli altri. Ma in realtà questo pacco non ha un vero destinatario, riporta solo il nome della casa: Casa Stella, perché è così che abbiamo chiamato la nostra nuova dimora. E non come può sembrare per via della nostra famosa chiacchierata tra le stelle ma, più banalmente, perché la precedente inquilina faceva di cognome proprio Stella. Così, forse affascinate dalla coincidenza, forse incuriosite da ciò che questa circostanza fortuita avrebbe potuto portare, abbiamo deciso per il momento di lasciare sul citofono quel nome così evocativo.

Immagino, quindi, che il pacco appena arrivato sia per entrambe.

Attendo un piccolo cenno da parte di Bea e mi butto sui lati più sottili per provare ad aprire la scatola. Strappo lo scotch, apro le alette di cartone, tolgo impaziente le palline di carta di giornale accartocciata e gli strati di polistirolo che imballano l'interno. Sembrano non finire più; servono a proteggere il contenuto, che, come è scritto, deve essere davvero fragile.

Poi, finalmente siamo davanti a lui.

È ancora mezzo incellofanato. Una sottile pellicola di plastica trasparente lo avvolge ancora ma ne rivelo il contenuto. È proprio lui: il quadro con le fanciulle tra i papaveri che avevo visto nel cottage dei nonni di Bea.

«Ha fatto un lungo viaggio e ora, se lo vuoi, è tuo.»

Bea con un gesto lo scopre del tutto e lo gira verso di me.

«È vecchiotto, bruttino e malandato. Soprattutto fragile. Ma sono sicura che te ne saprai prendere cura. Solo tu puoi ridargli lo splendore che ci hai visto nel guardarlo. Usa pure tutti i colori che vorrai.»

Rivedo dopo tre mesi quelle due fanciulle, e sembra che in questo tempo anche loro ne abbiano fatta di strada, la scia del loro passaggio sull'erba alta sembra più profonda. E la strada che hanno davanti è ancora lunga ma ora hanno la direzione giusta. Trovo assolutamente perfetto ricominciare da qui. E vedo già tutti i colori che vorrei dargli.

Un sorriso mi esplode sul viso e istintivamente le mie braccia si lanciano per abbracciare Bea, che però raggiungo con fatica. Tra me e lei non c'è solo il quadro, che ci arriva alla vita, ma anche il suo panciotto che sta diventando decisamente più evidente e ingombrante.

«Attenzione che qui ora c'è molta più roba, eh!» Bea ride divertita.

«E allora facciamo spazio e mettiamo tutto al posto giusto. Dove lo appendiamo?» le rispondo senza in realtà aspettare una vera indicazione.

Le mie braccia lo hanno già sollevato da terra, e vago alla cieca con il quadro davanti alla faccia come una bambina che ha sollevato il mondo. Con la bocca che sfiora la tela riesco comunque a farfugliare: «Io lo metterei in sala, sulla parete principale. Che serva da monito. E poi così tutti i nostri ospiti lo potranno ammirare. In fondo un quadro è fatto per questo no?».

Mi faccio spazio nel salone a suon di calci, tra gli scatoloni impilati uno sull'altro e i mobili ancora incartati, sui quali è riportata la stanza di destinazione. Le pentole e i piatti sono in uno scatolone con su scritto CUCINA, gli abiti invernali riportano il cartello SOLAIO e il divano e il tavolino hanno su scritto SALOTTO. Dovrebbe essere sempre così semplice sapere dove mettere ogni cosa. Avere un cartello che ti suggerisca: questo va in salotto, quello tienilo in cucina, ma quello puoi anche buttarlo via, non è un ricordo che merita spazio dentro di te. Quest'altro, invece, mettilo in cima a tutti i tuoi pensieri perché è prezioso, e quando non ci sarà più ti mancherà.

Come mamma. Che mi manca già, mi manca sempre, anche quando è con me. Perché sono passati solo tre mesi, ma per lei sono un conto alla rovescia inesorabile che pian piano, giorno dopo giorno, va a scalare il tempo che le rimane. Ora che un nuovo inizio sotto i miei piedi c'è, vedo molto più chiaramente anche la sua fine. Mi chiedo spesso cosa lascerà dentro di noi questa situazione, dentro noi che restiamo. Perché non si sa cosa c'è, se qualcosa c'è, dopo la morte per chi muore, ma sappiamo benissimo cosa c'è per chi rimane. Siamo noi che dobbiamo fare i conti col dolore di una perdita. Per chi resta c'è un lungo patto con il male a cui pregherai di non causarti troppo dolore.

Penso che accompagnare i malati terminali sia un viaggio fatto di coraggio e dolcezza, fino a che ci sono i tuoi cari sai che dovrai fare appello a questi due pilastri per tenere in piedi la vita che sta crollando, per guardare arrivare il nulla che si mangerà i giorni uno dopo l'altro. La dolcezza per ammorbidire il dolore, costruire gli ultimi bei ricordi nonostante la rabbia, e poi il coraggio per guardare in faccia la morte e ciò che di noi si porterà via. È come se l'esperienza della mancanza di una persona cara non fosse solo legata alla persona che non ci sarà più, ma a parti di noi che se ne andranno insieme a lei. Per questo occorre lottare con coraggio, perché tutto ciò che ci appartiene e ci lega a quella persona va in qualche modo recuperato, restituito alla vita. Continuare a vivere nel cuore di chi resta è un po' come non morire mai.

E allora cercherò di portare con me il dolcissimo sorriso di mamma, il suo entusiasmo per la vita, ogni suo abbraccio e quell'ironia pungente che l'ha sempre salvata. So benissimo cosa resterà di lei anche quando non ci sarà più. E forse mi piace pensare che il fatto di poterglielo dire, di poterla salutare, di poter stare con lei nel tempo che ci rimane renda tutto un po' meno violento di come a volte la morte possa arrivare. Il doversi lasciare andare sarà un patto d'amore condiviso. E anche questo la terrà in vita ancora per molto tempo dentro di me. Un po' come avviene con il ricordo di nonna Alba.

Ci sono tante cose che la riportano continuamente tra noi, il segreto di una ricetta di cucina, un vecchio modo di dire che, nonostante il tempo, rivela una semplice ed eterna verità, un sogno che, improvvisamente, è una magia annunciata.

Mi trovo istintivamente a scavare nei miei ricordi, quelli che ho tenuto nel cassetto delle cose preziose; c'è qualcosa che mi porta lì, e mi fa tornare in mente proprio il sogno di nonna Alba che avevo fatto all'inizio di questa avventura. Mi sto rendendo conto che piano piano si sta materializzando.

La scatolina che lei aveva appoggiato sul tavolino e poi ripreso, non era forse il mio primo tentativo di gravidanza andato male? Se così fosse allora è probabile che quel salotto, che io sapevo essere mio ma non riconoscevo ancora, fosse proprio questo in cui mi trovo ora. E se è tutto vero, allora è anche vero che le due scatoline di gioie preziose, che ha appoggiato davanti ai miei occhi, sono proprio i due gemelli che porto in pancia e che stamattina ho intravisto nella prima ecografia. Quel sogno aveva previsto tutto.

La rivedo, la nonna, come se fosse qui davanti ai miei occhi. La mia vista si offusca, la sua immagine e quella delle due scatoline si dissolve e si sovrappone al quadro appoggiato alla parete davanti a me, in cui due fanciulle camminano una accanto all'altra, lasciando sul terreno un segno di quel passaggio.

«Penserai di aver perso molto, e invece avrai trovato il tutto.»

Era lì, dentro quel sogno, custodito in quel messaggio di nonna Alba, ma io non lo avevo saputo leggere.

Se non so cosa resterà di me dopo che mamma non ci sarà più, quando la notte della vita si abbatterà su di noi, so che in due sarà più facile restare svegli. Io e Bea. Io e la memoria di mamma. Io e il ricordo ancora vivo della nonna.

Io e i miei gemelli.

Se mai dovessi affrontare un altro lungo sonno, nero e profondo, non mi sentirò mai più sola. Oggi vedo la realtà che sta prendendo forma fuori e dentro di me come se ci fosse una silenziosa regia a governare tutto dall'alto.

Ed è proprio vero, ogni storia merita un romanzo.

Ringraziamenti

Per arrivare qui ci ho messo un bel po'. Ho attraversato i mesi, giornate intere di questi ultimi due anni, scrivendo e cercando la giusta voce da dare a pensieri del tutto nuovi. Ho affrontato lo scoramento, per i capitoli persi nei meandri della tecnologia, quando il mio vecchio computer si è rotto, ho atteso ogni revisione con l'ansia dell'esame di maturità. Ma ho anche gioito, poi, nella consapevolezza di fare qualcosa di assolutamente e completamente mio.

Questo romanzo nasce, durante una chiacchierata con la mia amica più cara, grazie a una sua domanda che ho voluto accogliere e porre a me stessa. Nel momento in cui scrivo, io non sono mamma. Proprio per questo ho sentito l'esigenza di far luce su una tematica così delicata come la procreazione medicalmente assistita che in Italia, oggi, non è accessibile alle donne single.

Il primo grazie, quindi, va a Giorgia (sì, lei si chiama proprio come me!); la sua tenacia e la sua placida forza mi hanno dato il coraggio di raccontare una storia che sarebbe potuta essere la nostra.

Grazie in particolare alla mia prima editor Giulia Laino, per aver immaginato per me, prima di ogni altro, una nuova strada e alla mia agenzia letteraria, la Lorem Ipsum, Jacopo Viganò e Alessandra Selmi per la dolcezza e la sensibilità.

Grazie alla casa editrice Giunti, dal direttore Antonio Franchini alla editor Annalisa Lottini, per aver intravisto nelle prime poche pagine ciò che sarebbe potuto diventare e per averci voluto scommettere. Un grazie di cuore a Federico Gerace, per le chiacchiere sui Beatles e per ogni revisione delicata come una carezza.

Grazie alla musica e alle parole di Niccolò Fabi, è proprio dentro una delle sue canzoni che ho trovato nascosto il titolo di questo mio primo romanzo.

Grazie a Giulia Rosa per aver creato un'illustrazione che racconta perfettamente l'anima delle mie protagoniste.

Grazie agli avvocati Chiara Langè e Lorenzo Bellini Lucini per i preziosi consigli.

Un grazie immenso va a tutte le donne che inconsapevolmente mi hanno ispirato, di cui ho intercettato gli sguardi, le paure e le confidenze. Descrivere la meravigliosa complessità che ci abita è quanto di più difficile. Mi piace vederlo come un viaggio di sola andata che, spero, non finirà qui.

Grazie al sostegno instancabile della mia famiglia, mamma Tina, papà Willy, Dody e Ferdinando. Un grazie speciale alla piccola Minou e alla sua passione di zampettare o dormire sulla tastiera del Mac proprio mentre scrivevo.

Infine, grazie a Gaia e Bea per esservi svelate piano piano sotto la mia penna.

È stato bellissimo raccontarvi.

Stampato presso Elcograf S.p.A.
Stabilimento di Cles